suhrkamp taschenbuch 3379

»Plötzlich fiel mir ein, dass heute ja Freitag ist. Und auf der Hauptstraße irgendeines namenlosen bayerischen Städtchens steckte ich mit klopfendem Herzen Münzen in ein öffentliches Telefon. Leichthin sagte ich: ›Schabbat Schalom, Mami, wie war der Kiddusch?‹«

Vor der übermächtigen Mutter und vor dem israelischen Männlichkeitswahn ist Jossi aus Tel Aviv nach Deutschland geflohen. Kritisch, ironisch, liebevoll erzählt Avni von ersten Lieben und dem schwierigen Coming-out in einer schwulenfeindlichen Umgebung, von enttäuschten Hoffnungen, von Romanzen und schnellem Sex in schwülen Nächten.

»Avni zeichnet das von Affäre zu Affäre, von Verletzung zu Verletzung taumelnde Leben eines Israeli nach, der dem Wunsch seiner Mutter nach Enkeln entkommt, nach Deutschland, wo er seine Identität freier ausleben kann ... Das melancholische Porträt einer Generation von Schwulen in Israel.« *Der Tagesspiegel*

Jossi Avni wurde 1962 als Sohn von Einwanderern in Israel geboren. Nach dem Studium von Geschichte und Rechtswissenschaften arbeitete er für kurze Zeit als Rechtsanwalt in Tel Aviv. Ein mehrjähriger Deutschlandaufenthalt hat ihn stark beeinflußt. *Der Garten der toten Bäume* ist sein erster Roman.

Jossi Avni
Der Garten der toten Bäume

Roman in fünfzehn Episoden

Aus dem Neuhebräischen von
Katharina Hacker und
Markus Lemke

Suhrkamp

Titel der Originalausgabe: *Gan haetzim ha' mitim*

Der Roman erschien 2000 erstmals beim
MännerschwarmSkript Verlag, Hamburg
Umschlagfoto: Carsten Kudlik

suhrkamp taschenbuch 3379
Erste Auflage 2002

Druck: Nomos Verlagsgesellschaft, Baden-Baden
Printed in Germany
Umschlag nach Entwürfen von
Willy Fleckhaus und Rolf Staudt

1 2 3 4 5 6 – 07 06 05 04 03 02

Erster Teil

Wie ich Ron kennen lernte

Ärgerlich fingerte Frau Ziemel am Schloss, um es zu öffnen. Sie murrte, wie unhöflich es sei, sie so spät noch aufzuwecken. Andreas ging wortlos, während ich einen Moment verweilte, ohne die schwachen Proteste der alten Portiersfrau zu beachten, dann stieg ich die Holztreppe zur Wohnung hinauf und fiel ins Bett.

Wie viele Stunden schlief ich so, die Ärmel meines Hemdes voller Krümel von Apfelkuchen oder was auch immer, ich weiß nicht, das Telefon klingelte, und du sprachst zu mir, immer derselbe teuflische Instinkt, der mich längst nicht mehr überrascht, und auf der Fensterscheibe landeten dicke, wattige Schneeflocken.

Bestimmt sitzt du gerade auf dem Küchenfußboden, stumme Hühnerkadaver in der großen Schüssel zwischen deinen Beinen, du gießt heißes Wasser über ihre kalten Körper und rupfst die weißen Federn.

Du rupfst die weißen Federn aus und träumst von fernen Orten. Unter glitzernden Kristalllüstern dreht dich leicht ein eleganter, großer Mann zu den Klängen eines Walzers, und die geschminkten, hässlichen Gesichter der Damen ringsum verfinstern sich in ihrem Neid. Ja, du hältst die heiße Schüssel zwischen deinen nackten Knien, durch die sich wie Stricke dicke Adern ziehen. Du sitzt auf dem Boden, ein dünnes, zweifelndes Lächeln auf deinen runden, plattgedrückten Wangen, und plötzlich starrst du durchs Küchenfenster auf die staubigen Weinblätter, auf den niedrigen Himmel, um gleich wieder entschieden die nassen Federn auszureißen und in den Eimer zu werfen. Ich kann deine Sehnsucht jetzt greifen. Sie ist hier, in diesem Zimmer, in dem Kleiderhaufen auf dem Stuhl, im Wecker, in den Laken, die mir Andreas, Andreas zuraunen, in den Schneeflocken, die sich auf den Dächern türmen. Ich spüre dein

Verlangen aus den Wänden hauchen und über meine Wimpern streichen, du bist mir so nah, unglücklich bist du, und ich hasse dich.

Diese Stille – weißes Todesraunen fallenden Schnees. Es gibt keine schönere Musik als das Pochen der weichen Berührung dieser dicht gesponnenen Tropfen, die die feuchte, nächtliche Erde kosen. Mach mir die kleine Katze, flüstere ich ins Kissen, und ich höre Andreas' genießerische Zunge miauend an meinem Ohrläppchen und meinem Hals lecken. Ich stöhne, genüßlich an die Wand gepreßt, und Andreas kichert mir das Kichern der bösen Hexe zu, das mich immer zum Lachen bringt, und bedeckt mich mit seinen Küssen.

Mach mir die kleine Katze. Von meiner Nasenspitze an der Wand tropfen drei lange, salzige Tränen, und ich versuche vergeblich einzuschlafen.

Dieses Land ist schön, und es lässt mir keine Ruhe.

Frische Furchen verschwinden im nassen Schoß waldiger Hügel. Hinter den Biegungen der Wege dehnen sich grünrote Ebenen, die Wipfel der Tannen, und an den Ufern von Bächen ohne Namen weiden Kühe. Irgendetwas an dieser fruchtbaren, satten Erde, an den gehobelten Holzdächern unter schweren Wolken erweckt in mir Furcht und Staunen. Das gewaltige Grün der undurchdringlichen Wälder erschreckt mich, und Andreas hält den alten Volkswagen auf einer Anhöhe und lacht über das ganze Gesicht. Auf einer Steinbank im Hof des Schlosses Waldenburg verschlingen wir gierig belegte Brote und sammeln welke Blätter, von Rot zerfressen, die unablässig auf unsere Köpfe und Schultern und auf die dicken Stücke Apfelkuchen aus der Konditorei Michelhof fallen, die Andreas besonders liebt. Und später, in einem Café, das die Gärten von Wackersheim überblickt, bringt uns ein Kellner in weißen Handschuhen milchweiße Porzellantassen, und Andreas schaut mir leise, leise in die Augen und kichert boshaft sein

Hexenkichern. Ich winde mich, der Kellner dreht sich erschreckt um. Es beginnt zu regnen; große Tropfen hängen sich an zurechtgestutzte Büsche und vermengen sich mit dem Wasser der Springbrunnen. Frauen spannen ihre Regenschirme auf, werfen strenge Blicke zum Himmel, und Andreas' Bein berührt kaum merklich mein Bein. So gut, es ist so gut.

Du und ich, wir müssen uns vor Männern in Acht nehmen, hast du mir gesagt. Ich war ein Kind und blickte mit großen, schwarzen Augen auf deinen warmen Leib und auf zwei dunkle blaue Flecken auf deiner Wange, die du mit deinem Handrücken verdecktest. Alle Männer wollen dasselbe, drangen deine Worte aus dem Totenreich, du hast dir die kleine Nase geputzt, und ich wollte deinen Bauch fest, fest umarmen, mein Gesicht an das abgetragene Nachthemd gepresst, um zu weinen.

Iss, iss, triebst du mich zur Eile an und häuftest von allem Guten auf meinen Teller. Du musst gesund und groß und stark sein. Verstohlen sah ich auf die riesigen Löffel Reis, die in Vaters Mund verschwanden, leerte den ganzen Teller und bat um mehr. Wenn er vor dem Fernseher saß und eingeschlafen war, öffnetest du deine Verstecke und holtest Leckereien heraus – geräucherte Würste und dunkelbraune Hühnerleber, mit Zwiebelringen geröstet, und helle Streifen von Hühnerbrust –, du standst neben mir, bis ich alles aufgegessen hatte, und erst danach ging ich schlafen. Und die Pfirsiche. Du liebst Pfirsiche, ich weiß. Du hast große Pfirsiche gekauft und dich an der Schönheit ihrer Farbe gefreut, an ihrer gelb-samtenen Haut, und du hast sie nicht angerührt. Du hast sie tief in der Lade des Kühlschranks verborgen, hinter den in Zeitungspapier gewickelten Stängeln von Petersilie und Sellerie, hast gewartet, bis ich am Freitag nach Hause kam, um sie auf dem Balkon einen nach dem anderen aus deinem Kleid zu ziehen, weich zum Erbrechen, Iss, hast du gesagt und nicht geglaubt, dass ich Pfirsiche nicht mag.

Weißt du, auf diesem Schulausflug – wir fuhren, um den Sonnenaufgang in den Bergen zu sehen – saßen wir in einem Lastwagen, der uns den ganzen Weg durchrüttelte. Ich saß neben Gideon, tat so, als schliefe ich ein, und ließ meinen Kopf auf sein Knie sinken, sah von ganz nah den Reisverschluss seiner Hose; und als wir ankamen und auf einen Hügel voll kleiner Steine kletterten, sagte die Lehrerin: Augenblick mal, und schaute zurück, und alle sahen eine kleine Gestalt, in einen Nylonmantel gewickelt, die sich an unsere Fersen geheftet hatte und am Abhang verzweifelt gegen den Wind ankämpfte. Dann holte sie uns ein, kurzatmig und in ihrer Hand ein schweres Essenspaket, und die Lehrerin sagte: Schaut, Jossis Mutter wacht sogar vor der Sonne auf, und alle guckten zu mir und lachten, Gideon lauter als die anderen.

Danach die Armee. Weiß gestrichene Bäume, der Geruch von verbranntem Staub, die Rennerei bei der letzten Nachtwache, das blendende Licht der kahlen Berge Samarias. Ich saß auf dem Betonboden im Zelt, die Teile der zerlegten Waffe vor mir zwischen den Beinen. Ich polierte sie mit einem ekelhaften Stofffetzen und träumte von fernen Orten. Nachts trieb ich mich lange in den verlassenen, dunklen Duschkabinen herum. Heiße weiße Dämpfe stiegen mir in die Nasenlöcher, und ich spürte, wie die reißenden Qualen mich erbarmungslos peitschten.

Und eines Abends, auf dem Höhepunkt eines Lehrgangs, erschienst du am Tor, mit einer Tüte voller Früchte und Kuchen, die du an alle verteiltest. Ich ging neben dir die Eukalyptusallee entlang, und du sagtest mir mit leiser, gepresster Stimme, du wüsstest, dass ich es tun wolle, aber unter gar keinen Umständen, ich dürfe mir unter keinen Umständen eine Kugel in den Kopf schießen, und ich starrte dich mit vor Schreck weit aufgerissenen Augen an. Zwischen den Eukalyptusbäumen flatterten raschelnde Schwärme stummer Fledermäuse, und die Garben der Scheinwerfer spalteten ihre durchsichtigen Flügel in hauchdünne Bahnen aus schwarzer Seide.

Du und ich, wir müssen uns vor Männern in Acht nehmen. Umarme mich jetzt, Andreas. Ich bin allein, und ich will dich. Lass mich deine Schulter spüren, die Finger in deinen kräftigen Nacken graben, zusehen, wie Tropfen Lichts von der Senke deines Halses geschluckt werden und vergehen.

Wo bist du jetzt, Andreas? Ob du dich, mit Schraubenschlüsseln und Kabeln, über den Motor des Volkswagens beugst, um einen der ewigen Kurzschlüsse zu reparieren? Oder sitzt du in der Finsternis, trinkst ein Bier nach dem anderen? Wann sehe ich dich wieder? Werde ich dich wieder sehen?

Als der Offizierslehrgang zu Ende war, hast du in einer der ersten Reihen gesessen und Vater gezwungen, mir die ganze Zeit mit der Hand zu winken, und du hast vor Glück geweint. Mit dem Ende des Militärdienstes bin ich zum Studium nach Jerusalem gefahren; während der Unterrichtsstunden starrte ich auf die uralten Landschaften, die sich hinter den gläsernen Wänden ausbreiteten, auf die Berge, die Minarette, die Wüste, und ich wusste, weit von hier gibt es noch andere Orte. Ich bin selten nach Hause gefahren. Du hast am Telefon geweint und gebettelt, ich solle doch kommen, hast gesagt, eigens für mich habest du ganze Töpfe voll guter Dinge gekocht, und ich habe mir auf die Lippen gebissen, bis ich mich nicht länger beherrschen konnte, dich anschrie, du sollest endlich aufhören. Und an den folgenden Schabbatabenden hörte ich unterdrücktes Schluchzen und Seufzer durch den Hörer: Es ist nichts, hast du gesagt, bloß Schmerzen, es sind bloß Schmerzen, und du hast dir die Nase geschnäuzt.

Wenn das Gefühl zu ersticken unerträglich wurde, fuhr

ich zum Strand. Dort, auf dem Grat des Kalksteins, unter der Skulptur des schwebenden Vogels, saß ich und schaute aufs Meer. Die Weite tröstete mich und brachte die Fragen zum Schweigen. Tagsüber waren die goldenen Dünen voller nackter Badender, und Segel in sommerlichen Farben zerteilten das Meer. Mit dem Abend, wenn die Sonne immer kühler wurde, wenn sie sich nach Westen, auf die wattigen, pfirsichfarbenen Wolken am Horizont zu entfernte, bemächtigte sich meiner eine wundersame Ruhe. Ich schaute auf das abertausendfache dunkle Funkeln des Meeres, ließ den Wind seine sanfte Hand in den Saum meiner Kleider stecken, begleitete mit meinem Blick das verzauberte, verwunschene Licht der Dämmerstunde, das zwischen den Bäumen, den Felsen vergeht, bis es zu einer Art Wand aus trübem, staubigem Khaki wird – und ein seltsames, beinah glückliches Gefühl erfüllte mich, dass mir diese Schönheit keiner nehmen kann; dass ich immer, auch wenn es mir schlecht gehen wird, hierher kommen kann, hier sitzen, auf diesem Felsen, hoch über dem Strand. Und ich wusste, weit von hier, hinter den riesigen Wasserbecken, gibt es andere Orte. Es gibt große, fremde Städte, in denen das Laub sich rot färbt, das Licht weich ist und die Flüsse traurig und breit, und hinter den Plätzen, den Tauben und Springbrunnen gibt es ein Haus, es hat ein Fenster, und an dieses Fenster presst gerade ein schöner, trauriger Junge seine Wange, und er wartet auf mich.

Um zehn vor zwölf Uhr stand ich auf, klopfte den Staub von meiner Hose und nahm den letzten Bus zurück.

Erinnerst du dich an meinen letzten Geburtstag? Du hast einen riesigen Kuchen mit neunundzwanzig Kerzen, eine für das kommende Jahr, gebacken, hast bunte Ballons ins Wohnzimmer gehängt, obwohl du weißt, wie ich Geburtstage hasse, und im ganzen Haus hast du Zettel mit Segenswünschen versteckt, und danach zeigtest du mir zwei Karten, die du für eine Vorstellung am selben Abend gekauft hattest. Ich schäumte vor Wut und weigerte mich auszugehen, bis ich endlich nachgab; wie wir weit auseinander im Saal saßen und versuchten, so zu tun, als unterhielten wir uns bestens, und ich sah, wie du mit Blicken, scharf wie Nadeln, die sich umarmenden Pärchen mustertest, die Männer, die einen schweren Pulloverarm auf die Schultern ruhiger Frauen legten, sah, wie du gelassen um dich lächeltest, auf deiner Stirn die Einsamkeit. Und sicher hast du gesehen, wie ich auf meinem Platz sitze, in Zorn gehüllt, und verstohlen die schönen Silhouetten hellhaariger Jungen betrachte, die ihre Mädchen in Jeansmänteln umarmen. Und in der Pause wandertest du, nachdem du dich auf der Toilette geschminkt hattest, im Foyer zwischen den Menschen hin und her, bis du mit schleppenden Schritten in den Saal zurückgingst und dich allein setztest, allein, in der leeren Stuhlreihe – auf einmal verstand ich Dinge, die ich nicht verstehen wollte, und ich wollte aufstehen, deine hängenden Schultern umarmen, dein trauriges Gesicht küssen und dir zurufen: »Mutter, Mutter, ich liebe dich, du weißt doch, dass ich dich immer lieben werde.« Da konnte ich die Trauer nicht länger aushalten und beschloss wegzufahren.

Zwei Tage wanderte ich in München herum, am dritten Tag traf ich Andreas. Es war grau, bewölkt, eine Art Nebel zog durch die Straßen Auf dem Platz vor dem Alten Rathaus jonglierte ein alternder Clown mit schwarzroten Bällen in der Luft und schnitt Grimassen, und all die vielen Leute drumherum brüllten vor Lachen, schlugen sich auf den Bauch und warfen Markstücke in den umgedrehten Hut. Hoch über dem Platz erhoben sich wie Kerzenleuchter die zwei grünen Türme einer Kirche.

In einer der Gassen kaufte ich mir eine Wurst in einem Sandwich und setzte mich auf eine Bank. Nicht weit parkte ein alter, orangefarbener Volkswagen, und irgendjemand stand gebeugt unter der offenen Motorhaube. Die Kirchenglocken ließen ein Kling-Klang-Klang hören, das über die regennassen Pflastersteine rollte, der junge Mann hob eine Hand, um auf die Uhr zu schauen, und plötzlich trafen mich seine Augen. Auf weit entfernten, zugefrorenen Seen stießen mit Getöse zwei uralte Eisberge aneinander, und die Wurst in meinem Mund schmeckte nach nichts. Er legte den Schraubenschlüssel beiseite, langsam richtete er sich auf, strich sich mit der Hand durchs Haar und lächelte.

Dann saßen wir in irgendeinem Café, Andreas bestellte etwas Heißes zu trinken und Apfelkuchen, und er erzählte, dass er Architektur studiere und dass jetzt Semesterferien seien. Spät in der Nacht fuhren wir in seine Wohnung im Stadtzentrum, achteten nicht auf den Zorn Frau Ziemels, der alten Portiersfrau. Dort saßen wir auf dem Bett, die Hände ineinander verschlungen, und redeten bis zum Morgengrauen. Am Tag darauf zeigte Andreas mir die Stadt und erklärte mir ausführlich die unterschiedlichen Baustile, die Schwierigkeiten der Architekten bei der Wiederherstellung des Zentrums, das im Krieg völlig zerstört worden sei. Abends fuhren wir in dem holpernden Volkswagen durch malerische Sträßchen, die allmählich von dicken Flecken des Abends zugedeckt wurden, zu seiner Großmutter Martha, die in einer Stadt am Fuß der Berge wohnte, in der er geboren war. Achtzig Jahre alt wurde sie an diesem Tag; Andreas überreichte ihr einen riesigen Strauß roter Rosen und Schokolade, und als er ihr erzählte, ich sei ein Gast aus Israel, küsste sie mich dreimal und legte ihre beiden kalten Hände auf meine Wangen. Auf dem Rückweg beobachtete Andreas mich unablässig im Spiegel und kicherte wie eine Hexe, der Volkswagen kroch mühsam einen waldigen Hügel hinauf und blieb stehen; und ich sagte: »Schau, so viel Lichter in der Ebene«, und er sagte: »Aha,« und zog mich an sich, und mir war wohl. Etwas weiter, wir fuhren schweigend zwischen dicken Nebelschwaden, das Radio eingeschaltet, ohne zuzuhören, fiel mir plötzlich ein, dass heute ja Freitag ist. Und auf der Hauptstraße irgendeines namenlosen bayerischen Städtchens steckte ich mit klopfendem Herzen Münzen in ein öffentliches Telefon. Leichthin sagte ich: »Schabbat Schalom, Mami, wie war der *Kiddusch*?« Für einen langen Augenblick zögertest du, und dann krächztest du mir mit gebrochener Stimme zu: »Was ist passiert, Jossi, was genau machst du dort?« Aus dem Telefonhörer krochen schwarze Schlangen und der Geruch des Schabbatessens auf mich zu, ich grub die Finger in den Stamm der Tanne neben mir, bis sie schmerzten, und ich wollte aufschreien.

Im Laufe der Tage verfärbten sich die Bäume in den Alleen und in den Parks rot, entlaubten sich, bis sie nackt waren, und jetzt fällt der erste Schnee. Einen Monat und eine Woche habe ich hier gelebt. Jetzt liege ich auf unserem Bett. Ich erinnere mich, wie du mir die kleine Katze gemacht hast, und gegen meinen Willen muss ich lächeln. Der Teufel tanzt in mir. Andreas. Seine begeisterten Augen leuchten, sein Mund steht offen, und um ihn tanzen engelhaft reine deutsche Knaben im Feuer des Schnees. Wie seltsam, seit dem Morgen höre ich nicht auf, an den Teufel zu denken. Seit ich am Morgen vor dem Spiegel stand und mich rasierte. Du umarmtest mich von hinten mit deinen kräftigen Schultern, sahst mir in die Augen und sagtest, dass die Ferien vorüber seien, dass du morgen zur Universität führest, und leise hast du hinzugefügt, morgen komme Paul, mit dem du seit einem Jahr zusammenlebst, aus den Ferien zurück. Ich hörte auf, mich zu rasieren, meine Augen im Spiegel waren rund und schwarz, du ließest deinen Kopf auf meine Schultern sinken, streicheltest meinen Hals, murmeltest noch etwas und gingst hinaus. Und ich sah plötzlich mein Zimmer und die Küche voller dampfender Töpfe und den Geruch von Kümmel und brutzelnder Fleischbällchen. Ich sagte mir, dass der Teufel sicher auch blonde Locken hat und ein ebenso schönes Gesicht wie du, und ich war sehr ruhig.

Wo bist du jetzt, Andreas? Draußen fällt der erste Schnee in Deutschland. Meine Sachen sind schon gepackt. Mit dichten Flocken bedeckt der Schnee Wipfel und Straßen. Du hast gesagt, du müsstest für einen Moment hinausgehen, um Zigaretten zu kaufen, und wir beide wussten, du willst den Abschied vermeiden. Ich begleitete dich hinunter, sah, wie du mir verstohlen letzte Blicke zuwarfst, und ich achtete nicht auf die Proteste Frau Ziemels.

Ich fahre zum Flughafen. Ich fahre zurück nach Hause. Ich werde das Zimmer hier aufräumen, werde keine Spur hinterlassen, und auf meinem Weg nach draußen werde ich der verwirrten Portiersfrau ein paar Blumen in die Hände drücken. Dort, jenseits von Schnee und Nebel, verspottet die Sonne seit je Staub und Wüste, und die Sehnsucht brennt. Eine kleine Frau mit platt gedrücktem Gesicht wird mir mit unendlicher Liebe um den Hals fallen, und ich werde verstummen. Jahre werden vergehen, mein Haar wird weiß werden und ausfallen. Wenn der Schmerz bitter sein, wenn kein Heilmittel ihn besiegen wird, dann werde ich am Strand sitzen, unter der Skulptur des schwebenden Vogels, und ich werde von fernen Orten träumen.

Das Tibetanische Totenbuch

Eviathar nahm den Blätterstapel und streckte sich in seiner ganzen Länge auf dem trockenen Gras aus. Unten, hinter den roten Blutbuchen, erstreckte sich dichter Wald, und die Luft war rein wie in den Tagen der Schöpfung. Ich zog eine zerknitterte Karte aus dem Rucksack, breitete sie auf der Erde aus, mitten auf dem engen Pfad, und fing an, Konservenbüchsen und eine Packung Zwieback zu öffnen. Eviathar stützte den Kopf auf die Hand und begann, die Geschichte zu lesen.

Die ganze Nacht lag ich mit dem Gesicht zur Wand.

Ich bemühte mich, gleichmäßig wie im Schlaf zu atmen, und meine Augen standen offen. Gadi lag neben mir (seine große Hand strich zögernd über meine Hüfte und fiel dann hinunter), er beugte sich zu mir, flüsterte einige Worte, von Zeit zu Zeit seufzte er in die Dunkelheit und bedeckte seine Stirn mit der Hand.

Seltsam; eine süße, berauschende Ruhe erfüllte mich, so als hätte ich diese Ruhe schon lange erwartet. Und in den ersten Morgenstunden drehte ich ihm mein Gesicht zu und sah ihn an. Weiße Lichtflecken verdichteten sich auf seinem schönen Kopf, ich wollte seine Schulter greifen und Gadi, Gadi zu ihm sagen, doch ich schwieg. Am Morgen stand ich wortlos auf und ging ins Büro.

Gegen Abend ließ die Hitze etwas nach, ein leichter Wind wirbelte Staubkörner über die Gehsteige und schleuderte sie gegen die glühenden, geschlossenen Jalousien. In einem der oberen Stockwerke stimmte eine Sängerin eine schrille Arie an, von der anderen Seite der Zimmerwand hörte man Wasser fließen. Auf dem Tisch lag der längliche Umschlag, den mein Freund Jackie mir vor einigen Tagen anlässlich seiner Heirat geschickt hatte. Jackie ist mein

Freund von Kind auf, aus der kleinen Siedlung, in der wir geboren sind, aber den Umschlag mit der Einladung zu seiner Hochzeit habe ich noch nicht geöffnet. Wie ein böses Vorzeichen liegt er weiß leuchtend auf dem Tisch, die Ränder fleckig von Kaffee.

Jackie heiratet. Am Ende der zwölften Klasse saßen wir auf der Steinmauer in der Schule, ich sagte, dass ich mich vor der Zukunft fürchte, und Jackie legte seine Hand auf meine Schulter und lachte. In der dritten oder vierten Klasse waren wir heimlich in den Hof des Hauses unserer Lehrerin Zilla Finczuk geschlichen, schütteten etwas Benzin übers gelbe Dornengestrüpp unter dem Fenster, zündeten es an und machten uns aus dem Staub. Von diesem Brand sind mir die kleinen Explosionen der Dornen und das runde, erstaunte Gesicht ihres Mannes, der im Pyjama auf den Balkon gelaufen kam und mit seinen Händen fuchtelte, in Erinnerung geblieben.

Jackie heiratet. Sofort nachdem ich die Einladung bekommen hatte, trugen mich meine Füße in den Park. Aus alter Gewohnheit trugen mich meine Füße in die Einsamkeit des Parks, auf den Weg, der zur Küste, zur Gischt der Wellen und den fernen Lichtern Jaffas weist. Wenige Menschen schlenderten durch den Park, einige langsam, andere mit schwerfälligen Schritten, sie prüfen verstohlen Gesicht und Körper der Entgegenkommenden, heften den Blick auf die Kalkfelsen und den niedrigen Himmel. Viele von ihnen kannte ich, nicht beim Namen, aber dem Anblick ihrer Bewegungen, den Linien ihrer Silhouette gegen die Dunkelheit nach. Fremde, die sich aus der großen Stadt auf die stillen und bösen Wege des Parks flüchten, um zu finden. Um was zu finden? Sie wandern zwischen den Bäumen umher, suchen, fragen: »Verzeihung, wie spät ist es?«, prüfen den Körperbau im Licht einer Laterne, ziehen sich zurück, sie senken ihre Stimme und flüstern »Willst du?«. Sie räuspern sich, und von der Stille beschämt, lassen sie sich wieder von der Dunkelheit verschlucken, oder sie flüchten zitternd vor Erwartung an den Fuß der Mauer oder zu den Kalknischen, die zum Strand blicken, lassen die Hose herunter, nach Haut und Fleisch verlangt es sie, und hinterher sagen sie: »Okay, man sieht sich«, kehren um und suchen und finden nicht.

Wie oft bin ich allein die Straßen voller Menschen entlanggegangen, habe mir geschworen, nicht mehr in den Park zu gehen, und wie oft haben mich meine Füße wie von selbst dorthin getragen. Ich bin durch die Straßen der Stadt gelaufen und habe gedacht: Wo sind diese fünf oder sieben Prozent, von denen die Statistik zu berichten weiß – ob diese fünf oder sieben Prozent wirklich auf dieser Erde leben und atmen? Warum sehe ich im Park immer nur dieselben unglücklichen Schatten, verrückt vor Einsamkeit, denen der Kummer das Haar weiß strähnt? Sie tragen rote Stoffhosen, um die betrügerische Zeit aufzuhalten, sie ziehen den Bauch ein und begrüßen mit einem Kopfnicken Bekannte, die ebenfalls Nacht für Nacht umherwandern, allein, blind, auf denselben Wegen, und senken den Blick.

Viele einsame, durstige Menschen treiben sich dort wie blinde Falter zwischen den Bäumen herum. Wie oft habe ich mir geschworen, dass ich auch in den schwersten Augenblicken nicht mehr an diesen fürchterlichen Ort gehen werde, aber Wahnsinn und Lust haben mich besiegt. Ich laufe dort mit all diesen Menschen zwischen den toten Bäumen herum, die Sonnenbrille habe ich trotz der Dunkelheit auf. Dies ist ein Garten, in dem nichts wächst und gedeiht; es ist der Garten der toten Bäume.

Ich ging zwischen den Bäumen, den toten Bäumen, und dachte daran, wie ich hier, bei diesem Felsen, Arik kennen lernte, einen Architekturstudenten mit braunen Locken, wie ich unermüdlich die Nummer wählte, die er mir auf einen zerknitterten Zettel geschrieben hatte, bis endlich eine nörgelnde Alte mir antwortete, dass es »hier keinen Arik gibt«. Die Erinnerung war quälend und verging nur langsam mit den Tagen. Ich erinnerte mich, wie ich auf einer Bank saß, irgendein schlechtes Buch las, ein großer, dünner Junge mit einem verschämten Lächeln sprach mich an, fragte, was ich läse, sah mir in die Augen und sagte, er heiße Oren, danach fuhren wir zu dem Haus seiner Großmutter in einer anonymen Vorstadtsiedlung, in der muffiger, schimmliger Geruch hing. Und auf einer schmalen Matratze, zwischen Farbeimern und feuchten Pinseln streichelten wir einander und liebten uns die ganze Nacht. Noch am Morgen hatte ich den Geschmack seiner Lippen im Mund, danach fand ich ihn nicht mehr. Nach einigen Wochen sah ich ihn den Strand entlanggehen und in die Wellen treten, ich kam ihm entgegen, er senkte den Blick und wandte sein Gesicht zornig dem Wasser zu. Auch an Alon erinnerte ich mich, der einen Mitbewohner für eine Wohnung suchte und eine Anzeige in die Zeitung gesetzt hatte. Wir saßen zusammen in seinem Zimmer und tranken kalten Tee. Ich sah, dass er meine Beine in den kurzen Hosen betrachtete. Wir waren ein wenig verlegen, bis er die Stimme senkte und beinahe flüsternd sagte: »Ich habe das angenehme Gefühl, dass ...«, und ich schloss die Augen und berührte ihn langsam. Er löschte das Licht und sagte, morgen brächten wir gemeinsam meine Sachen in die Wohnung, und er umarmte mich und stöhnte, und ich küsste sein goldenes Haar, und alle Flüsse der Welt durchströmten mich, und am nächsten Mittag rief ich an, um den Schlüssel zu erbitten, aber niemand antwortete. Wieder und wieder versuchte ich es, bis ich zwei Tage später eine Nachricht auf Band hörte, und eine Stimme, die nicht Alons Stimme war, sagte: »Nicht mehr aktuell.« Und ich dachte an Nimrod, der nach Israel zurückgekehrt war und sich ein Haus in den Bergen nahe der Grenze gebaut hatte. Dort, zwischen blühenden Obstbäumen, zog er mit Anath drei Söhne groß, so schön wie er. Ich wusste nicht, ob er noch an mich dachte.

So ging ich zwischen den Bäumen und dachte daran, dass die Zeit verstreicht, dass nun auch Jackie heiratet und dass ich möglichst bald zur Nationalversicherung gehen muss, um diese Angelegenheit, die Bezahlung für den Reservedienst, zu erledigen – und dann sah ich plötzlich Gadi.

Er stand neben einer Bank und wühlte in einem großen, schwarzen Rucksack. Als er sich aufrichtete, sah ich – er ist sehr groß, und er schaut mich an. Die Sonne ging unter, und es wurde Abend, einer dieser wunderbaren Augenblicke am Abend, auf die ich den ganzen Tag über begierig warte, um mit meiner Hand eine weiche Handvoll von diesem verwunschenen Licht zu erhaschen, das sich über sie hinbreitet, und es in meinem Herz zu verbergen.

Während wir uns unterhielten, berührte seine Hand ohne Absicht mein Knie. Wir gingen aus dem Park auf die Straße, sein großer Rucksack hing über seiner Schulter, und ich wollte all die Ampeln umarmen und auf dem Dach jedes einzelnen Autos tanzen. Als wir in mein kleines Zimmer kamen, alles in allem vier Schritte lang, machte ich zwei Tassen Kaffee, während Gadi unter die hinterm Schrank versteckte Dusche ging, und sehr schnell lagen wir auf der Matratze.

Wir unterhielten uns lange, bevor wir einschliefen, und dann – in einem dunklen, unbekannten Augenblick tief in der Nacht – wachten wir plötzlich beide auf, rückten näher zueinander, ich schmiegte mich in seine Arme und an seinen warmen Körper, es war ein wunderbarer Schmerz, und seine grünen Augen brannten wie Dochte in meiner Seele.

Früh am Morgen stand er auf, nahm seinen Rucksack, legte einen zögernden Finger auf mein Gesicht und fuhr in seinen Kibbuz. Und nachmittags klingelte das Telefon, und er fragte, ob er zurückkommen könne. Abends kochte ich auf der verkrusteten elektrischen Kochplatte Spaghetti mit

Käse, stieg über sein langes Bein, das sich aus dem Sessel streckte. Nach dem Essen zogen wir uns fein an und gingen in einem der Clubs tanzen. Oft (wie oft?) bin ich allein dorthin gegangen (sofort wandten sich zehn hungrige Augenpaare zur Tür, musterten den Neuankömmling flüchtig, wandten sich ab und hefteten den Blick mit gespielter Gleichgültigkeit auf die schwarze Wand gegenüber, auf die Decke oder auf die Bar voller Flaschen), und ich verzog mich in eine Ecke, stand da und betrachtete die jungen, halb entblößten Tänzer, die die Tanzfläche füllten, und sobald jemand durch den dunklen Eingang trat, schlossen sich meine Augen denen der anderen an, mit einem Instinkt stärker als jedes Gelübde, musterten ihn flüchtig, wandten sich ab, und nach einem Moment waren sie auf meine Schuhspitzen gerichtet. Oft bin ich allein gekommen, und allein bin ich gegangen, dieses Mal kam ich mit Gadi.

Nah am Eingang des Clubs stand ein junger Mann in einem Unterhemd, das seinem Körper schmeichelte. Sein Gesicht war sehr schön. Der Mann sah in Gadis Augen, sein Blick blieb einen langen Moment dort hängen. In Gadis Gesicht zuckte ein Muskel. Draußen saßen ein paar Teenager auf dem Gehsteig und unterhielten sich lautstark; ein leeres Taxi näherte sich, der Fahrer winkte uns mit der Hand. Eine schwarze Katze stöberte in einem Müllhaufen. Ich ließ sie, einander anstarrend, auf dem Bürgersteig stehen und entfernte mich. Allein wie immer lief ich durch die dunklen Straßen, und dieses Etwas kicherte boshaft in mir, bis ich eine süße Gelassenheit spürte, seit langem vertraut, die Gelassenheit der Einsamen. Allein lief ich durch die Straßen dieser Stadt, in der kein Wind weht, um ihren nächtlichen Durst zu mildern, lief, bis ich nach Hause kam, dann wusch ich meine Haut mit kaltem Wasser und ging zu Bett.

Nach ein oder zwei Minuten war er da, legte seine Hand auf meine und sagte schnell, mit heftigen Atemzügen: »Du begreifst nicht.« Ich schwieg und sah zur Decke, er fügte hinzu: »Ich habe es noch kein einziges Mal fertig gebracht, jemandem so einen Satz zu sagen, aber ich glaube, ich liebe dich.«

Ich drehte mein Gesicht zur Wand.

Die ganze Nacht lag ich mit dem Gesicht zur Wand, die Augen offen, und mein Atem raste über die Wände. Gadi rückte in der Dunkelheit näher zu mir hin, wie einer, der um Gnade bittet, und ich reagierte nicht. Ein seltsamer Genuss erfüllte mich angesichts seines Kummers, der in der Dunkelheit über dem Bett lag. Ich wollte ihm sagen, Gadi, unser Glück ist vergänglich, und auch du wirst mich verlassen, wie alle anderen; ich wollte mich zu ihm drehen und meinen Kopf zwischen seinen Schultern vergraben, doch ich schwieg wie versteinert. Die ganze Nacht über krochen schwarze böse Schlangen vom Fenster ins Bett, und ihre todeskalte Haut glitt zwischen meine Zehen und die Fetzen meiner Träume.

Nachmittags kam ich aus dem Büro und sah ihn im Sessel sitzen (sein langes Bein streckte sich durchs ganze Zimmer). Wir schlossen die Jalousien und stellten eine Schabbatkerze auf den Tisch, und Gadi spielte mir eine Kassette mit indischer Flötenmusik vor. Ich umarmte seinen Rücken und seinen Nacken und seine Hände, dünne Streifen Tageslicht schmuggelten sich durch die Ritzen der Jalousien, und außer seinen Schultern gab es nur heiße Tropfen von Sommer und indische Flöten und den Ruß einer verloschenen Kerze und einen Körper und noch einen Körper. Lange Augenblicke verweilten wir so in der Hitze, zwei Marionetten, deren Fäden zu Boden gesunken sind. Plötzlich wollte ich etwas sagen, und Gadi verschloss meinen Mund mit seiner Hand und sagte: »Hör auf, so viel zu reden«, und wir lachten beide, und danach umarmte er mich und erzählte von seinen Reisen im Fernen Osten, erzählte von den verschneiten Gipfeln Tibets und kahl geschorenen Mönchen, die schweigend auf engen Pfaden von den Klöstern ins Tal steigen. Erzählte von den lauten Städten Indiens und den rosa Tempeln, aus Wüstensand gebaut, von den Reisterrassen der Philippinen, die die Berghänge bedecken, von den weißen, den wunderbaren Inseln Thailands mit den weinroten Sonnenuntergängen zwischen Palmen und Hütten und von den warmen Flüssen, aus denen mit Sonnenaufgang blaugraue Dämpfe aufsteigen, um wie Wolken zwischen riesigen Blättern aufgesogen zu werden, die wie Fächer über dem Wasser hängen, und von der großen Ruhe.

Und ich reiste mit in den Bergen und in der Wüste, meine Hand in seiner, und ich sagte ihm vielerlei, und ich erzählte ihm von dem weißen Blatt, das ich ganz unten in der Schublade bei mir aufbewahre, und darauf die Namen, die echten oder die falschen, aller Männer, die ich für einen Moment oder länger hatte im Laufe meines Lebens, jeder einzelne Name, daneben das ungefähre Datum und ein oder zwei Erkennungsmerkmale, gegen die Klauen des Vergessens. Und sie sind für alle Ewigkeit in dieses weiße Blatt eingraviert: »Das Buch der Toten« nenne ich es – und hin und wieder kommt ein unbekannter, ein wahrer oder falscher Name dazu, und das Blatt ist noch lang und leer.

Und dann klingelte das Telefon. Es war Mutter, ihre Stimme tief und knarrend wie eine rostige Tür. Sie fragte wie üblich nach meinem Befinden, wie mein Tag war und warum ich nicht nach Hause komme, doch ich merkte an ihrer Stimme, dass da noch etwas war, und ich war ungeduldig. »Hast du schon die Einladung bekommen?«, fragte sie mich zögernd. »Jackie heiratet. Sogar Jackie heiratet, nur du nicht.« Ihre Wörter überstürzten sich, als entlüde der Zorn sich an ihnen. »Und wann heiratest endlich du, wie alle anderen? Wann? Heute Morgen habe ich Jackies Mutter getroffen, sie sieht richtig glücklich aus, nur ich bin unglücklich, und ich ...«, Mutter brach in ächzendes, hässliches Wimmern aus, als stünde jemand neben ihr und würgte sie, und ich sorgte mich wegen ihres Asthmas, und ich hasste sie und fühlte ihren Schmerz, meinen Schmerz, und ich hörte Vaters Stimme im Hintergrund brüllen: »Lass ihn doch, Meschuggene«, ich wollte schreien: »Wann wirst du endlich sterben«, und ich knallte den Hörer auf.

Danach war es still. Gadi lag neben mir, doch plötzlich bedrückte mich der Geruch des Schweißes und des verbrannten Dochtes so sehr, dass ich das Fenster weit öffnete.

Er ging unter die Dusche, trocknete sich schnell ab, lud sich seinen großen Rucksack auf und ging. In der Nacht rief er aus dem Kibbuz an und sagte: »Gute Nacht, ich liebe dich«, und ich konnte wieder lächeln.

Wir hatten geplant, uns am darauf folgenden Wochenende zu treffen, nach der Erntearbeit auf den Plantagen. Die Tage vergingen quälend langsam. Ich lag am Strand, schloss die Augen und überlegte – ist das das große Glück? Jeden Abend rief er heimlich aus dem Kibbuz an, und manchmal – wenn jemand vorbeiging – verstummte er, oder er wandte sich im Femininum an mich und fragte: »Wie geht es dir, Süße, vermisst du mich?«

Und zuweilen überkam ihn irgendeine Traurigkeit, seine Stimme am Telefon war weit weg. Mehr als einmal sagte er: »Ich habe keine Wahl, ich muss es mit einer Frau versuchen«, und einen Augenblick später rief er noch einmal an und nahm die Entsetzensstarre von mir, sagte: »Das war Quatsch, es war nichts«, und einmal hielt ich meine Gefühle nicht zurück und brüllte aus der Flut der Sehnsucht ins Telefon: »Gadi, ich will nur dich, ich werde nie jemanden anders haben wollen«, und spürte gleich, wie ihn das Stammeln, die Wucht des Schlags traf, dort, im Kibbuz. Sofort bereute ich es, und Gadi flüsterte: »Ich bin so verwirrt, dieses beängstigende Feuer brennt in mir und ruft mich, hinauszugehen und immer weiter zu suchen, ich finde keine Ruhe.« Und ich erinnerte mich plötzlich an Amos, der tagelang geduldig auf mich wartete, bis ich aus seinem Leben verschwand und ihn einsam und verletzt zurückließ. Ich erinnerte mich an Zwika, einen Soldaten, der einen großen, schweren Körper und eine zarte Seele hatte, und nach einer Begegnung hatte ich genug von ihm und verbat ihm, mich zu besuchen. Ich erinnerte mich auch an Roi, der in den Sommerferien Gasflaschen ausfuhr, und wie ich ihn mit schönen Worten einwickelte, die wie Zellophanpapier knisterten, ich machte ihm Versprechungen und zog weiter, um neue Eroberungen zu machen; auf einmal erinnerte ich mich an sie alle, und alles war so unkompliziert, dass ich voll bitteren Hohns lachen wollte, doch stattdessen schwieg ich.

Gadi verharrte einen Moment am Telefon und seufzte lautlos, er sagte, am Freitag, wenn die Ernte endlich vorbei sei, komme er in die Stadt, und er bat mich, ihm einen großen Topf Pasta und Käse zu machen. Die Tage waren heiß und böse, die Sonne wütete über den Straßen und Gehwegen. Noch nie habe ich die Sonne so gehasst wie an dieses langen Erntetagen auf den Plantagen im August.

Am Mittwoch erhob sich vom Meer plötzlich ein leichtes Rauschen, einem Flüstern ähnlich, verwehte heimlich zwischen dem Strandgebüsch und zwischen den Hinterhöfen und ließ ein paar Badetücher, die ohnmächtig über den Wäscheleinen hingen, erzittern. Das ist die geheimnisvolle Stunde, in der Menschen sich ohne Absicht mit der Hand durchs Haar fahren oder sich an der klaren und kühlen Farbe von Apfelsaft in einer Karaffe freuen oder ein Stück Papier aus einem Heft reißen und irgendeine vage, unverständliche Zeile darauf schreiben.

In dieser wunderbaren Stunde ging ich aus meinem Zimmer zum Strand, und meine Füße trugen mich von selbst zum Park. Gegen meinen Willen ging ich. Zwischen den müden Wegen lag ein Sommerabend, der sich zu riesigen Blöcken verdichtete. Auch der Wind wurde stärker.

Bei einer Holzbank, auf der ein schwarzer großer Rucksack lag, stand ein hoch gewachsener, schöner Mann und plauderte mit einem mageren Jungen, der ein weißes Unterhemd trug. Hin und wieder lachten sie laut auf. Der Wind trug Tropfen von Lachen mit sich und verstreute sie wie Sandkörner dicht an meinen Ohren. Gadi klopfte voller Zuneigung auf den Rücken des Jungen im Hemd. Über die Entfernung hinweg sah ich, dass Gadis Gesicht leuchtete.

Ich kehrte in mein Zimmer zurück und setzte mich an den Tisch. Danach trank ich etwas Kaltes – oder Heißes, ich erinnere mich nicht – und holte das weiße Blatt Papier aus der Schublade. Rasch überflogen meine Augen die Namen, blieben bei diesem oder jenem Namen hängen.

Und dann nahm ich einen Stift, fügte dem Ende der Liste einen Namen hinzu, notierte das Datum und auch die Uhrzeit, schrieb: »schöner Mann« und »Kibbuznik«, faltete das Papier sorgfältig und legte es zurück in die Schublade.

Eviathar legte den Stapel Blätter aus der Hand und betrachtete den Himmel. Keine einzige Wolke schwebte über den grünen Bergen.

»Eine ganze Geschichte hast du über uns zusammengeschrieben, was?« – er nagte an einem knusprigen Zwieback.

»Bloß eine Geschichte«, sagte ich lächelnd, »damit mir irgendein Andenken an dich bleibt.«

»Deine Empfindlichkeit«, sagte Eviathar. »Du erinnerst dich an alles. Was für ein Glück, dass du mich Gadi nennst, so dass mein Name nicht in deinem Totenbuch auftaucht.«

»Bloß eine Geschichte«, sagte ich abschließend.

»Aber das Ende mag ich nicht. Schließlich bin ich doch

zu dir zurückgekommen«, sagte Eviathar und schaute mir in die Augen. Danach stand er behutsam auf und küsste mich auf die Stirn. Schweiß versickerte in seinem Hemdkragen. Ich umarmte seinen breiten Rücken und zupfte ein paar Dornen ab.

»Komm, gehen wir weiter«, sagte er.

Der Weg zum Gipfel des Meron war steil, jedoch sehr angenehm zu steigen. Hinter jeder Biegung breiteten sich kleine Wälder und Erhebungen aus. Kein Laut war zu hören, nur das Rascheln des flüsternden Windes, der über die Baumwipfel strich, die Reihe um Reihe unter seiner Hand ihre Köpfe senkten wie gehorsame Schüler.

Feldkaninchen lugten zwischen den Felsvorsprüngen hervor, und hin und wieder überquerte eine schwarze, lange Schlange den Pfad und verschwand im trockenen Gestrüpp. Nachdem wir den Gipfel erreicht hatten, begannen wir den Abstieg zum Wadi, glitten den Abhang zum trockenen Flussbett hinunter, das mit unzähligen orangebraunen Blättern übersät war, mit glitschigen Steinen und dicken, weißlichen Wurzeln, die sich in die Erde wühlten, als schämten sie sich ihrer weichen Nacktheit. Dort, im Halbdämmer des Flussbetts, unter den fauligen Farnen und unter den Bögen der Steinbrücken, zog mich Eviathar an sich, und ich schlang meine Arme um all seine Schönheit und wollte auf die Äste aller Bäume klettern und die erstaunten Visagen aller Kaninchen küssen. Dann pflückten wir ganze Hände voll reifer, riesiger Feigen, die wild wuchsen und den schweren, betäubenden Duft der Schmerzen des Sommerendes verbreiteten, bis uns der Bauch weh tat.

»Ich liebe dich«, sagte Eviathar, und kühler Wind spielte zwischen den Olivenbäumen.

»Verzeihst du mir, was ich getan habe?« Und wieder brannten die gleichen Dochte.

»Ja«, flüsterte ich.

Ich wollte ihm sagen – schau, wie wunderschön dieser Moment ist, auch wenn er vergänglich ist, schau, wie einfach es ist, zusammen auf diesem namenlosen Geröllfeld vor den Toren Safeds zu sitzen. Schau, wie glücklich ich bin.

»Ja«, sagte ich ruhig zu ihm, »ich verzeihe es.«

In der Nacht kehrten wir in das Zimmer in Tel Aviv zurück und wuschen uns den Staub ab. Wir gingen ins Bett (indische Flötenmusik verzauberte die Augenlider) und schlossen alle Jalousien. Danach rauchte Eviathar eine Zigarette und schlug vor, in denselben Club im Stadtzentrum tanzen zu gehen. Ich war müde und wollte schlafen. Ich hörte, dass Eviathar sagte, er gehe nur etwas trinken und komme zurück. Die Süße bezwang meine Glieder und schnell schlief ich ein. Früh am Morgen wachte ich auf und sah, dass er mich anblickte.

»Wie war es im Club?«, murmelte ich schläfrig.

Er sah zur Decke.

»Was ist los, Eviathar?«, fragte ich und suchte seine Hand.

»Ich war gestern wieder mit jemandem zusammen«, sagte er leise. »Er hat mir vorgeschlagen, zu ihm nach Hause zu gehen, und ich habe ja gesagt. Zwei Stunden war ich bei ihm, im Bett. Es war einfach nur ein kleiner Fick. Ein ausgezeichneter Fick. Ich kann nicht ohne.«

Danach sammelte er wortlos seine Sachen in den schwarzen Rucksack, kam zu mir und streckte die Hand aus, um mich zu berühren, doch ich bedeckte meinen Kopf mit der Decke. Ich hörte ihn mit der Faust gegen die Wand schlagen und die Tür ins Schloss werfen.

Und da stieg ich aus dem Bett, holte aus der Schublade den Bogen weißen Papiers und schrieb auf, was aufzuschreiben war.

Kleine, blassblaue Karos waren auf die milchweiße Glasur der Porzellantassen gezeichnet. Die Einrichtung war einfach. Ein paar schwere, ganz saubere Blumentöpfe standen an der Wand. Fünfzehn Minuten verspätet trat sie ein. Er erkannte sie an der modischen Ledertasche, die sie über der Schulter trug.

Sie ist gar nicht so schön, er verspürte eine merkwürdige Erleichterung.

Ich muss ruhig sein, wiederholte sie für sich und warf ihm ein entschuldigendes Lächeln zu. Sie setzte sich ihm gegenüber und nahm die Speisekarte in die Hand. In die Speisekarte vertieft, bemerkte sie, dass sie den Blick nicht direkt auf ihn richtete, sie wandte ihm den Kopf zu und lächelte. Dieses blöde Lächeln, sagte sie sich, hörte auf zu lächeln und überflog noch einmal die Liste der Softdrinks.

Ich sitze ganz verspannt, sicher bemerkt sie es, er schnippte leichthin ein imaginäres Staubkorn vom Ärmel seines Hemdes.

»War es schwer, den Platz zu finden?« Er wiederholte es ein paarmal im Geiste, bevor er endlich fragte. Die Wörter kamen gepresst und heiser aus seiner Kehle, und ihr plötzlicher Ton erschreckte ihn.

»Überhaupt nicht, vergiss nicht, dass ich halbe Tel Aviverin bin.«

Was sage ich bloß »vergiss nicht«, er kennt mich doch gar nicht.

Schweigen senkte sich herab. Ein Paar, das am Nebentisch gesessen hatte, stand mit quietschenden Stühlen von seinen Plätzen auf, bezahlte und ging. Die Kellnerin, ein mageres Mädchen, dessen schwarzes Haar von einem Band gehalten wurde, sammelte einige für sie bestimmte Münzen von einem Tellerchen und wandte sich ihnen zu.

»Wollt ihr etwas bestellen«, sagte sie trocken.

Er schüttelte den Kopf.

»Habt ihr Pepsi light?«, fragte sie.

»Kommt gleich«, sagte die Kellnerin und ging.

Wieder wurde es still, und er blickte auf die beiden Reife an ihrem dünnen Arm.

»Also, was ...«, begannen beide gleichzeitig.

»Fang du an.«

»Also, wie war deine Fahrt?«

»Ich bin früh losgefahren. Ich habe noch ein paar Sachen in der Stadt zu erledigen, bevor das Semester anfängt.«

Die Armreife waren dünn, der eine vergoldet, der andere versilbert. Ihre Hand lag auf ihrem Knie (der Stoff ihres Kleides sehr leicht, die runden Linien des Knies zeichneten sich deutlich ab). Es zog seine Augen mit einer Art Hass, in den sich Neugier mischte, dorthin, bis er erschrak.

Er ist kräftig, sogar sehr männlich, dachte sie, aber in seinem Gesicht ist etwas Kindliches, eine Art grenzenloser Gutherzigkeit, und seine Augen, man sieht, dass es ihm weh tut.

»Bitte«, sagte die magere Kellnerin und stellte das Glas energisch auf den Tisch. Auf einem Tellerchen lag eine sorgfältig geschnittene, frische Zitronenscheibe.

»Wie geht es ihm?« Er warf ihr einen schwarzen und runden Blick zu.

Sie erschauderte, bis winzige, kühle Schlangen ihren Rücken hinunterglitten.

»Er ist ... in Ordnung. Er spricht viel von dir.«

»Tatsächlich ...«, begann er zornig, verstummte aber.

Nicht wieder damit anfangen, alles ist tot, alles ist seit langem vorbei.

»Und wie fühlst du dich?«, fragte sie zögernd.

»Du weißt, wie ich mich fühle«, antwortete er, sie senkte ihre Augen, und dann wurde er weicher und sagte: »Ich versuche, weiterzumachen wie üblich, aus dem Haus zu gehen, mache Überstunden im Büro.« Einen Moment schwankte er, seine Lippen nachdenklich zusammengepresst, und fügte hinzu: »Versuche, neue Leute kennen zu lernen.«

Sie hob das Glas und nippte an der dunklen, sprudelnden Flüssigkeit. Danach zerquetschte sie mit dem Finger die Zitronenscheibe, bis sich einige durchsichtige, gelbliche Tropfen auf dem Rand des Tellerchens sammelten.

»Eviathar hat gesagt, du überlegtest, das Land zu verlassen, du habest ein Angebot, im Ausland zu studieren«, sagte sie schließlich mit unverhohlener Bewunderung.

Eviathar ... schrie er innerlich auf. Er spürte, wie sich der schmerzende Knoten wieder mit rasender Geschwindigkeit in seinem Bauch ausdehnte, bis er sich heimlich an den hölzernen Verstrebungen unter dem Tisch festklammerte. Würde sie ihn wenigstens bei einem anderen Namen nennen ... Reisen ... ha, seinetwegen will ich reisen, deinetwegen, wie kannst du überhaupt fragen.

»Ich weiß nicht. Ich habe mich noch nicht entschieden«, antwortete er nach kurzer Zeit.

»Aha«, sagte sie verständnisvoll und verstummte.

»Wollt ihr etwas bestellen?«, unterbrach die Kellnerin und wischte die Hände am Saum ihres Rocks ab.

»Hast du Hunger?«, fragte er.

»Habt ihr Toast?«, wandte sie sich an die Kellnerin.

»Es gibt Käse, Oliven mit Thunfisch, es gibt chinesisches Gemüse, aber ohne Tomaten, weil sie vergessen haben, Tomaten zu bringen.«

»Käsetoast, bitte«, bestellte sie.

»Zweimal«, verbesserte er sie.

»Kommt gleich«, sagte die Kellnerin und ging.

Sie trank von der Pepsi. Er rührte im Kaffee.

»Wessen Idee war das, sich zu treffen«, fragte er, »deine oder seine?«

Sie runzelte, ohne es zu merken, die Augenbrauen, wie

jemand, der versucht, sich zu erinnern. Sie lagen im Bett und hielten sich bei den Händen. Sie betrachtete seine breiten Schultern, seinen festen Bauch und seine zwei langen Beine, die quer über ihr Bett gestreckt waren, und es verlangte sie, sich in diesen wundervollen Körper zu versenken und zu schreien – ich will diesen Mann, ich liebe diesen Mann –, doch seine schlammgrünen Augen waren an die Decke geheftet, sein Mund war vor Verwunderung zusammengepresst, und sie atmete tief und schwor sich – langsam, damit er mir nicht wegläuft, langsam und mit Geduld werde ich ihn bekommen. Und dann, als käme er aus großer Ferne zurück, sagte er, er mache sich Sorgen, dass dem anderen womöglich etwas zustieße, dass er irgendeine Verzweiflungstat beginge. Ätzende Gefühle nagten an ihm. Das Gerede über diesen unbekannten Mann aus Tel Aviv beunruhigte sie nicht wenig. Sie wusste, irgendetwas Unklares stand hemmend zwischen ihnen, etwas, auf das sie keinesfalls eifersüchtig sein durfte, das sie besser bis auf den Grund verstand, um es in eine Erinnerung zu verwandeln, die allmählich stumpfer würde, allmählich verklänge, wie es Erinnerungen zu tun pflegen. »Du vermisst ihn ein bisschen«, sagte sie flüsternd. »Trefft euch doch auf eine Tasse Kaffee, sprecht miteinander, nach all den Monaten, die vergangen sind.« Der Blick, mit dem er sie ansah, war gequält. Seine Finger fassten einen ihrer Armreife und blieben daran hängen. »Nur, wenn du mitkommst«, sagte er.

»Eigentlich war es eine Idee von uns beiden«, antwortete sie. Er hob die Kaffeetasse und stellte sie auf den Tisch.

»Heute ist Donnerstag«, sagte er nachdenklich. »Donnerstags hatte er bis Viertel nach drei Unterricht, danach hat er den Bus genommen, und um kurz vor sechs war er bei mir. Ich habe damals in der Gordon-Straße gewohnt.«

»Ich weiß.«

Weißt du auch, wie er kurz vor sechs Uhr ankam, zweimal an die Tür klopfte? Gewaltige Aufregung erfüllte mich, in mir flatterten unablässig riesige Schmetterlinge, und eine ganze Stunde lang hielten wir uns an der Tür umarmt. Weißt du, dass ich noch heute nicht durch die Gordon-Straße gehen kann, ohne mich nach dem Haus umzudrehen?

»Mein erster Freund hat in der Gordon-Straße gewohnt«, sagte sie. »Wir waren damals in der Armee. Er war Fallschirmspringer.«

»Fallschirmspringer«, wiederholte er.

»Und er hat mich verlassen.«

Was will sie beweisen, dass auch sie leiden kann?

»Samstagabend bin ich von meinen Eltern aus Jerusalem gekommen und habe bei ihm geschlafen. Am Morgen musste ich zu einem Offizierslehrgang. Er ist früh aufgewacht und zu seiner Einheit gefahren. Ich fand einen Zettel auf dem Tisch. ›Ich bitte dich, nicht mehr zu kommen und nicht anzurufen. Ich liebe dich nicht mehr. Tut mir leid.‹ Wörtliches Zitat. Stell dir vor, wie ich mich gefühlt habe, als ich mich mit meinem Rucksack in den Autobus schleppte. Alle haben geguckt, wie eine Soldatin pausenlos weint. Und am Abend haben sie mich aus dem Kurs geschmissen.«

»Warum?«

»Ich habe mir die Hand beim Küchendienst gebrochen.«

Er lächelte und rührte mit dem Löffel in der leeren Tasse.

Er hat ein schönes Lächeln, sagte sie sich. Warum erzähle ich ihm das alles? Was soll überhaupt dieses Treffen?

»Mit Käse«, sagte die Kellnerin und stellte zwei Teller mit Toast vor sie. Sie nahm die leere Kaffeetasse, fragte sofort: »Noch eine Bestellung?«, und als sie keine Antwort bekam, hob sie beleidigt die Nase und verschwand mit einem Achselzucken.

»Wie geht es Eviathars Knie?«, fragte er. »Macht er mit der Physiotherapie weiter?«

»Ja, einmal pro Woche macht er diese Übungen in der Praxis von Dr. Stern.«

»Stein«, verbesserte er sie.

»Genau«, sie lächelte ihm zu.

Der Strand lag verlassen, und Lampen färbten den Sand gelb. Ich erinnere mich, dass sich hohe Wellen an den Kaimauern brachen und kalte Gischt verspritzten. Wir haben über irgendetwas debattiert – was war es? –, er sagte, zwischen Männern könne es keine sexuelle Treue geben. Sich jetzt daran erinnern, wo alles tot ist. Ich war wütend und beschleunigte meinen Schritt. Er blieb stehen, und dann ist er mir nachgerannt. Der Kai war glitschig, Fetzen von Algen und nassen Pflanzen wurden von der einen zur anderen Seite darüber geschwemmt, und plötzlich rutschte er aus und fiel der Länge nach auf den Stein und brüllte – zum Teufel.

In den Ferien während der Feiertage, irgendwann Ende September, werden wir einen Ausflug zum Kleinen Krater machen, dachte sie. Es wird nicht mehr so heiß sein; ich hasse diese Hitze. Wir werden in Schlafsäcken schlafen und viel zu Fuß gehen; hoffentlich tut sein Knie nicht weh. Der Wüstenhimmel wird hoch sein, und er wird mich die ganze Nacht umarmen. Ich liebe es, wenn er seine starken Arme um mich schlingt. Dieser gequälte Blick; ich beobachte ihn manchmal im Schlaf. Er schläft auf dem Rücken, und es ist, als schaue er zur Decke. Was geht ihm durch den Kopf? Was träumt er? Es ist komisch, wie er sich im Schlaf umdreht, ohne das Bein anzuwinkeln. Wenn er es anwinkelt, hört man merkwürdige, beängstigende »Klicks«. Dieser Unfall, den er während des Reservedienstes hatte, als er losgestürmt und gegen einen Felsen geprallt ist. Bis heute tut ihm das Knie weh. All diese überflüssigen Unfälle in der Armee. Und wie dieser Fallschirmspringer mich hat sitzen lassen, bevor ich zum Offizierslehrgang musste. Ich erinnere mich kaum an ihn, aber an das Gefühl von Kränkung erinnere ich mich sehr genau. Und was, wenn er mich verlässt, wie er diesen Mann, der mir gegenübersitzt, verlassen hat? Ich würde es nicht aushalten.

»Manchmal, wenn er das Knie anwinkelt, hört man so ein ›Klick‹«, sagte er.

Sie wartete einen Moment, fassungslos.

»Du liebst ihn noch«, sagte sie leise zu ihm.

Er senkte seinen Kopf.

»Wir beide lieben ihn«, fügte sie flüsternd hinzu.

Er schloss seine Augen.

Was kann ich denn tun? Wenn ich jetzt seine Hand berührte, wie würde er reagieren?

Nicht weinen, nicht vor ihr. Er öffnete die Augen und sah ihre dünnen Armreife, ihr Haar. Seltsam, erst jetzt bemerkte er, dass ihr Haar rötlich war, beinahe orangefarben, es bedeckte zur Hälfte ihre Stirn. Ihr Gesicht war sehr wach, nicht geschminkt, und an ihren Augen zeichneten sich zwei Lachfältchen ab. Sein Blick blieb einen langen Moment dort hängen und wanderte dann wieder zwischen seine Handflächen.

Ob ihr Körper ihm angenehm ist, ging es ihm durch den Kopf. Was empfand er, wenn er diesen Hals streichelte, über den sich versteckte Linien wie eine durchsichtige Kette zogen, was empfand er, wenn er diese fremden Lippen küsste? Begehrt er wirklich diese beiden weichen Erhebungen, die sich in ihrem Kleid wölben? Was passiert, wenn ich jetzt die Hand ausstrecke und sie anfasse, warum möchte ich nicht die Hand ausstrecken, um sie anzufassen? Sicher hat sie heute Morgen mit ihm geschlafen, er mag es am Morgen, welche fürchterlichen Sachen macht er mit ihr im Bett? Ich darf nicht daran denken, keinesfalls darf ich daran denken.

»Er spricht viel von dir«, sagte sie noch einmal.

»Ja.«

»Er weiß, dass er dir weh getan hat. Es war die Folge einer tiefen Verwirrung. Er hat mir alles erzählt.«

»Und jetzt, glaubst du, dass er jetzt glücklich ist?« Es war nicht klar, ob er es sagte oder fragte.

»Ich glaube, ja.«

Glücklich, er verzog seine Lippen verächtlich. Der Knoten dehnte sich mit einem dumpfen Zischen in ihm aus. Auch ich habe geglaubt, dass er glücklich ist. Ich erinnere mich an seine Worte am Telefon, dreizehn Tage nachdem er mich verlassen hat: »Ich habe eine neue Beziehung gefunden, eine Beziehung mit einer Frau.« Das klang so absurd, abwegig, es passte nicht zu Eviathar, der jeden freien Augenblick nutzte, um ohne mein Wissen durch den Park zu strolchen, Männer kennen zu lernen und ihnen nachzugehen; so unverständlich, dass ich dem kein Gewicht beimaß. Und bei den darauf folgenden Telefongesprächen fuhr er fort und sagte: »Diese Beziehung tut mir gut« und: »Ich habe das Gefühl, dass ich jetzt mehr ich selbst bin« – bis ich ihm verbot, mich anzurufen, und mich die große Verzweiflung überwältigte.

Ist er glücklich, durchfuhr sie nagendes Staunen, und sie ließ den Toast sinken, der auf dem Tisch kalt wurde. Zwei Monate und weitere siebzehn Tage hat er mich nicht angerührt, nur seine Hände auf meine Schultern gelegt und geredet. Ich habe ihm zugehört, er musste ja reden. Dann hat er angefangen, nachts bei mir zu schlafen. Ganz sachte, habe ich mir gesagt, damit er nicht wegläuft. Seine grünen Augen waren gut und schön, sie flackerten gequält, und ich spürte, dass sie mich baten, stark zu sein. Ich nahm seine Hand und führte sie über meinen Körper. Wie einen leblosen Gegenstand habe ich seine Hand genommen und sie auf die verborgensten Stellen meines Körpers gelegt. Ganz langsam. Er war sehr still, wie ein gehorsamer Schüler. Ich glaube, er war unendlich dankbar. Ich habe alle möglichen Sachen gemacht, von denen ich nicht geglaubt hätte, dass ich sie je machen würde, und habe gewartet. Bis er einmal in den Sommerferien, an einem Freitag, dem dreizehnten August, um vier Uhr nachmittags direkt von der Arbeit zu mir kam, er war müde und schwitzte, seine Kleider waren mit Phosphat verfleckt, ich habe seine steifen Hosen berührt, und er spreizte plötzlich meine Schenkel und fasste meine beiden Füße und schleuderte sie in die Luft, irgendein Feuer entzündete sich in seinem Gesicht und brannte in seinen Haaren, und er richtete seine ganze Schönheit zwischen meinen Beinen auf und kam mit gewaltigen Stößen zu mir und flüsterte: »Ich liebe dich, ich liebe dich«, und die Zimmerwände drehten sich um mich, mein Körper schlug mit tiefen Schlägen und schmolz wie Kerzenwachs, und ich hing an seinem Nacken, der scharfe Genuss, der Geruch des Phosphats und der Siegesrausch ließen mich aufschreien.

»Wollt ihr was bestellen?«, fragte die verärgerte Kellnerin und verzog sich sofort. Sie lachten ihren Schritten hinterher und richteten ihre Blicke wieder auf den Tisch.

Sein Lächeln ist voller Licht, dachte sie. Ich kann verstehen, warum Eviathar nicht aufhört, von ihm zu sprechen.

Was empfinde ich jetzt, bin ich eifersüchtig auf sie, hasse ich sie?

»Eine tiefe Verwirrung«, sagte sie wieder. »Er hat sich selbst nicht wirklich gekannt. All diese flüchtigen Begegnungen mit Männern an allen möglichen Orten haben nicht zu ihm gepasst. Jetzt versteht er, dass er immer mit einer Frau zusammensein wollte. Er hat sich selbst gehasst, und deswegen hat er dich gequält, weil du ihm am nächsten warst. Eviathar macht jetzt einen Prozess der Annäherung an sich selbst durch. Das ist ein schwieriger Prozess.«

So, ich habe es gesagt, sie atmete erleichtert auf. Vielleicht wird es jetzt leichter sein. Warum schaut er mich so komisch an?

»Ein schwieriger Prozess«, er grinste voller Schmerz in

sich hinein. Die Begegnungen mit Männern, ebenso ausgehungert wie er, »haben nicht zu ihm gepasst«. Ob du dir vorstellen kannst, dass Eviathar hin und wieder gesehen wird, wie er sich in öffentlichen Parks herumdrückt, in dunklen Straßenecken, für irgendeine Begegnung, die nicht zu ihm passt? Ob du überhaupt Verdacht schöpfst? Weißt du, dass ein paar meiner Bekannten mich anfangs jedesmal aufgeregt angerufen haben, wenn sie ihn dort haben herumlaufen sehen? Und ich habe mein Gesicht unter der Decke versteckt und geschluchzt und habe ihm tausend Tode gewünscht, bis ich allen verboten habe, mir zu erzählen, was sie mit eigenen Augen sehen. Ob du weißt, dass ich mir aus lauter Schmerz geschworen habe, dass ich das nächste Mal nicht zögern werde, bei dir anzurufen, schnell zu erzählen, wo dein lieber Kibbuznik sich gerade rumtreibt – und aufzulegen, damit du auch diesen fürchterlichen Schmerz spürst, dass du auch weißt, welche Anhäufung von Dreck sich hinter diesen grünen Qualen in seinen Augen verbirgt?

Warum schweigt er? Was geht ihm durch den Kopf?

»Eviathar sagt die ganze Zeit, er wäre froh, irgendeine Art von freundschaftlichem Kontakt mit dir zu halten«, fügte sie hinzu. »Vielleicht wäre das für euch beide gut.«

»Ich glaube nicht, dass es für mich gut wäre«, sagte er rasch.

»Einfach so«, sie runzelte die Stirn.

Zuerst habe ich nicht verstanden, warum dieser Mann heute Morgen angerufen hat, im letzten Augenblick, bevor ich aus dem Haus ging, und mit hastiger Stimme gebeten hat, Eviathar solle nicht mit zu dem Treffen kommen. Ich war die ganze Zeit sicher, dass es ihn danach verlangt, ihn wiederzusehen. Eviathar war wütend und hat gegen den Stuhl neben dem Telefon getreten, aber er hat nichts gesagt. Ich habe ihm am Telefon beschrieben, was ich anziehe, damit er mich erkennt, und um sicherzugehen, habe ich mir noch die neue Ledertasche um die Schulter gehängt. Jetzt, scheint mir, verstehe ich besser, warum er heute Morgen angerufen hat.

Noch einmal wurde es still zwischen ihnen, und sie schauten einander lange, beinahe vertraulich an.

»Schreibst du noch?«, fragte sie plötzlich.

»Ich habe lange nicht mehr geschrieben«, lächelte er.

»Eviathar sagt, dass du immer die gleiche Geschichte schreibst.«

»Eine interessante Kritik«, lachte er, »daran habe ich noch nicht gedacht.«

»Ich würde gerne irgendwann eine Geschichte von dir lesen.«

»Das wirst du, ich verspreche es dir.«

»Ich glaube, ich muss gehen«, sagte sie plötzlich, »es ist schon zehn vor zwei. Ich muss noch schnell in eine Apotheke, Insulin kaufen. Ich habe Jugendzucker.«

»Ich weiß. Du hast nicht zufällig Cola light getrunken.«

Sie lachte.

»Die Rechnung, bitte«, sagte er zu der mageren Kellnerin, die mit dem Rücken zu ihnen stand.

»Kommt gleich.«

Sie bezahlten und traten auf die laute Straße hinaus, die grelles Licht überflutete. Zahlreiche Passanten sind diese Straße entlanggegangen, gehen hier immer noch entlang, und die beiden wurden zwischen ihnen aufgesogen.

Soll man diese Begegnung, die vielleicht gar nicht wirklich stattgefunden hat, weiterverfolgen?

Sie wird ihm zuwinken und auf die andere Straßenseite hinübergehen, dort ist eine Apotheke. Samstagabend wird Eviathar aus dem Kibbuz zurückkommen, sein Gesicht wird angespannt sein, und sicher wird sie ihm von dem Treffen erzählen, er wird einige Augenblicke im Sessel sitzen und zur Decke schauen, und danach wird er sie in seine Arme schließen (die Qualen tanzen in seiner Iris). Nach einiger Zeit werden sie eine bescheidene, aber würdige Hochzeit im Kibbuz feiern, große, bunte Blumengestecke schmücken die Bühne mitten auf dem Rasen vor dem Speisesaal, und nach einigen Monaten wird ihnen ein Sohn geboren werden, den sie Omri nennen. Nach den Regenfällen wird Eviathar Omri auf seine Schulter heben und hinausgehen, um ihm zu zeigen, wie die Schnecken ihre Fühler aufrichten und glänzende Streifen auf den Gehweg zeichnen; von Zeit zu Zeit werden Eviathar Erinnerungen durch den Kopf gehen, in denen bitterer Schmerz und angenehme Empfindungen sich vermischen, bis nach vielen Tagen der Schmerz versickern und nur eine schwache, verblichene Sehnsucht übrigbleiben wird, und er wird jedes Jahr am 25. Mai die Telefonnummer wählen, um zu zeigen, dass er seinen Geburtstag nicht vergessen hat, die Verbindung allerdings sofort unterbrechen, dann wird sich die Telefonnummer geändert haben, und sein Finger wird aufhören zu wählen.

So geschehen die Dinge, und sie haben kein Ende.

Wir aber, wir werden nicht den Passanten folgen, die weiter und weiter orientierungslos dieselbe Straße entlanggehen, um vom bösen Sonnenlicht der Blindheit verschluckt zu werden.

Zu der Stunde, als die beiden aus dem Café auf die Straße traten und schweigend noch ein paar Schritte liefen, bevor jeder seines Weges ging (er zur Bushaltestelle und sie zur Apotheke), erreichte ein hoch gewachsener Mann das Café und stieß atemlos die Eingangstür auf.

Er war aufgewühlt, Schweißtropfen traten auf seine Stirn, und rasch überflogen seine Augen die Gesichter der Anwesenden.

Eine knochige Kellnerin, das schwarze Haar von einem Band gehalten, wischte mit einem Lappen über einen der

Tische und räumte zwei trockene Toasts ab, der eine halb aufgegessen, der andere beinah unberührt.

»Haben hier ein Mann und eine Frau gesessen? Sie waren hier verabredet«, fragte er sie schnell.

»Sie sind eben erst gegangen«, sagte sie kühl und wies mit ihrer Hand in die Richtung, in die sie gegangen waren. »Willst du etwas bestellen?«

Er murmelte eine Bestellung und stürzte hinaus auf die lärmende Straße. Dabei stieß er gegen einige Passanten, rannte sogar einen bärtigen Mann mit seinen Körben über den Haufen und hielt nicht, um die Tomaten aufzuheben, die über den Bürgersteig rollten. Genau in dem Augenblick, als die beiden sich verabschieden wollten, als sie ihm ein letztes Lächeln zuwarf – eine Locke fiel auf ihre Nasenspitze – und sich anschickte, die Straße zu überqueren, erreichte er die Straßenecke.

Genau in diesem Augenblick, in dem alles geschehen kann, wenn es uns nur gelingt, auf der richtigen Straßenseite zu stehen, hörte sie eine vertraute Stimme ihren Namen rufen.

»Eviathar«, sie wandte ihm erstaunte, weit geöffnete Augen zu.

»Ich bin doch gekommen«, sagte er und atmete schwer. Die Adern an seinem Hals pochten und seine Schläfen hämmerten.

»Du bist nicht in den Kibbuz gefahren?« Sie fragte ihn fröhlich und berührte seine Wange mit ihrem Handrücken. Die beiden dünnen Reife an ihrem Arm drehten sich und schlugen gegeneinander, und ihr Klang zerstob wie das angsteinflößende Zischen einer Schlange.

Er senkte seine Augen und fragte mit erstickter Stimme: »Wo ist er?«

»Dort gegenüber steht er und schaut uns an«, antwortete sie ruhig, und ein entsetzlicher Verdacht stieg in ihr auf.

Eviathar hob seine Augen und sah mich.

Sein Blick war heftig und brannte. Über die Entfernung hinweg waren die Muskeln seines Gesichts entschlossen zusammengezogen. Er überquerte die Straße und stand mir gegenüber, stellte seinen Rucksack mit einem Schlag auf die Straße und sagte: »Das war's«, seine grünen Iris waren feucht, und er streckte seine Hand aus und berührte meinen Arm mitten im Straßenlärm, und ich stand nahe bei ihm und sah die Schweißtropfen sich auf seiner Stirn sammeln, und ich hörte, wie die riesigen Klumpen von Glück sich von der Rückseite meines Hirns lösten, meinen Körper durchströmten und mein Herz wie eine wundervolle Schelle zum Erklingen brachten.

Und dann sprangen plötzlich vom Meer ein paar weiche Wolken herbei und wickelten sich um den Rand des Himmels. Das stechende, gnadenlose Licht erbarmte sich, fühlte sich angesichts dieses Anblicks beschämt und wurde dunkler, und eine gespannte Erwartung war in der Luft, als könnte jeden Augenblick ein wohltuender Regen niedergehen.

Tiergarten

Im weichen Lärmen des Regens öffnete sich die Tür. Ein hoch gewachsener junger Mann im grauen Jackett schüttelte die Tropfen von seinem Haar und hielt nach einem freien Stuhl Ausschau.

Ich entfernte mit einem Ruck die versilberte Lasche von Rilke, Kondensmilch, zehn Prozent Fett, schüttete die sämige Flüssigkeit in die Tasse, rührte langsam um und hob meinen Blick zu dem Mann.

An den Tischen des Cafés »Anderes Ufer« unterhielten sich vergnügt ein paar junge Männer. Andere blätterten in Tageszeitungen, die von Holzleisten gehalten wurden, und es gab jene, die allein saßen, am Kaffee oder den Biergläsern nippten und die Bilder aus den vierziger Jahren betrachteten, die die Wände schmückten. Hinter der Theke stieg ein angenehmer Duft von Gebäck auf.

Sobald sich die Tür öffnete, wanderten die Augen unauffällig zu dem Eintretenden, um sich mit beherrschter Traurigkeit wieder von ihm zu lösen.

In vielleicht genau demselben Moment öffnete Naomi das Fenster, das auf die Wüste Negev ging (dünne Netze von Schlaf trübten ihren Blick), und nahm Wäsche von der Leine. »Wie schnell alles in der Sonne trocknet«, wunderte sie sich, »dabei ist schon bald *Rosch HaSchanah*.« Er kam, vielleicht schöner als je, aus der Dusche, ein Handtuch um die Hüften geschlungen. Goldener Wüstensand türmt sich jetzt um die schmerzhafte Erinnerung, aber es gelingt ihm nicht, sie unter sich zu begraben.

Anfang September kam plötzlich der Herbst, vertiefte die Trauer des Himmels und biss mit blutzerfressenen Zähnen in die Blätter der Baumwipfel. Die Indiomusiker in der

Wilmersdorfer Straße zogen sich in der Kälte die groben Wollmäntel enger um den Hals und spielten auf ihren Saiten Sehnsucht nach den leichten Wolken der Anden und dem wucherndem Schilfrohr am Ufer des Titicaca. Gehetzte Passanten warfen eine Münze auf den Stoffstreifen, der auf das Straßenpflaster gebreitet war, und betraten die großen Kaufhäuser, wo blau uniformierte Halbwüchsige die neu eingetroffenen Waren (weiche Stoffe, Regenumhänge) in die Regale sortierten.

Berlin bereitete sich auf den Winter vor.

Der hochgewachsene junge Mann zog sein Jackett aus und hängte es auf einen nahen Kleiderhaken. Regentropfen hingen in seinem Haar, und er hielt nach einem freien Sitzplatz Ausschau. Einige der Männer unterbrachen für einen Moment ihre Lektüre, irgendein gewichtiger Gedanke huschte über ihr Gesicht, und ein Junge, die Stirnlocke grün gesträhnt, legte sogar seine Hand auf die Lehne des Stuhles neben sich, um anzuzeigen, dass er noch frei sei.

Draußen wurde der Regen stärker, vereinzeltes Donnern rollte über das Straßenpflaster. Die letzten verließen die Tische auf dem Bürgersteig und hasteten aufgeregt ins Innere. Einer der Barmänner trat an den großen Kamin und zündete ihn feierlich an.

Nur ein oder zwei Sätze fehlten, um den Brief, den ich meiner Familie schrieb, abzuschließen. Ich ließ den Stift sinken und hob den Blick wieder zu dem jungen Mann. Ich wusste nicht, ob ich mich wieder des Tricks mit dem Brief bedienen sollte, um seine Aufmerksamkeit auf mich zu ziehen; vor einigen Tagen hatte ich ihn in eben diesem Café benutzt, in einer ruhigen Nachmittagsstunde, als ein schöner Mann an der Theke lehnte und etwas zu trinken bestellte. Er hatte helles, sehr kurzes Haar, so kurz, dass seine Nackenlinie stumpf aufleuchtete, sobald er den Kopf bewegte. Der Mann trug dunkle Arbeitshosen und eine Art einfaches Unterhemd, auf dem sich die breiten Linien seines Brustkorbs abzeichneten. Ich riss ein Blatt aus meinem Heft, legte es auf den Tisch, drehte es so, dass er es sehen konnte, und begann, langsam mit großen, deutlichen Buchstaben zu schreiben, presste jedes Mal meine Lippen konzentriert zusammen und schrieb weiter. Über meine Schulter spürte ich den Blick, den er von der Theke auf das Papier warf und der wie eine schmeichelnde Strömung über meinen Hals strich, hörte das Getränk in seinem Glas. Ich hob meinen Kopf zu ihm auf, lächelte voller Schüchternheit, und er stellte sich neben meine Schulter und sagte:

»Lass mich raten, schreibst du hebräisch oder arabisch?«

»Woher weißt du das?« Ich sah ihn mit vor Verwunderung runden Augen an.

»Weil man nur Hebräisch und Arabisch von rechts nach links schreibt«, antwortete er siegessicher und nippte an dem Getränk, und seine Augen waren blau gemasert.

Bald darauf zog er die Vorhänge in seinem Zimmer im Wedding zu und umklammerte meine Knie, und wir fielen auf den weichen Teppich, über dem Staubgeruch hing. Die Haut seiner Schultern brannte vor Verlangen, und er flüsterte: »Du bist gut« und: »Du bist super«, und später saßen wir in Unterhosen in seiner kleinen Küche, Ralf zog aus dem Kühlschrank zwei offene Dosen und schenkte kaltes Bier ein. Durch das Fenster linste schöner Abendhimmel, und ich hielt zwei Finger seiner Hand und erinnerte mich der bewusstlosen Abendhimmel des Negev, die im Zimmerfenster Eviathars zu sehen waren. Ich wollte nicht aufstehen, doch Ralf schrieb seine Telefonnummer auf einen Zettel und sagte, dass er es eilig habe, und wir verabschiedeten uns mit einer Berührung der Lippen. Am Tag darauf rief ich ihn an, er war verschlafen und stumpf und bat mich mit sanfter Stimme, ich solle später anrufen, und ich legte den Zettel irgendwohin und machte mir nicht die Mühe, ihn wieder zu finden.

Aber dieses Mal beendete ich den Brief, schloss den Umschlag und sah, wie der Regen gegen die Fenster trommelte, der Himmel immer trüber wurde. Ich wusste, dass weit von hier eine kleine Frau sitzt, auf dem Küchentisch die Innereien gerupfter Hühner herausreißt und sie in einer großen Pfanne brät, die mit zischelnden Zwiebeln ausgelegt ist, dunkle Brocken Leber und Ketten orangefarbener Eier. Sie bereitet riesige Töpfe weißen Reis zu, in dickflüssige, rote Soße eingelegte Fleischstücke, und sie nimmt den Brief in ihre von Fett und winzigen Petersilienstückchen fleckige Hand. Ihre Finger hinterlassen durchsichtig-fettige Abdrücke auf dem Papier, sie setzt die Brille auf die runde Nase, liest den Brief und lächelt ein wenig, dann verziehen sich ihre Mundwinkel und sie sagt: »Jossinka«, einige hässliche Tränen schwellen an und fallen in die Pfanne mit den Zwiebeln, zischeln dort und sterben.

In dieser Küche saß ich kurz vor dem Feiertag und hielt die zusammengefaltete Ausgabe einer Zeitungsbeilage in meinen Händen. Dort war, unter falschem Namen, auf Seite vierzig meine erste Geschichte abgedruckt (eine Geschichte über hoffnungslose Liebe und Männer), und das Papier brannte zwischen meinen Fingern, vor Aufregung schlotterten meine Knochen, ich wollte es auf dem Tisch ausbreiten, zwischen Kräutern und Knoblauchschalen, und ihr die Geschichte Wort für Wort vorlesen.

Doch Mutter belud den Tisch im Nu mit allen möglichen Köstlichkeiten, streckte, erschöpft und atemlos, ihre Hand auch noch in das Gefrierfach und zog in Nylon verpackte Hühner und weißrosa Fleischstückchen heraus, und ich konnte diese Überfülle nicht länger ertragen und brüllte: »Genug, es reicht«, und mit einer Bewegung fegte ich alles, was auf dem Tisch war, zu Boden.

Sie zuckte vor Schreck zusammen, umklammerte meine Hand und bat leise: »Komm heraus, all unsere Feinde können uns hier hören«, zog mich hinter die Hühnerställe, unter den Pflaumenbaum, an dessen Zweigen faule Früchte hingen, und sagte mit ihrer krächzenden Stimme: »Warum isst du nichts?« Und ich erwiderte ihr: »Wovon redest du, was ist mit dir los?« Ihre Augen brannten: »Aber warum heiratest du nicht wie alle anderen?«

Und ich schaute in ihr rundes Gesicht, das so straff gespannt war wie eine mongolische Opfermaske, in die Öffnungen für Augen und Mund gerissen sind, und auf ihre Hände, die an dem Saum ihres Kleides zupften und Blätter vom Baum rupften, und ich wollte sie anbrüllen: »Lass mich in Ruhe, hör endlich auf, mir mein Leben zu versauen, lass mich doch leben«, und mir fiel ein, wie sie und Vater Geld zusammensparen und ein-, zweimal im Monat zu Hochzeiten und Familienfesten gehen, und wie Mutter vor dem Spiegel steht und sich die Nase pudert, und Vater zieht sein Hemd in der Hose glatt und summt jedes Mal: »Fröhlich muss man sein, muss man sein.«

Und ich senkte meine Augen zu dem Hühnerdreck, der sich um meine Schuhe häufte, Mutter schlang ihre Hände um meinen Hals und sagte ruhig: »Ich bin schuld, ich habe dir das Leben kaputtgemacht« – Kummerlinien zerrissen eine nach der anderen die Maske ihres Gesichts: »Ich bin schuld, verflucht soll ich sein, meinetwegen heiratest du nicht«, und ich antwortete ihr: »Mutter, hör auf, du weißt, dass ...«, doch ich verstummte, und sie begann zu wimmern und mit ihren kleinen, festen Fäusten gegen ihre Brust zu hämmern, hämmerte und krächzte dabei: »Ich bin schuld, ich muss endlich sterben.« Ihre Fäuste schlugen zornig auf ihre Brust, wie auf das gespannte Fell einer Trommel, und brachten dumpfe Töne hervor.

Und ich versuchte, sie aufzuhalten, ich wollte bis zu meinem Kopf in Unrat versinken. Plötzlich fing sie an zu husten, bis sie über und über rot wurde und sich zusammenkrümmte, beängstigendes Zischen und Pfeifen drang aus ihrem Hals: »Das ist nichts, nur meine Kurzatmigkeit«, und ich heulte innerlich, und Vater trat aus dem Haus auf den Balkon, seinen schmutzigen Hut auf dem Kopf, und brüllte: »Wer ist da? Wer ist da?«, und in seiner Hand hielt er ein riesiges Glas Pfefferminztee.

Und ich dachte damals an meinen Eviathar, den ich seit einem Jahr und sieben Monaten nicht gesehen hatte, Eviathar, der mich verlassen und irgendeine Frau – Naomi heißt sie – gefunden hat. Mit ihr lebt er, und alle paar Nächte verdrückt er sich in dunkle Parks und öffentliche Bedürfnisanstalten, um dort Männern, ihm gleich, aufzulauern, und jedes Mal, wenn ich an einem Bus vorbeikomme, der in die Stadt fährt, in der er wohnt, rolle ich mich zusammen wie ein Igel, und wie verhext halten meine Augen in jedem Fenster nach seinem schönen Gesicht Ausschau, immer noch träume ich ihn, sanfte Träume, und ich beschimpfe ihn, schelte ihn aus und mache ihm Vorwürfe.

»Wieso denn schon wieder Deutschland?« Vater hörte auf, an dem Glas mit grünem Tee zu nippen. Ein nasses Pfefferminzblatt blieb an seiner Unterlippe kleben. »Was suchst du denn da? Blondinen? Bring für mich auch eine mit.«

Mutter wischte die Hände an ihrem Kleid ab, ihre Augen waren zwei dicke Metallknöpfe. Sie presste ihre Stirn an meinen Hals, bis ich das Rascheln ihrer Gedanken hören konnte, blickte mich ratlos an, den Pflaumenbaum und wieder mich, flüsterte: »Komm einen Moment«, und wühlte in dem Zwiebelkasten auf dem Balkon, zog ein sorgfältig zusammengerolltes Stück Zeitung hervor, fleckig von den Zwiebelschalen, und schlug es in der Mitte der Feiertagsbeilage, Seite vierzig, weit auf. Mit vor Schmerz und Stolz heiserer Stimme flüsterte sie: »Ich habe alles gelesen, Jossinka«, und wurde von der Küche verschluckt, und Vater fing an, am Ende des Gartens »Fröhlich muss man sein, muss man sein« vor sich hin zu summen.

In Berlin kam ich früh am Abend an, und der Herbst senkte sich in seiner ganzen Schönheit auf das Land. In dicken Schichten waren schwermütige Bilder auf die fremden Weiten aufgetragen; verloschene Feuerfalter fielen von den Bäumen, und ich sah einen der Indios, einen der bettelnden Straßenmusikanten von der Wilmersdorfer Straße, mit weiter Bewegung die Enden seines Ponchos gegen die Kälte enger um den Hals schlingen.

In den folgenden Tagen regnete es ab und zu.

An einem Morgen nahm ich einen Regenschirm und ging im Tiergarten spazieren. Weiche Fäule trüb-oranger Blätter bedeckte den großen Park, und winzige Mäuse, über deren Fell sich ein dünner Streifen zog, flitzten über die feuchten Pfade, und ihre spitzen Nasen beschnupperten die Erde. Eine kleine Brücke erhob sich neben einem Tümpel. Auf der anderen Seite der Brücke, neben der eisernen Skulptur eines kauernden Löwen, lehnte ein Junge an seinem Fahrrad und schaute ins Wasser. Als ich mich näherte, irrte sein Blick wie eine Wolke über mein Gesicht und wanderte wieder zum Wasser, in dem schwarze Enten tauchten. Ich entfernte mich etwas und setzte mich auf eine Bank. Der Junge hielt sein Fahrrad fest, an das eine Schultasche mit einem Riemen gebunden war, und ging mit demonstrativer Langsamkeit dicht an der Bank vorbei. Dünne Muskeln überzogen seine Arme. Danach bestieg er sein Fahrrad und verschwand auf einem der Pfade. Doch nach einem Augenblick tauchte er wieder auf und lehnte das Fahrrad an den Stamm eines ausladenden Baums. Seine Augen linsten aus dem Dickicht, und ein neugieriger, dunkler Glanz entzündete sich darin. Er bedeutete mir, ihm nachzufolgen.

Ich verließ den Tiergarten in Richtung des Cafés, in dem ich gerne saß. Regenfetzen flogen im Wind auf. Eine Frau mit gelbem Haar trug in ihren Armen einen Korb mit einem Kätzchen und plapperte laut in einer Telefonzelle. Hin und wieder quietschte sie genüsslich und bohrte einen Finger ins Mäulchen der Katze. Nachdem sie die Telefonzelle verlassen hatte, hing ein dumpfer Geruch von Parfüm darin. Ich warf zwei Markstücke ein und wählte.

»Eviathar«, werde ich zu ihm sagen.

»Du bist es«, seine Stimme wird aufgeregt sein, und auf einmal wird er heftiger atmen. Heiße Sandkörner werden aus der Wüste kommen und gegen das Fenster seines Zimmers trommeln.

»Wie geht es dir?«, werde ich flüsternd fragen, die Frage, die ich ihm seit einem Jahr und sieben Monaten stellen will.

»Ich ... ich habe große Sehnsucht ...« – Süße wird in seiner Stimme liegen. Die Süße seiner Stimme ist mir wunderbarer als Honig.

»Ich komme bald zurück«, werde ich ihm sagen.

Und dann wird sich Schweigen auf uns senken. Große Sehnsucht und Begehren sind in diesem Schweigen verschlüsselt, und ich werde seinen Atem nahe, nahe durchs Telefon hören.

Unvermittelt brach der Wählton ab.

»Hallo«, sagte er.

»Eviathar«, sagte ich ruhig.

»Hi, Schalom«, er war etwas überrascht. »Wie geht es dir?«

»Ich ... ich bin okay«, antwortete ich.

»Wie ist die Arbeit, was gibt es in Tel Aviv?«, fragte er.

»Wie üblich, du weißt schon, heiß und sehr feucht.«

»Wir haben lange nicht mehr geredet«, sagte er rasch und kaute etwas.

»Stimmt.«

»Hör mal, ich bin auf dem Weg zur Arbeit. Sie warten unten mit dem Auto auf mich.«

»Gut.«

»Ich stelle das Tablett in den Kühlschrank«, hörte ich

eine Frauenstimme ihm zurufen.

»Naomi?«, fragte ich flüsternd.

»Ja«, er sagte es zögernd, »wir sind zusammen.«

Schweigen breitete sich zwischen uns aus. Meine Finger wurden schwer. Am Telefon leuchteten zum Zeichen, dass das Gespräch gleich zu Ende sei, rote Zahlen auf.

»Gut, lass es dir ...«, versuchte ich zu sagen, und die Verbindung brach ab.

Ich ging und sah die schönen Männer, die die Straßen bis ans Ende aller Tage füllen, die ihre Kleidung nachlässig an den Badestränden ausziehen werden, und all die Soldaten, deren Uniformen sich wunderbar ihrem kräftigen Körper anpassen, und die errötenden Mädchen hinterher pfeifen, und all die mondhellen Nächte, in denen ich allein zwischen dunklen Bänken herumlaufen werde, um ein bisschen Liebe zu finden, und ich werde sie nicht finden. Ich sah all die Stunden, die ich in dämmrigen, von Kummer zerfressenen Cafés sitzen, die bis zum Überdruss bekannten Gesichter mustern werde, und im klaren Bewusstsein, dass er nicht kommen wird, werde ich ihn erwarten.

Und ich sah, wie er ein kleines Kind auf die Schultern hebt, wiehert und ihm die Spuren der Schnecken nach dem ersten Regen zeigt, und ich wusste, dass mich niemals jemand »Vater« nennen wird, spürte den unangenehmen Geruch der Verzweiflung und sah das traurige, gelbe Gesicht meiner Mutter wie ein Menetekel von den Häuserwänden auf mich herunterblicken.

Der Mann in dem grauen Jackett trank aus dem Glas in seiner Hand und stellte es geräuschvoll auf die Theke. Danach nahm er es wieder und hob es an die Lippen. Er war groß und sah gut aus, sein Kinn unrasiert. In seinem sicheren Blick lag eine Art leiser Zorn, so als erwarte er, eine schnelle Antwort zu bekommen. Ich zog Briefmarken aus meiner Tasche und legte sie auf den Tisch. Danach klebte ich die Marken auf den Umschlag und schrieb die Adresse mit runden Buchstaben.

Ich leerte die Kaffeemilch Rilke, zehn Prozent Fett, in die Tasse, rührte ein letztes Mal um, feiner Kuchenduft stieg hinter der Theke auf, und trank den Rest Kaffee. Eine alte Erregung erwachte in mir, und Gelassenheit erfüllte mich. Langsam, langsam hob ich meinen Kopf zu dem Mann auf.

Er war nicht dort. Das graue Jackett hing nicht auf dem Kleiderständer. Die Kellner trugen einige regennasse Tische herein. Der Nebentisch bestellte zwei Espressi und frischen Mohnkuchen. Ein Mann im besten Alter mit beginnender Glatze stand mit leuchtendem Gesicht von seinem Platz auf und sprach einen Jungen an, der allein saß, um nach einem Moment mit gesenktem Kopf an seinen Platz zurückzukehren und die Nase in eine Zeitung zu stecken. In dicken, fettigen Wasserschlangen schlug der Regen gegen die Fenster.

In der Nacht ging ich in einen Club in Kreuzberg. Dünne, junge Männer liefen dort ununterbrochen hin und her, und matte Lichter flossen wie blasses Blut in ihren durchsichtigen Adern. Es ist alles eins, sagte ich mir. Vielleicht sagte ich auch etwas anderes.

Nicht weit von mir saß ein junger Mann mit dunklem Haar und las ein Buch. Ich strengte meine Augen an: es war »Mein Michael«, in dünnem Einband und auf Hebräisch. »Entschuldige«, sagte ich, mich räuspernd, auf Englisch zu ihm, »das Buch, das du da liest, es ist hebräisch oder arabisch, nicht wahr?«

»Hebräisch«, seine Überraschung war vollkommen. »Woher weißt du das?«

»Weil es von rechts nach links geschrieben ist«, sagte ich siegesgewiss.

»Ich heiße Ofer, ich bin heute erst in Berlin angekommen«, er streckte die Hand aus und schloss das Buch.

Lange Wimpern bedeckten seine dunklen Augen.

»Angenehm«, sagte ich »ich heiße Theodorus, ich bin aus Athen.«

Danach fuhren wir zu ihm.

Nimrod

Am 29. Januar, genau fünf Jahre nach meiner Entlassung aus der Armee, ging ich aus meinem Büro in die Mittagspause und dachte an die Abschiedszeremonie, die sie beim Militär für mich abgehalten hatten, an die kurze Rede, die der Brigadegeneral S., den ich während der ganzen fünf Jahre nicht gesehen hatte, mir zu Ehren hielt. Und in genau dem Moment, als ich aus meinem Büro in diese Mittagspause ging, kam mir der Brigadegeneral S. auf dem Bürgersteig entgegen und lächelte breit.

Und ich würde mich nicht an dieses seltsame Zusammentreffen erinnert haben, wäre ich nicht an demselben Abend durch die Reines-Straße gelaufen und hätte, während ich am Zebrastreifen wartete, auf der anderen Straßenseite einen Mann und eine Frau in einem der Hauseingänge gesehen. Der Mann ähnelte sehr einem entfernten Bekannten, der in Ramat-Gan wohnt und den ich lange Zeit nicht getroffen hatte. Se'ev heißt er, doch als ich die Straße überquerte, wurde mir klar, dass zwischen Se'ev und diesem Mann nur eine ganz entfernte Ähnlichkeit bestand, und als ich weiter zur Fishman-Straße ging, tauchte plötzlich an einer der Ecken eben jener Se'ev auf und klopfte mir freundlich auf die Schulter.

Und auch dieses nebensächliche Ereignis würde ich nicht weiter beachtet haben, hätte ich nicht die Absicht gehabt, in derselben Nacht in einer bestimmten Angelegenheit, die meine Arbeit betraf, mit jemandem, mit Joshua, zu telefonieren. Ich erinnerte mich, dass ich die Nummer irgendwo in meiner Schublade notiert hatte, zog aus ihren Tiefen einen zerknitterten Zettel hervor und wählte, und erst nachdem das Gespräch beendet war, stellte ich verblüfft fest, dass vor der Nummer auf dem Zettel die Vorwahl einer anderen Stadt stand, dass es sich um nichts anderes als die Nummer irgendeines Büros für Warenimport handelte und dass die beiden Nummern wunderbarerweise völlig identisch waren.

Und all das hätte mich nicht so aufgewühlt, wenn nicht in dem Moment, in dem ich den Hörer auf die Gabel legte, das Telefon angefangen hätte zu klingeln, und ich am anderen Ende Nimrods Stimme gehört hätte.

»Leute haben mir gesagt, dass ich denselben Satz mehrmals wiederhole«, sagt meine Mutter.

Sie greift einige unschuldige Hände voll Sand zwischen ihren ausgestreckten Beinen und streut sie auf ihre Füße, feine Körnchen spritzen im Wind gegen die gelben Aprikosen, und aus dem Wasser steigen junge Mädchen. Ihr Haar ist nass, und sie schreiten über den Strand. Auf dem untersten Brett, hinter einem Berg von Laken und Bettbezügen, im schwachen Geruch von Winter und Zitronen versteckt, liegt mein Tagebuch, und vom Fenster aus ist das Basketballfeld zu sehen. Weißes Licht fällt auf den Betonboden, und der grobe Vorhang erstickt das Toben des Schmerzes. Und danach, in der Dusche.

Der kleine Joash wäscht sich schon ganz allein. Er sitzt in der blauen Plastikwanne und spritzt jauchzend heißes, wohlriechendes Wasser auf seinen Rücken. Seine Haut verbreitet den Duft von Sauberkeit, und seine blauen Augen haben die Farbe der Wanne. Anath kniet vor ihm und wäscht sein dünnes Haar mit ihren beiden Händen. Ich weiß nicht, warum mich dieses Bild jedesmal, wenn ich sie besuche, in Verlegenheit bringt: Anath kniet, und ihre Brust quillt aus dem nassen Kleid. Joash sitzt in der Wanne und jubelt, zwischen seinen Beinen ruht die Krone seines Glieds, von der Hitze gerötet, einfach so im Wasser entblößt, und ich spüre, wie meine Augen sich an diesen Punkt stehlen und beschämt wegsehen, stelle das Geschenk, das ich ihnen mitgebracht habe, auf den Tisch – irgendein Bilderbuch oder Schokoladenbohnen –, sage ein paar Worte, frage, ob ein Brief gekommen ist, und verabschiede mich.

»Dass ich denselben Satz mehrmals wiederhole«, sagt Mutter.

Hin und wieder lächelt sie einem der Mädchen am Strand zu, winkt ihm mit der Hand und lädt es ein, sich auf das große Handtuch zu setzen, schneidet ihm eine Scheibe von der roten Wassermelone, auf deren Backen Sandkörner kleben, ab und sagt zu ihm: »Das ist gut für die Figur, Püppchen.« Dann zeigt sie auf mich und sagt: »Ihr seid jung, macht euch doch miteinander bekannt.« Nach kurzem Schweigen senkt sie ihr Gesicht in das Schüsselchen Aprikosen, und mitten auf ihrer Stirn verdickt sich eine dünne Falte, das Mädchen lächelt, streift sein Haar zurück, steht auf und taucht ins Meer.

An einem Freitag, gegen Abend, kam ich aus der fernen Universität, und der letzte Bus, der von der Kreuzung in die Siedlung fährt, war längst weg, und ich rief aus einer Telefonzelle an und bat sie, mit dem Auto zu kommen und mich von der Straße abzuholen. Während ich noch dastand und wartete, wendete sich ein Mädchen mit einem schweren Rucksack an mich und fragte, ob sie bis ins Zentrum der Siedlung mitfahren dürfe. Mutter sah sie, und ihr Gesicht leuchtete auf, sie sagte mit fester Stimme: »Schön, dich kennen zu lernen, Kleine, du kommst den Schabbat über zu uns, nicht wahr?«, und als sie verstanden hatte, was es zu verstehen gab, presste sie ihre Kieferknochen zusammen, ihre Augen schwarz und verängstigt im Rückspiegel, und sie wagte nicht, meinem Blick zu begegnen.

Und während des Schabbatmahls sammelten sich in

ihrem Innern Wörter und Gedanken. Als sie sich von ihrem Platz erhob, um Suppe einzugießen, häuften sich hinter ihr die Wörter und die Gedanken zu einem hohen, zitternden Haufen auf dem Tisch an, sie sagte zu mir: »Willst du noch Huhn?«, und als ich schwieg, fügte sie hinzu: »Welchen Teil vom Huhn?«, sagte sofort: »Hier ist dein Huhn«, und stellte den übervollen Teller geräuschvoll vor mich, oder sie verkündete einfach: »Huhn!« und schob mir, ohne es zu merken, die Platte ein wenig näher hin, und wenn ich die Stimme hob und brüllte: »Nein, ich will kein Huhn«, dann verhaspelte sie sich und war einen Augenblick lang verwirrt und ratlos, meine kleine Mutter, und nach einem Moment murmelte sie zögernd: »Aber was für einen Teil vom Huhn?«

Hinter den Gebäuden des Internats erstreckten sich dichte, dunkle Obstpflanzungen, und weit hinten rundeten sich gelbe Hügel. An Schabbatabenden senkte sich versöhnte Stille von den Rändern des Himmels und verdichtete sich über den Rasenflächen und Cheskiels, des Gärtners, Beeten mit Stiefmütterchen. Im Speisesaal begannen diejenigen, die Küchendienst hatten, weiße Tischdecken auszubreiten und Rotweinflaschen und *Chaloth* auf die Holztische zu stellen. In den Zimmern kämmten Jungen ihr nasses Haar und zogen weiße Hemden für die festliche Mahlzeit und den *Kiddusch* an, und ich versteckte mich am Fuß der Steinmauer bei den Orangenpflanzungen, auf dem grasigen Boden in der dämmrigen Stille hingestreckt, über den Hosenschlitz von Nimrod gebeugt.

»Ich – denselben Satz mehrmals wiederhole«, sagt Mutter.

Vor einigen Tagen sah ich, als ich ein Hemd im Schrank suchte, oben auf dem Kleiderhaufen eine farbige Illustrierte, in der Nacktaufnahmen waren, und während ich zornig die Seiten umblätterte, die das böse Lächeln von Frauen mit entblößten Pos füllte, stand meine Mutter in der

Ecke der Tür (eine kleine Frau mit platter Stirn) und sagte mit gedämpfter Stimme: »Damit du etwas zu lesen hast.«

Aber auf dem Basketballfeld spielten von morgens bis abends die Jungen, und Nimrod war der beste Spieler unter ihnen. Schweiß glänzte auf seiner Haut, ich stand hinter dem Vorhang, von dem aus das Spielfeld zu sehen war, und erstickte mit meinen Händen das Herumtoben des Schmerzes.

Nach dem Spiel, in der Dusche, saß ich auf der nassen Bank, neben den Sportschuhen und den Unterhemden, und sprach mit ihm über das Spiel und über die bevorstehende Bibelklausur und über die Jemenitin Carmela, die sich für ihn interessierte. Nimrod stand unter dem heißen Wasserstrahl, hob sein Gesicht und lachte. Sein Körper wirkte im Wasser kraftvoll, und in seinem Haar hingen Tropfen, die auf seine Schultern und seinen Bauch fielen. Ich erhob mich und ging mit strauchelnden Beinen, und im trüben Dampf lachten Nimrods Augen über meine Verlegenheit.

Und danach war es auf einmal Abend, die Arme der Nacht streckten sich aus den niedrigen Stämmen der Obstpflanzung, hinter der Steinmauer schritten die ersten Jungen in ihren weißen Hemden in den Speisesaal und schwatzten laut, Nimrod blickte in die Dunkelheit und auf die von einer Art gelblichem Staub fleckigen Pampelmusen und sagte plötzlich: »Was wirst du machen, wenn du groß bist?« Ich lag auf die grasige Erde gestreckt und lauschte an seiner harten Brust und dachte nach, und Nimrod sagte: »Ich werde Forscher, ich werde römische Schiffe auf dem Meeresgrund entdecken«, lächelnd bohrte ich die Nase in die Senke seines Brustkorbs, Nimrod blickte in die zwischen den Bäumen einbrechende Dunkelheit, fuhr mit seiner Hand durch mein Haar, und tausend zärtliche Ströme sprühten von seinen Fingern auf meinen Hals und sammelten sich im Bauch der Erde. Nimrod sagte: »Genug, gehen wir essen.«

»Denselben Satz mehrmals wiederhole«, sagt Mutter.

»Willst du Aprikosen?«, fragt Mutter, und als ich verneine, reicht sie mir einen Pfirsich. Das Meer ist glatt, nur wenige Menschen spazieren über den Strand. Bald wird die Sonne ins Meer sinken. Sie schickt ein oder zwei rote Strahlen aus, um die Weiche ihrer Berührung mit dem Wasser zu prüfen.

Und an einem der Tage endete plötzlich der *Chamssin*. Große, trübe Regentropfen peitschten gegen die Scheiben, die Hausmutter Klara lief durch den Korridor und schrie: »Versammlung, alle herunterkommen zur Versammlung«, bis in den Zimmern tiefe Stille herrschte. Nimrod ging zur Tür, schob den schweren Tisch davor und näherte sich mir, seine Augen, hellblau wie eine Badewanne, lachten und wurden ernst, er hob seine Hände über den Kopf, um sein Hemd auszuziehen, und in dem Spalt zwischen dem Hemd und dem Gürtel zeigte sich ein Streifen flaumigen Haares. Dann schnallte er seinen Gürtel ab und ließ die Hose zu Boden gleiten, sein Gesicht brannte, und er zog den Vorhang mit einem Ruck zu.

Ich erinnere mich nicht genau, was ich in derselben Nacht in mein Tagebuch schrieb. Vielleicht schrieb ich: »Nimrod, Nimrod.« Und vielleicht schrieb ich: »Du, für immer.« Und vielleicht schrieb ich: »Hier war das erste Mal.«

Und an jenem Wochenende hatte ich Urlaub und fuhr nach Hause. Ich versteckte das Tagebuch in seinem üblichen Versteck im untersten Regal zwischen den Bergen von Laken, die in den schwachen Geruch von Winter und Zitronen gehüllt lagen. An jenem Schabbat waren die Gesprächspausen lang, die Reisschüssel wanderte mit scharfem Klopfen über den Tisch, Mutter flüsterte Worte und Gedanken, die sich wie Würmer aufrichteten, und die Falte auf ihrer Stirn war dick und böse.

Und ein oder zwei Tage später kam Vater plötzlich am Mittag direkt von der Arbeit mit verdreckten Kleidern ins

Internat und fing an zu schreien: »Wo ist der Rektor?« Ein paar Minuten lief er im Gebäude hin und her, Schlammbrocken fielen wie Schokoladenwürfel aus den Ritzen seiner Schuhsohlen auf den Boden des Korridors, und er kratzte sich unter seinem blauen Hut. Dann brüllte er: »Wo ist der Verbrecher, ich werde ihm den Schädel einschlagen«, und vor den grinsenden Gesichtern der Jungen brüllte er wieder und wieder: »Wo ist der Rektor?«

Die Tür des Büros öffnete sich, die Hausmutter Klara kam mit strengem Gesicht heraus und trat auf Vater zu, und ich stürzte aus dem Gebäude in die Felder und zwischen die Pampelmusenbäume, dann stieg ich in einen Autobus. Mein Atem ging stoßweise. Mutter saß zu Hause unter dem Mispelbaum und sah ihr Haar ergrauen, und als sie mich erblickte, wedelte sie mit meinem Tagebuch und schrie auf: »Was machen sie dort mit dir, ich werde dich beschützen, ich liebe dich«, ihre Augen versprühten Zorn und Angst, und ich riss das Tagebuch aus ihrer Hand und brüllte: »Du bist verrückt.« Vielleicht brüllte ich auch: »Wann stirbst du endlich«, und gerade als ich aus dem Hof floh, kam mein Vater an. Mit der Faust schlug ich in seinen Bauch, er krümmte sich und ließ ein scharfes, langes Wimmern hören. Atemlos rannte ich fort und ließ mich hinter einem öffentlichen Bunker, in dem es nach Urin roch, auf die Erde fallen und weinte und weinte.

»Mehrmals denselben Satz«, sagt Mutter und schüttelt voller Verwunderung den Kopf. »Das haben mir Leute gesagt.«

Danach verflogen die Tage rasch.

Der Winter kam, nach ihm der Sommer, und als er zu Ende war, wurden wir zum Militär eingezogen.

Und in diesem verfluchten Sommer lernte Nimrod Jael kennen. Er legte seine Hand auf ihre Schulter und senkte die Augen zu Boden, wenn ich ihnen auf dem Weg, der zur Schule führte, entgegenkam. Wenn das Licht in ihrem Zimmer verlosch, biss ich in meinen Arm, und in unendlichem Wahnsinn wühlte ich in dem Stoffbeutel, in den er seine schmutzigen Kleider zur Wäsche gab, mit dem ganzen Gesicht sog ich den Geruch seiner vom Basketball verschwitzten Hemden ein.

Und nach Jael tauchte Anath auf. Ihre Hochzeit wurde in dem Kibbuz, aus dem sie kam, gefeiert, nahe bei dichten Obstpflanzungen. Es waren nur wenige Gäste da. Kurze Zeit nach Joashs Geburt nahm Nimrod einen großen Rucksack und reiste in ein fernes Land. Man erzählte, er habe darauf bestanden, allein zu fahren. Im Laufe der Monate erhielt ich drei Postkarten: die erste aus einem Bergdorf in Nepal, die zweite von einer Insel in Thailand, an deren goldenem Strand Palmen in einer Reihe wachsen, und die dritte aus Sydney in Australien. Unten auf den Postkarten, auf denen nur nichts sagende Worte standen, setzte er mit kleinen Buchstaben hinzu: »Und vergiss nicht«, und ich bewahrte die drei Postkarten in der Schublade auf. Nur hin und wieder, in einer schlaflosen Nacht, stiegen die Gerüche der Obstpflanzung und der Dampf der Dusche und die Erinnerung an sein helles Haar in mir auf. Und wenn Anath sich auf ihre Knie niederließ, um die Haare des kleinen Joash zu waschen, durchzogen mich Dinge, die mit den Tagen stumpfer wurden, ich beeilte mich, das Bilderbuch oder die Schokolade auf den Tisch zu legen, und verabschiedete mich von ihnen.

»Wie geht es dir?«, sagte Nimrod.

»Und dir?«, antwortete ich.

Durch das Telefon hörte ich seinen Atem.

»Hast du schon römische Schiffe auf dem Meeresgrund gefunden?«, fragte ich ihn.

Nimrod lachte aus vollem Hals. Dann wurde er plötzlich ernst.

»Ich denke viel an dich«, sagte Nimrod nach einem Moment.

»Du hast eine Frau und einen Sohn«, wollte ich ihm sagen.

»Ich komme nach Israel zurück.« Seine Stimme war langsam. »Was sagst du?»

»Nimrod«, flüsterte ich.

An demselben Tag, in der Mittagszeit, traf ich den Brigadegeneral S., den ich genau fünf Jahre nicht gesehen hatte. Ein Mann in der Reines-Straße war nicht Se'ev, der in Ramat-Gan wohnt, doch hinter irgendeiner Straßenecke tauchte plötzlich Se'ev auf und begrüßte mich. Und der Zettel mit der Telefonnummer.

Trotz der späten Stunde rief ich sofort Anath, Joashs Mutter, an, um ihr alles zu erzählen.

Schildkröteneier

Als ich zu packen begann, lief gerade ein Naturfilm im Fernsehen; die Schildkrötenmutter gräbt im Sand des Meeresstrandes und legt Eier, und nach einiger Zeit spalten sie sich und winzige, weiche Schildkröten quellen hervor und hasten hurtig in den nassen Schoß der Wellen. Dort, im Meer, lauern viele Gefahren auf sie, sagte der Sprecher mit dramatischer Stimme.

Ich lächelte.

Jedes Jahr schlüpfen weiche Kinder mit traurigen Augen in die Welt, sie wachsen in den üblichen Wohnblocks in Haifa oder Holon auf oder auch in irgendeiner kleinen, von Feldern umgebenen Ansiedlung am Fuß der Berge. Sie weinen wie die anderen Babys, noch weiß niemand, dass es sich um kleine Schwule handelt, die nicht auf Bäume klettern, um Vogelnester zu finden, und die sich nicht die Hosen überm Knie zerreißen. Still helfen sie Mutter in der Küche, das Geschirr zu spülen, und vergraben ihre liebebedürftige Nase in der Schürze ihres Kleides. In der Schule spielen sie nicht Fußball, kein Schweiß rinnt über ihren Rücken, und die Mädchen gucken ihnen nicht heimlich nach und erröten nicht. Am Nachmittag lernen sie Klavier oder Akkordeon spielen, und manchmal schließen sie sich im Zimmer ein und schreiben verhaltene, andeutungsreiche Gedichte, die sie noch nicht ganz verstehen. Sorgfältig schließen sie die Tür zur Dusche ab und denken unter dem heißen Wasserstrahl an den schönen Körper von Nir oder von Alon oder von Oren. Und nachts wälzen sie sich gequält in ihren Betten und hassen sich selbst. Sie melden sich nicht freiwillig in die Elitetruppen der Armee, und nach ihrer Entlassung verschließen sie das Herz vor den Verzweiflungsschreien ihrer Mutter, packen ein paar Kleider und viele Träume ein und flüchten, einer wie der andere, in den verlockenden Schoß der großen Stadt. Was erwartet sie dort, welche Gefahren lauern auf sie, fragen wir mit sorgenvoller Stimme.

»Warum lächelst du, schau, wie viel Arbeit wir noch haben«, sagte Shuki und fing an, Bilder und Blumentöpfe mit Farn, die von der Decke hingen, herunterzunehmen. Shuki war mein Mitbewohner in dieser Drei-Zimmer-Wohnung in der Maase-Straße sechsundvierzig, neben dem Wasserturm. Dem Mietvertrag zufolge mussten wir die Wohnung in weniger als einer Woche räumen.

Die Wohnung war riesig und sehr alt, ihre Fensterrahmen in grellem Blau gestrichen, die Regenrinnen aus hohlem arabischen Stein gemacht. Ich fand sie, als ich an einem Maklerbüro in der Yehuda-HaLevy-Straße vorüberging und einen Zettel sah:

»Günstig, Wohnung mit Blick aufs Meer.« Der Makler kletterte in den dritten Stock (es war ein glühendheißer Tag, das Hemd klebte ihm am Rücken) und riss heimlich Spinnennetze herunter, die sich zwischen den Türrahmen spannten. Trotz ihrer Erbärmlichkeit, vielleicht gerade ihretwegen, mochte ich die Wohnung.

»Aber von wo sieht man das Meer?« fragte ich den Makler.

Er stieß einen morschen Holzladen auf und gab den Blick auf zusammengeflickte Teerdächer frei.

»Siehst du fünf Sonnenboiler in einer Reihe?« Er deutete auf das Dach eines entfernten Gebäudes.

»Ja.«

»Schau genau hin, siehst du den verschwommenen Fleck dazwischen?«

»Nu?«

»Das ist das Meer«, er zuckte mit den Schultern und zündete sich eine Zigarette an.

Shuki kannte ich seit fast zwei Jahren; er hatte eine Glatze, einen Eierkopf, eine Stupsnase und vor allem – ein Paar riesiger Augen, auf der Suche nach einem Freund von unbezwingbarem Durst erfüllt. Auf der Suche, sage ich, denn es schien manchmal, dass er mehr auf das Suchen als auf das Finden aus war. Große Männer, kleine Männer, junge Männer, etwas ältere Männer, Steuerberater (Steuerberater!) – in alle verliebte er sich heftig. Alle zwei, drei Tage kehrte er mit vor Glück feuchten Augen in die Wohnung zurück, keuchend wie jemand, der an seinen heftigen Gefühlen zu ersticken droht.

»Hör mal«, er lehnte schwach im Türrahmen, »heute habe ich an der Haltestelle vom Zwölfer einen hinreißenden Mann kennen gelernt. Hin-reißend! Ich habe noch nie einen so unglaublichen Mann getroffen. Er heißt ... nu ... Amith, siebenundzwanzig Jahre alt, Hauptmann beim Nachrichtendienst. Die ganze Nacht über haben wir zusammengesessen und geredet. Was für eine Tiefe! Was für ein Schmuckstück von Mann! (Riesige Augen leuchten voller Sehnsucht.) Bis Sonnenaufgang haben wir zusammengesessen und geredet, und danach haben wir zusammen geweint. Wir haben nicht aufgehört zu weinen.« Er seufzte, wanderte aufgeregt herum und verschwand in seinem Zimmer.

In der Nacht darauf traf ich ihn in der Küche.

»Wie geht's Amith?«, fragte ich interessiert.

»Wem?!« Er riss die Augen überrascht auf, als hätte ich »Mu'amar Ghaddafi« gesagt.

»Amith, nun, dem Nachrichtenhauptmann.«

»Ah ... der«, er warf einen verächtlichen Blick auf den Spülstein. »Wer erinnert sich überhaupt noch an den.«

»Es ... es tut mir leid«, stotterte ich.

»C'est la vie, mon chéri«, er breitete seine Hände aus, und seine Glatze schien plötzlich glanzlos. »Aber, hör mal ...«, plötzlich hellte sich sein Gesicht auf, als habe er ein kleines Geheimnis. »Mittags bin ich zum Supermarkt gegangen und habe einen Mann gesehen, der bei den Cornflakes stand. Glaub mir, die Liebe meines Lebens. Ein hinreißender Mann. Hin-reißend! Stundenlang saßen wir bei den Milchprodukten und haben geredet. Wir konnten nicht aufstehen und uns trennen!«

Zu diesem Zeitpunkt begann ich zu kapieren, wie der Hase läuft.

»Und dann habt ihr zusammen geweint und konntet nicht aufhören, stimmt's?«, fragte ich vorsichtig.

»Woher weißt du das?« Er ließ einen vernebelten, verschleierten Blick zu mir gleiten.

»Nur so.«

Das war Shuki. In den letzten zwei Wochen, seit wir eine eindeutige Aufforderung bekommen hatten, die Wohnung zu räumen, war er vollkommen damit beschäftigt, einen Soldaten, der im Haus gegenüber wohnte, zu beobachten.

Eines Nachts ließ der Soldat das Fenster seines Zimmers offen, und im Licht von hundert Watt vögelte er seine Freundin wild: erst im Stehen, danach auf dem Stuhl (seine Uniform hing darauf) und schließlich von hinten. Er hatte was zum Prahlen, dieser Soldat. Shuki stöhnte vor Qual und klebte von da an am Fenster. Er war überzeugt, die Liebe seines Lebens gefunden zu haben. Um halb fünf kam er von der Arbeit und hing sofort an der Fensterscheibe, vielleicht würde der Soldat wieder nackt auftauchen. Mehr als einmal erwischte ich ihn, wie er ein Fernglas auf das Fenster richtete und an den Knöpfen seiner Jeans herumfummelte.

Ich zog während dieser Tage eine andere, sauberere Methode vor, etwas Aufregung in mein Leben zu bringen: Briefe.

Ich hatte in der Post neben dem Kino »Esther« ein Postfach gemietet, und jeden Tag fand ich mich dort ein und trennte mit zitternden Fingern die Ränder der Umschläge auf, die aus allen Ecken der hungrigen Stadt eintrafen. Ganze Welten waren zwischen den Zeilen versteckt: unzählige angenehme und sensible Jungen, einsam und nach einer tiefen Beziehung hungernd. Ein Teil von ihnen machte sich sogar die Mühe, Größen und Zentimeter anzugeben, um die Tiefe zu betonen. Nur selten traf ich mich mit ihren Verfassern; die Enttäuschungen dieser kläglichen Treffen lehrten mich, dass eine gesunde und vernebelte Phantasie auf dem Papier besser ist als zwei erbärmliche Begegnungen zwischen Bettlaken. Stattdessen trug ich die Briefe nach Hause, lochte sie und heftete sie in einen dicken Ordner, und nachts blätterte ich in diesem Ordner. »Das große Buch der Lügen«, schrieb ich mit roten Buchstaben darauf, bis ich mit einem entspannten und erwartungslosen Lächeln einschlief.

Doch ein Brief, der vor ein paar Tagen in dem Postfach eingetroffen war, rief in mir irgendeine alte Neugier wach. Der Mann schrieb, er sei sechsundzwanzig Jahre alt, schreibe Gedichte und beschäftige sich mit der Renovierung alter Häuser, und vor allem: er habe keinerlei Erfahrung mit Männern. Nach einigen Zweifeln rief ich ihn an und verabredete mich auf den Treppen des Platzes bei der Kinokasse mit ihm.

»Was lächelst du?«, fragte Shuki wieder und linste verblüfft zu den kleinen, herumflitzenden Schildkröten auf dem Bildschirm. Sein Kopf war so glänzend und eiförmig, dass ich mich nur mühsam davon abhalten konnte, irgendeinen Porzellanteller auf seinem Schädel zu zerschmettern. Er begann, seine Kleider in einen riesigen und zerschlissenen Stoffkoffer zu packen, der vermutlich noch aus den Lagern der illegalen Einwanderer auf Zypern stammte.

»Ich gehe, ich habe in ein paar Minuten eine Verabredung mit jemandem«, sagte ich eilig und zog mein Blind-date-Hemd, das die Schultern betont, an.

»Warte doch, ich muss dir was über den Soldaten erzählen«, begann Shuki mich zu verfolgen. »Er läuft den ganzen Tag in Unterhosen herum und lächelt mir zu, ich schwöre es dir«, doch ich war schon auf die Straße hinausgegangen.

Es war Punkt sieben Uhr.

An der Kasse lehnte jemand an der Wand, und als er mich sah, löste er sich von ihr, und ein Lächeln breitete sich über seinem Gesicht aus. Er war ungefähr vierzig, klein, und mühte sich unablässig, seinen Bauch einzuziehen, so als versuche er, den Krallen einer Katze zu entgehen. Ich war wütend über den billigen, schändlichen Betrug, und gleichzeitig bemitleidete ich den einsamen Mann, der vor mir stand, in spitz zulaufenden Schuhen und mit einem abscheulichen Lächeln.

»Jehoshua Jungmann«, er streckte mir die Hand hin.

»Angenehm, *Yaron Sehavi*«, stellte ich mich vor.

»Was für ein schöner Name«, wunderte er sich. »Vielleicht setzen wir uns ein bisschen?«

Wir setzten uns auf die Plastikstühle eines Cafés, in dem es nach Urin roch.

»Sag mir doch noch mal, was du mir in dem Brief über dich geschrieben hast«, sagte ich süßlich und kam mir gemein vor.

»Ich bin fast neunundzwanzig«, er schaute mich aus schmalen Augen an und strich sein spärliches Haar zurück (neunundzwanzig! bloß drei Jahre vergangen, seitdem er den Brief geschickt hat!), »und ohne Erfahrung«, fügte er geheimnisvoll raunend hinzu.

»Trinkt ihr was?«, fragte der Kellner und wischte ein Glas mit seiner schmutzigen Schürze aus.

»Zwei Kaffee«, beeilte sich mein Partner für uns beide zu entscheiden. »Ich bezahle«, verkündete er ritterlich.

Er betrachtete die Betonfläche und den Feuer speienden Brunnen und sprang plötzlich überrascht auf.

»Was ist das?«, röchelte er. »Wo ist der runde Platz mit den Blumen? Hier war doch ein Platz, oder?«

Ich konnte mich nicht länger beherrschen, legte ein paar Münzen auf den Tisch und verzog mich hastig.

Ich verabscheute diese Menschen, die ihre Beine auf Plastikstühlen ausstreckten und auf den Bürgersteig spuckten, ich verabscheute die schmutzigen Cafés und den hässlichen Platz, verabscheute den kochenden Asphalt und den Schweiß und die Lügen und die Fäulnis, die aus den Kanaldeckeln aufstieg; rennend überquerte ich die Reines-Straße, ließ die Ecke Fishman-Straße hinter mir und beruhigte mich erst, als ich mich auf das Dickicht der inneren, schattigen Straßen hin entfernte, in denen kleine Gärten und Hecken die Anwohner vor der Hitze schützen.

Dort, an einem der Hauseingänge in der Spinoza-Straße, stand ein junger Mann mit einem Helm und hielt einen dicken Umschlag in der Hand.

Ich ging an ihm vorbei; er trug dunkle Hosen, zwischen dem Helm und einem grauen Hemd sah man seinen kräftigen Nacken.

Ich ging weiter.

»Entschuldige«, hörte ich eine junge Stimme hinter mir. Ich wandte mich um.

Der junge Mann schaute abwechselnd auf den Umschlag und die Hausnummern und schien ratlos.

»Weißt du vielleicht, wo hier ein Tierarzt wohnt? Ich soll den Umschlag in Nummer achtzehn abgeben, aber hier gibt es keinen Tierarzt.«

Er nahm den Helm ab und entblößte eine verschwitzte Stirn. Angesichts seiner Schönheit stockte mir der Atem. Ich guckte auf den Umschlag.

»Hier steht Ysraelis achtzehn, nicht Spinoza«, lächelte ich ihm zu. Schön und dumm, genau wie ich es mag.

»Oh, ja«, machte der Mann beschämt und klopfte sich mit einer riesigen Hand auf den Schenkel.

»Du hast für so einen heißen Tag nicht genug getrunken«, tadelte ich ihn. »Du solltest unbedingt zu mir kommen und etwas Kaltes trinken.«

Er lachte verlegen. Winzige Schweißtröpfchen hingen unter seinem Ohr. Wie gemein ich bin.

»Maase-Straße sechsundvierzig, dritter Stock«, lächelte ich ihm zu und ging.

An der Straßenecke wandte ich für einen Augenblick den Kopf zurück; er stand noch da und schaute mir nach.

Als ich nach Hause kam, hatte Shuki das Fernglas auf das halbdunkle Zimmer seines Soldaten gerichtet, in dem Versuch, der Linse ein paar Bruchstücke männlicher Nacktheit abzutrotzen, die im Zentrum seiner nächtlichen Visionen stehen würden. Ab und zu winkte er mit der Hand.

Der Abend verdichtete sich, Dunkelheit erreichte die Spitze des Wasserturms und schickte sich an, auf die niedrigen Bäume und die Ficus-Sträucher im Hof des Gebäudes herabzusinken. Im Zimmer herrschte völliges Durcheinander; Kleider hingen über den Stühlen, Bücherhaufen lagen auf dem Fußboden. Auf dem runden Glastisch neben dem Fernseher stand das vergoldete Bronzepferd, das ich einmal für ein paar Groschen auf einer Brücke in Budapest einer alten Zigeunerin mit brennenden Augen abgekauft hatte; die seltsame, kleine polierte Skulptur eines Reiters auf einem Pferd, das auf den Hinterbeinen steht, in seiner Hand hält er ein längliches Kreuz, in das ausgebleichte Halbedelsteine eingelegt sind. Ein gieriger Antiquitätenhändler hatte mir einmal ein paar tausend Schekel dafür geboten, doch ich zog es vor, die Figur auf den runden Tisch zu stellen und das stumpfe Funkeln der Steine im Fernsehbildschirm zu sehen.

Gegen zehn Uhr abends war ein leichtes Klopfen zu hören. Shuki löste sich von seinem Aussichtsposten gegenüber der Wohnung des Soldaten und ging die Tür öffnen. Ein zwitscherndes Geräusch stieg plötzlich aus seinem Hals, er lehnte schwankend im Türrahmen, als sähe er Buddha höchstpersönlich.

In der Tür stand der schöne Mann mit dem Helm, und seine Locken fielen ihm in die Stirn.

»Ich bin gekommen, um was Kaltes zu trinken«, lächelte er.

»Komm rein«, ich erhob mich schwach und winkte Shuki heimlich, er solle sich wegscheren. Er hätte mir sicher am liebsten die Kehle aufgeschlitzt.

Der junge Mann trat ein und betrachtete das Zimmer prüfend. Er stellte den Helm aufs Bett, warf seinen Rucksack auf den Boden, sank in den tiefen Sessel und streckte seine Beine von sich. Zwei wunderbare Arme zwängten sich aus dem grauen, engen T-Shirt, seine Knie bewegten sich hin und her und spielten miteinander. Ich würde alles getan haben, um mich auf seine Schenkel zu setzen und das Gesicht an seinem Hals zu vergraben. Stattdessen bot ich ihm zu trinken an.

»Tu viel Eis rein«, er sah mir in die Augen.

»Was auch immer du sagst«, stammelte ich und ging in die Küche.

Shuki stand neben dem Kühlschrank und forderte eine Erklärung. Der Soldat von gegenüber war mit einemmal vergessen. Ich schubste ihn und ging wieder ins Zimmer.

Der Mann trank zwei Gläser Pepsi (Eiswürfel klirrten wie durchsichtige Diamanten im Glas) und seufzte genüsslich. Er blickte mich gespannt an.

»Wie heißt du?«, fragte er leise.

»Jossi. Und du?«

»Ehud.«

Ich schwieg. Ich wusste nicht, was ich sagen sollte. Ich wollte, dass er ewig in meinem Sessel säße und mich mit seinen sanften Gazellenaugen anschaute.

»Ich werde nächste Woche eingezogen. Sie nehmen mich bei den Fallschirmjägern«, sagte er plötzlich.

Ich sah ihn sich auf beschwerlichen Nachtmärschen inmitten der Wüste quälen, Bäche von Schweiß fließen über seinen geschmeidigen Rücken, ich erwarte ihn am Endpunkt mit Schokoladenkuchen, den ich selbst gebacken habe, und wische mir angesichts des roten Baretts, das an seiner Schulter befestigt ist, Tränen der Aufregung ab. Der Wachtraum war so schneidend, dass ich errötete und aufseufzte.

»Mir ist heiß«, klagte Ehud, »ich ziehe das Hemd aus.«

Einen Krankenwagen. Die Notaufnahme. Das ist es, was ich brauche.

Er hob beide Arme über seinen Nacken, fasste den Saum des Stoffes und streifte das T-Shirt mit einem Ruck über seinen Kopf.

Shuki gab plötzlich ein stechendes Wimmern von sich. Bestimmt spionierte er, der Hurensohn.

Ich schloss die Tür.

Ehud warf den Kopf zurück, sein Haar löste sich und fiel über die Stuhllehne. Die Muskeln seines Halses und seiner Brust waren angespannt und stolz. Winzige Schweißtröpfchen traten aus seinem Bauchnabel und verschwanden unter dem groben Stoff der Hose. Mein Atem ging immer schwerer.

Ziellos stand ich auf und setzte mich auf den Bettrand. Er hob seinen Kopf.

»Bist du okay?«, fragte er.

»Äh, ja.«

Er stand aus dem Sessel auf und setzte sich neben mich aufs Bett.

»Ich bin müde«, murrte er mit schmeichelnder Stimme.

»Lehn den Kopf an«, flüsterte ich.

Wie lässt sich dieser Moment beschreiben: Sein Kopf senkt sich, sanft streifen ein paar Locken meinen Hals, dann liegt der harte Schädelknochen auf meiner Schulter; diese Süße, diese gute Süße, die von meiner Schulter ausstrahlte, von den verborgensten Geweben meines Körpers aufgesaugt wurde und unsichtbar über meinen Rücken tröpfelte, nahe, ganz nah am Steißbein, wo die Tropfen sich sammelten und in immer größeren Ringen aufstiegen.

So saßen wir ein paar Minuten. Ich hatte Angst, mich zu bewegen, damit sein Kopf nicht womöglich herabglitte und der Zauber verginge. Als ich die Hand heben wollte, um das Dickicht seiner Haare zu berühren, öffnete er die Augen und streckte sich leicht, als kehre er von einer langen Reise zurück.

»Ich muss gehen«, er blinzelte zu seiner Uhr.

»Noch ein bisschen«, bettelte ich.

Er betrachtete mich konzentriert. Spielerisch schlugen seine Knie aneinander. Ein kleines Feuer tanzte in seinen Augen.

»Morgen«, sagte er vorsichtig. »Ich arbeite bis zehn Uhr abends. Wenn du willst, komme ich danach zu dir.«

»Sicher«, schluckte ich.

Er stand auf und zog seine Hosen glatt. Danach lud er sich seine Tasche auf die Schulter.

Ich schrieb meine Telefonnummer auf einen Zettel und drückte ihn in seine Hand. Er blieb noch einen Augenblick stehen, warf mir ein seltsames Lächeln zu und ging. Sowie die Tür ins Schloss fiel, lugte Shukis Eierkopf hinter dem Kleiderschrank im Flur hervor. Schwach lehnte er sich an den Türrahmen und schnaufte vor Liebesqual.

»Wie heißt er, wo hast du ihn gefunden?«, sauste er um mich herum und ließ nicht ab. »Und was hat er über mich gesagt, unmöglich, dass er nichts über mich gesagt hat, er hat mich ja die ganze Zeit angeschaut.«

Aber ich antwortete nicht. Ich schwebte tief, tief in der wattigen Wolke, die Ehud zurückgelassen hatte. Wie eine Filmszene, die wieder und wieder gezeigt wird, sah ich ihn lächeln und die Tür zuwerfen, bis die süße Schwere meine Augenlider überwältigte, ich in der Küche saß, meinen Kopf zwischen den Händen vergrub und »Ehud, Ehud« sagte.

Shuki hob seine Nase beleidigt und wandte sich wieder dem Einpacken zu. Er kam und ging zwischen den Zimmern, öffnete und schloss heftig die Koffer und fluchte mit leiser, aber gut hörbarer Stimme. Von Mal zu Mal flüsterte er »hinreißend, hinreißend«. Nach einiger Zeit streckte ich mich in dem Sessel in meinem Zimmer aus und legte die Füße auf einen Hocker. Gelassenheit erfüllte mich.

Im Fernsehen waren Bilder aus den Anden zu sehen; tiefe Wolken und die zerfurchten Gesichter von Indios, die sich in dicke Wollmäntel hüllten. Ich dachte an Ehud. Irgendetwas auf dem Bildschirm kam mir komisch vor, ich wusste nicht, was. Mit einem Knopfdruck wechselte ich den Sender: Ein paar Frauen saßen da und redeten über irgendeinen George, der nicht nach Hause gekommen war, und wieder beschlich mich das Gefühl, dass irgendetwas fehlt. Ich schaute genau hin; die kleinen roten Lichter! Ich sah das Funkeln der Steine von der Skulptur, die sich im Bildschirm spiegeln, nicht!

Erschreckt stand ich auf und schaute mich nach allen Seiten um. Die kleine Skulptur des Reiters auf dem Pferd war nirgendwo. Bitteres Lächeln gefror mir auf den Lippen; jetzt war alles klar. Ehud, dieser schöne Mann (wenn das überhaupt sein richtiger Name war), war nur gekommen, um nach der Arbeit ein paar Pfennige zu verdienen. Ich erinnerte mich, dass sein Blick von Anfang an, auf dem Bürgersteig in der Spinoza-Straße, merkwürdig gewesen war. Ich dachte an all die Vorfälle, in denen Männer von schönen und gewinnsüchtigen Strichjungen ausgeraubt worden waren; zweifellos hatte er mit seinen gierigen Antennen sofort die Einsamkeit erfasst, die dem Mann, der ihm auf der Straße gegenüberstand, auf die Stirn geschrieben stand, und sogleich war der hinterhältige Plan in seinem betrügerischen Hirn geschmiedet. Und als ich in die Küche hinausgegangen war, um ihm etwas Kaltes einzuschenken, über seinen nackten Körper phantasiert hatte, da hatte er einfach die Hand ausgestreckt und den alten ungarischen Reiter in seinen Rucksack, der geschickt neben dem Bett platziert war, gesteckt. Dummkopf, Dummkopf, ich hörte nicht auf, mich selbst zu hassen, erbärmlicher, blöder Schwuler.

Den ganzen folgenden Tag ging ich in tiefe Melancholie gehüllt. Ich wusste nicht, was mich mehr schmerzte; die ätzende Beleidigung, das alte Bewusstsein – das jetzt eine zusätzliche Bekräftigung erfahren hatte –, dass da keine Hoffnung ist, Liebe zu finden, oder womöglich der Verlust der wertvollen Skulptur.

Shuki tanzte mit seiner blitzenden Glatze um mich herum, doch ich weigerte mich, mit irgendjemandem zu sprechen. Ich ging auch nicht zur Post, um die Briefe zu lesen, die sich sicher in meinem Postfach wie wurmiger Kot ansammelten.

Gegen halb zehn Uhr klingelte das Telefon. Da das Klingeln nicht aufhörte, hob ich erschöpft den Hörer.

Eine junge Stimme war zu hören.

»Ich bin es, Ehud«, sagte die Stimme und zitterte leicht.

Diese Süße machte mich wahnsinnig. Ich darf die Fassung nicht verlieren.

»Wenn du Ehud bist, bin ich Kleopatra«, sagte ich spöttisch.

»Was?« Die scheußliche Kreatur versuchte, etwas zu sagen.

»Wenn du mir nicht zurückgibst, was du gestohlen hast, gehe ich zur Polizei!«, bellte ich mit all dem Hass, der sich den ganzen Tag in mir angestaut hatte.

»Hör mal ...«, röchelte er und verstummte. Ich sah seine Locken brennen und sich wie Schlangen auf seinem nackten Rücken ringeln.

»Mörder!«, brüllte ich mit all meiner Kraft in die Muschel.

Ich selbst war von der Stimme überrascht, die aus meinem Mund kam. Eine ähnliche Stimme hatte ich nur einmal, vor vielen Jahren, gehört, als unsere rumänische Nachbarin Goldiza herausfand, dass ihr Mann eifrig ihre jüngere Schwester Frizi umwarb.

Er keuchte, als warte er auf weitere Worte, und knallte den Hörer auf.

Mir war etwas leichter. Ich füllte die Wanne mit heißem Wasser und Badeschaum, legte mich hinein und versuchte, die Überreste der imaginären Gestalt dieses Mannes von der Wasseroberfläche zu verscheuchen. Ich erinnerte mich an die Schildkrötenmutter, die jedes Jahr ihre Eier in warmen Sand legt, ehe die Wellen kommen und unzählige winzige Schildkröten in die Weiten des Ozeans schwemmen. Eines Tages wird das Meer vielleicht auch für mich irgendeine kleine Überraschung ausspucken.

Zwei Tage blieben bis zur Räumung der Wohnung, und die abscheuliche Packerei ging langsam vonstatten.

Mittags kletterte der Makler in den dritten Stock (in der Hitze klebte ihm das Hemd am Rücken), zündete eine Zigarette an und ließ die Asche auf den Boden fallen. Zwei junge Frauen mit Sonnenbrillen schleppten sich hinter ihm her.

»Aber von wo sieht man das Meer?«, fragte eine von ihnen.

Shuki und ich sammelten Pakete und Koffer zu einem formlosen Haufen auf dem Balkon zusammen, einem Haufen aus Kleidern, Büchern und zerbrochenen Träumen, und dann saßen wir am Geländer und tranken kalten Saft.

»In diese Tüte«, sagte Shuki und zog eine dicke Plastiktüte aus dem Durcheinander, »habe ich die wichtigsten Sachen getan, damit sie nicht verloren gehen.«

»Was heißt das?« Ich runzelte die Stirn.

»Hier, schau«, Shuki öffnete nachlässig die Tüte und hielt ihre Ränder auseinander, »die Porzellanvase, die in der Küche stand, die Füllersammlung, die Skulptur, die neben deinem Fernseher stand.« Zwischen den Gegenständen linste der stolze Kopf des Reiters und die stumpfe, von alten rötlichen Steinen gekrönte Spitze seines Kreuzes hervor.

Shuki schenkte uns beiden ein weiteres Glas Saft ein und lächelte seiner Schuhspitze ein schwaches Lächeln zu. Seine Glatze glänzte im funkelnden Licht der Sonne.

»Sie waren gute Freunde, was für gute Freunde sie waren«, Raffael Algrabli ging zwischen den Zimmern hin und her und streckte die Arme weit aus. »In der ganzen Siedlung konntest du keine besseren Freunde finden. Am Freitagnachmittag, wenn sie von der Armee gekommen sind, noch bevor sie ihrem Vater guten Tag gesagt haben – sind sie losgegangen, um einander zu sehen. Da gibt's nichts.«

»Noch aus dem Kindergarten erinnere ich mich an sie, soll es uns wohl ergehen«, sagte Esther Ukrainiz. »Einer schöner als der andere. Sie waren zusammen in der Schule, haben das Gymnasium gemacht, und hopp, gleich sind sie in die Armee gegangen. Der, der Offizier bei der Marine geworden ist, dem haben sie goldene Auszeichnungen an die Schulter geheftet. Wer konnte das ahnen«, seufzte sie. »Soll es uns wohl ergehen.«

»Sie haben keinem etwas Böses getan«, Raffael Algrabli öffnete die Holzläden weit. »Wie sie sich gefreut haben, einander zu sehen, wenn sie aus der Armee gekommen sind! Den ganzen Schabbat haben sie sich nicht voneinander weggerührt, einmal haben sie bei der Mutter von dem, einmal bei der Mutter von dem am Tisch gesessen. Nichts Böses.«

»Alle Mädchen sind ihnen hinterhergelaufen. Der, der Offizier bei der Marine geworden ist, ist an der Hauptstraße aus dem Armeebus gestiegen, an der Eukalyptus-Allee, die zur Siedlung geht, und hopp, sind alle Mädchen in die Felder gelaufen, um noch seine weiße Uniform zu sehen. Dann ist er auf das Motorrad seines Freundes gestiegen, der hat Stunde um Stunde an der Hauptstraße unter den Eukalyptusbäumen gewartet. Schon mittags hat er auf ihn gewartet.«

»Bei uns in der Siedlung gibt es nur anständige Leute«,

Raffael Algrabli schloss die Fensterläden und ging auf den Balkon hinaus, an dessen Wänden junge Weinstöcke emporwuchsen. »Dieser Offizier da, sein Vater ist ein großer Doktor in Psychologie. Sogar aus der Stadt sind Leute zu ihm gekommen, um gesund zu werden. Sein Büro ist hier gegenüber, schau, wo das weiße Schild ist. Und sein Freund hat auf der anderen Seite von der Siedlung gewohnt, auf dem Hügel über den Plantagen mit den Mangos und den Avocados. Sein Vater hat sich selbst um die Plantagen gekümmert, bis es passiert ist, und seine Mutter hat den Kindern Musik beigebracht. Sie war eine schöne Frau, was für eine schöne Frau sie war«, er nickte mit dem Kopf, »fast so schön wie Esther.«

»Oioioi«, kicherte Estherke Ukrainiz verschämt. »So soll es allen wohl ergehen.«

»Billig verkauft er heute die Plantagen, ein Dummkopf, wer nicht zugreift«, er riss ein paar widerspenstige Weinranken ab und tat sie in einen schlammigen Holzeimer voller Erdklumpen.

»Einmal bin ich ein paar Mangos pflücken gegangen«, sagte Esther. »Sein Vater hat mir immer erlaubt, Mangos zu nehmen. Plötzlich habe ich gesehen, wie das Motorrad unter den Bäumen neben den Wasserbassins liegt. Sie haben zusammen in dem Wasser für die Bewässerung gebadet. Heiß war es, Feuer ist vom Himmel gekommen.«

»Man sagt, dass es dieses Jahr nicht genug Regen geben wird«, unterbrach sie Raffael Algrabli.

»Gleich bin ich losgegangen und habe seinem Vater gesagt, hör zu, Feuer kommt vom Himmel, und die beiden Jungen baden miteinander nackt in dem schlammigen Bewässerungswasser.« Estherke warf ihren Zopf auf ihre Schulter. »Das war ein paar Tage, bevor sie zu dir gekommen sind.«

»Noch ein Winter ohne Regen, und es wird dem Staat schlecht ergehen.« Algrabli riss weiche, dünne Zweige vom

Weinstock und warf auch sie in den Eimer.

»Das war ein paar Tage, bevor sie zu dir gekommen sind.« Esther blieb hartnäckig. »Ich erinnere mich gut. Uha, wer könnte das Geschrei vergessen. Der, der Offizier geworden ist, hat nachts mit seinem Vater gestritten, nu – dem Doktor. In der ganzen Siedlung hat man das Geschrei gehört. Und danach sind sie zu dir gekommen und haben an der Tür geklopft.«

»Zwei Jungen haben bei mir an der Tür geklopft, haben gesagt, wir hören, dass du ein Haus vermietest. Ich habe dies und jenes verlangt, nach Recht und Ordnung haben sie bei mir einen Vertrag unterschrieben, und das war's. Da gibt's nichts zu sagen.«

»Wie lange haben sie hier gewohnt, in diesem Haus?«, frage ich.

»Zwei, drei Wochen, plötzlich haben sie sich auf- und davongemacht«, er zuckte mit den Schultern.

»Sie haben sich erst plötzlich auf- und davongemacht, nachdem der Doktor am Schabbatmorgen mit Geld bei dir war«, sagte Esther.

»Für so ein Haus und einen Hof mit Bäumen ist das ein Püppchen von einem Preis.« Raffael Algrabli klopfte sich auf die Brust.

»Ich weiß, was ich rede«, beharrte Esther Ukrainiz. »Erst nachdem der Vater von dem, der Offizier bei der Marine geworden ist, bei dir war, haben sie sich aufgemacht und das Haus verlassen.«

»Klopft ein Mann am Schabbat morgens bei mir an die Tür, sagt ›ich will, dass dieses Haus gegenüber meiner Klinik leer bleibt. Was auch immer sie zahlen, ich schlage zweihundert Dollar drauf.‹ Hat bei mir nach Recht und Ordnung einen Vertrag unterschrieben, und das war's, da gibt's nichts zu sagen.«

Er schlug sich kräftig aufs Knie, um irgendein schwarzes Insekt, das aus der Erde gekrochen kam, zu vertreiben.

»Hat sie aus dem Haus geholt, und hopp, haben beide die Siedlung verlassen und eine Wohnung in der Stadt genommen. Sie sind nicht mehr zu Besuch gekommen, bei Gott.«

»Nichts Unrechtes«, murmelte Algrabli.

»Danach ist passiert, was passiert ist. Du weißt ja, wie die Jungen heute sind: Der zweite Junge ist nach dem Laubhüttenfest mit dem Motorrad auf der Landstraße gefahren, hat sich ein paarmal überschlagen, sofort haben sie ihn ins Krankenhaus gebracht, und dort ging's zu Ende mit ihm.« Esther wiegte ihren Körper vor und zurück.

»Gott schütze sein Volk Israel«, sagte Raffael Algrabli rasch.

»Soll es uns wohl ergehen.« Esther Ukrainiz verstärkte die Bewegung ihrer Schultern und seufzte laut.

»Seine Mutter hat die Musik an den Nagel gehängt, sein Vater hat aufgehört, in den Plantagen zu arbeiten, hat den ganzen Tag zu Hause auf dem Hügel gesessen. Ein Dummkopf, wer nicht zugreift.«

»Der Doktor hat sofort ein Taxi geschickt, um seinen Sohn zu holen, den, der Offizier geworden ist, zurück nach Hause«, sagte Esther. »Ein richtiges Taxi hat er geschickt, um ihn zu holen.«

»Er hat ein nettes Mädchen gefunden, Tochter eines großen Anwalts in Haifa, und hat sie zusammen verheiratet. Sogar eine schöne Wohnung, nicht weit von hier, haben sie gekauft, da gibt's nichts zu sagen.«

»Aber der, der Offizier geworden ist, der hat aufgehört, mit Leuten zu reden. Er ist an der Hauptstraße aus dem Autobus der Armee ausgestiegen, an der Eukalyptus-Allee, die bis in die Siedlung führt, und hat bis nachts an der Straße gewartet. Danach hat er aufgehört, zur Armee zu gehen und ist den ganzen Tag im Haus von seinem Vater geblieben.«

»Er hat ihn im Haus eingeschlossen und geschrien.

Wollte die Leute, die extra aus der Stadt gekommen sind, um gesund zu werden, nicht empfangen.«

»Wer konnte das ahnen. Erst vor ein paar Tagen bin ich gegangen, um ein paar Mangos von den Bäumen abzumachen, und ich habe ihn auf der Erde sitzen und wie eine Skulptur ins Wasser für die Bewässerung gucken sehen. Soll es mir wohl ergehen.«

»Am Ende haben sie ihn dahin geholt, wo sie ihn hingebracht haben«, Raffael Algrabli kratzte sich unter der Achsel.

Ich schaute auf die Wände und den verwahrlosten Hof, der sich zu dem niedrigen, schmutzigen Himmel wandte.

Ein großes, weißes Schild: »Klinik« – wehte im Hauseingang gegenüber.

»In Ordnung«, sagte ich, »ich nehme es.«

»Man braucht einen Vertrag nach Recht und Ordnung.« Raffael Algrabli zog ein zerknittertes Papier aus seiner Hosentasche und breitete es auf dem Bänkchen aus.

»Wir bringen unsere Sachen in zwei Tagen, Ron und ich«, sagte ich, während ich das Papier unterschrieb.

»Soll es uns allen wohl ergehen«, rief Esther Ukrainiz sofort.

Wie ich Ron kennen lernte

Bis Mitte November waren die Tage heiß und unbarmherzig als wären es Augusttage. Das Antlitz des Himmels schien in Aufruhr, schweigend und in stockender Beklemmung, und keine einzige Regenwolke hing darin, um seinen Zorn zu kühlen. Und eines Morgens krochen plötzlich vom Meer schüttere Stücke von Nebel, Fetzen eines fast vergessenen gräulichen Gewebes, und drängten sich eines neben das andere, bis eine weiche Robe die Stadt bedeckte und ein erleichtertes Aufseufzen von dem Asphalt aufstieg. Die Menschen legten sich Strickjacken um die Schultern, in deren Flusen muffiger Geruch hing, und in einer Art versöhnlicher Langsamkeit schlenderten sie die Bürgersteige entlang.

Der Winter kam mit einemmal.

An diesem wunderbaren Morgen musste ich irgendein Dokument zu Ende schreiben, und gegen elf Uhr betrat ich das Zimmer des Vorgesetzten, um mit ihm die letzten Anmerkungen durchzugehen. Das Büro, in dem ich arbeitete, lag im Erdgeschoss eines normalen Wohnhauses in einer stillen Straße. Aus dem Fenster sah man nur den Streifen eines bescheidenen Gartens und eine aus rohen Steinen gebaute, niedrige Mauer, hinter der sich der Hof des benachbarten Wohnhauses erhob.

Der Vorgesetzte saß über seinen mit Papier überhäuften Schreibtisch gebeugt und gab mir mit der Hand zu verstehen, ich solle ihm meine Fragen unterbreiten. Als ich den Mund öffnete, sah ich, wie im Hof des Nachbarhauses ein junger Mann sich auf die Knie niederließ und mit einer Schippe in der schweren Erde grub. Der Rücken des Jungen war mir zugewandt, er trug ein Hemd mit weiten Ärmeln und alte Hosen. Zwischen Hemd und Gürtel war ein weicher Spalt, der sich im Rhythmus des Grabens öffnete und schloss, und durch den Spalt zeigte sich sein dünner Rücken für einen Augenblick und verschwand wieder.

Ich hatte den jungen Mann nie zuvor gesehen, ich wusste nicht, was er im Hinterhof grub. Vielleicht wollte er vor den Regentagen dort Kacheln verlegen, doch das schlichte Bild im Fenster, der kräftige junge Mann darin, der an einem regnerischen Morgen auf der harten Erde kniet, war in meinen Augen schön, und ich hörte nicht auf, mich daran zu vergnügen.

Der Mann presste mit den Händen ein paar Erdbrocken zusammen und legte plötzlich seinen Kopf zurück. Welche Empfindungen durchliefen mich, als sein Blick mich absichtslos überflutete; trübes Olivgrün war darin, der Geschmack süßen Zitronentees, die angenehme Berührung einer Winterdecke und der Geruch von Haarsträhnen auf der Brust eines nahen Körpers, und diese Empfindungen durchströmten mich in bruchstückhaftem Durcheinander, ohne sich zu Wörtern zu fügen.

Als der junge Mann mir seinen Blick zuwandte, hob auch der Vorgesetzte seinen Kopf vom Tisch, seine Augen waren klein und ungeduldig, und wieder fragte er, was ich wolle. Ich kramte ein paar Papiere heraus, sagte, was ich zu sagen hatte, räusperte mich, und bevor ich mich davonmachte, blinzelte ich zum Fenster – doch der junge Mann war verschwunden.

Am Nachmittag begann erster Regen zu fallen. Große, nasse Staubtropfen sammelten sich auf der Oberfläche der breiten, seltsamen Blätter, die am Gebäude entlangwuchsen. Nach einer Stunde hörte der Regen auf, doch die Luft blieb kühl. Ich holte ein Brötchen mit Tomaten und Ziegenkäse, den ich besonders mag, aus meiner Tasche und erhob mich von meinem Stuhl, um das Fenster etwas zuzuziehen, und da sah ich wieder den jungen Mann.

Er kam aus dem Gebäude, in den Händen ein paar kurze Stöcke und eine Rolle mit Schnur, als beabsichtige er, einen

Zaun zu ziehen. Er war ungefähr zweiundzwanzig Jahre alt, sehr groß und dünn, und sein Gesicht traurig. Er stützte ein Knie auf den Boden und machte einen Knoten in die Schnüre, dann presste er seine Lippen zusammen, steckte einen der Stöcke durch den Knoten, legte alles aus seinen Händen, stand auf und ging zu einem armseligen Steinbau, einem Schuppen ähnlich, der im Hof stand. Er streckte die rechte Hand aus, um die Knöpfe seiner groben Hose zu öffnen und gegen die Wand sein Wasser abzuschlagen.

Was war die Entfernung zwischen uns, alles in allem vielleicht fünf, vielleicht sechs Meter. Meine ins Brötchen gegrabenen Zähne unterbrachen ihre Tätigkeit. Er klopfte mit seiner linken Hand einen Schlammfleck von seinen Hosen, mit seiner rechten öffnete er einen Knopf. Gleichmütig grub er mit seinen Fingern im Stoff, bewegte plötzlich sein Becken in routinierter, kreisender Bewegung, dann schaute er vorsichtig nach rechts und links, sah die Gebäude gegenüber und die unzähligen Fenster darin, kniff in leichter Nachdenklichkeit die Lippen zusammen, machte noch einen winzigen Schritt nach vorne, bis die Knöpfe seiner Hosen gänzlich hinter der Backsteinmauer verborgen waren, und dann warf er seinen Kopf wie ein junges Fohlen zurück und schloss genüsslich die Augen.

Die Tür meines Zimmers öffnete sich, und der Vorgesetzte trat ein, legte eine Ansammlung Dokumente zur sofortigen Bearbeitung auf meinen Tisch, murmelte irgendetwas Scheußliches und ging hinaus. Ich warf das Brötchen in den Mülleimer.

Gegen Abend verließ ich das Büro und ging nach Hause, Richtung HaBima-Theater. Schon vom Ende der Straße erkannte ich den kleinen Mann; er trug eine Ledertasche ohne Griff unter der Achsel, sein Gang war rasch und präzise wie das Ticken einer Uhr. Ich ignorierte das böse Aufblitzen in seinem eckigen Gesicht und in den angespannten

Kiefermuskeln und drehte meinen Kopf demonstrativ zur anderen Straßenseite.

Als ich in meine Wohnung kam, schaute ich in den Briefkasten – er war leer – und hörte die Nachrichten auf dem Anrufbeantworter ab; Mutter sagte mit tiefer Stimme, dass sie mich sehr vermisse (obwohl erst zwei Tage vergangen waren, seit ich sie gesehen hatte), und fragte mit absichtsvollem Zögern, ob ich am Schabbat nach Hause käme (obwohl erst Montag war), denn eigens für mich koche sie wunderbare Rinderkoteletts (obwohl sie weiß, dass ich wunderbares Rinderkotelett hasse); Assaf und Shuki verkündeten fröhlich, sie würden sich freuen, wenn ich mit ihnen später am Abend in einen neuen Pub ginge; die Nachbarin vom Hauswart bat mich, hundert Schekel für die Monate September und Oktober in ihren Briefkasten zu werfen; und Mutter sagte schließlich, dass sie ein Psychologiebuch gelesen und daraus ein paar sehr, sehr kluge Sätze abgeschrieben habe, dann fügte sie mit einschmeichelnder Stimme hinzu, dass sie für mich, wenn ich Rinderkoteletts nicht möge, einen Topf voller Gemüse kochen würde, fing an, entsetzlich zu husten und legte auf.

Ich schaltete den Fernseher ein, sah ein paar Sekunden ein arabisches Programm über moderne Landwirtschaft im Westjordanland und schaltete den Fernseher wieder ab. Dann legte ich meine Lieblingskassette in meinen alten Kassettenrekorder und summte mit: »killing me softly«. Sicher umarmt Eviathar jetzt Naomis Hüften, während sie ihm das Abendessen macht, sagte ich mir feindselig, doch ich hatte mir ja geschworen, nicht mehr an ihn zu denken.

Das Telefon klingelte, und dramatisches Schweigen brach daraus hervor – es war Mutter, ich erkannte das Krächzen ihrer Bronchien –, und mit schwerem, ungarischem Akzent zwitscherte ich: »Hier ist niemande zu Hause« und zog den Stecker aus der Wand.

Danach streckte ich mich auf meinem Bett aus, bedeckte

mein Gesicht mit der Decke und fing an zu weinen. Zwei, drei Minuten weinte ich so. Ein paar brünstige Kater kreischten unter meinem Fenster, ich füllte ein Glas mit kaltem Wasser aus der Flasche im Kühlschrank, spritzte es auf ihre verhassten Körper, um sie zu vertreiben, und danach zog ich ein weißes Blatt aus der Schublade und schrieb darauf:

»Schalom, Du kennst mich nicht, aber ich habe Dich gesehen, als Du im Hof hinter dem Haus gearbeitet hast, und empfinde das Bedürfnis, Dich wiederzusehen und mit Dir zu sprechen. Hab keine Bedenken, ich habe keinerlei böse Absichten.«

Ich überflog das Geschriebene, zerriss das Blatt und schrieb stattdessen ein anderes: »Ich weiß nicht, warum ich Dir diesen Zettel schreibe (ich bin schon dreißig, dass Du es weißt). Sicher hast Du eine Freundin, warum sollte ein so schöner Mann keine Freundin haben, aber ich muss Dir etwas erzählen.«

Ich las die Zeilen durch und zerknüllte sie zu einer großen Papierkugel. Und dann zog ich ein neues Blatt heraus und schrieb einfach:

»Dringend verantwortungsbewusster Mann zum Errichten eines Zauns gesucht, ebenso für Garten- und Fliesenarbeiten. Ihre Arbeit hat einen guten Eindruck auf uns gemacht. Anruf jederzeit möglich.«

Ich schrieb meine Telefonnummer darauf und tat den Zettel in einen Umschlag.

Während der Arbeit war ich voller Erwartung, und hin und wieder steckte ich die Hand in meine Manteltasche, um die Härte des Umschlags zu fühlen.

In der Mittagspause verließ ich das Büro und ging zum Nachbarhaus hinüber. Ein gepflegter Weg führte zu einer Eingangstür aus gelbem Glas, auf einer Metalltafel waren acht Klingelknöpfe angeordnet. Kühles Halbdunkel beherrschte den Ort.

Ich überflog die Namen rasch. Kupferschmidt, Djenja (vielleicht wohnt er bei seiner Großmutter), Malkieli, Sohara und Elchanan – und danach Anath, Ruti und Liora, danach Giladi, Chava und Elijahu (undenkbar, dass er Elijahu heißt), und hier Familie Dotan. Ich hatte schon den fünften Knopf erreicht, und nach ihnen Shapirowski, Jelena und Igor, und weiter – neben der Nummer 7 fehlte ein Name. Warum schreiben die Leute ihren Namen nicht auf die Klingel am Eingang?

Und der letzte Name – Sohar Nachshon. »Sohar Nachshon!«, las ich voller Freude. Von irgendwo tauchte das Bild von harter Erde, von Schaufeln und einer warmen Winterdecke auf.

Ich betastete den Umschlag und näherte mich dem Briefkasten Nummer 8. Heftige Aufregung biss mich in den Nacken.

Plötzlich öffnete sich die Glastür, eine Frau mit gelben Haaren und scharfen Gesichtszügen stand in der Tür und hielt in ihren Händen zwei Mülltüten.

»Wen suchst du?«, fragte sie mich trocken.

»Ist schon gut, ich habe einen Brief für Sohar Nachshon«, antwortete ich kurz angebunden und wandte mich zum Briefkasten.

»Ich bin Sohar Nachshon«, sagte sie. »Was willst du?«

Meine Hand presste den Umschlag, bis er knitterte. Mein Haar begann zu jucken.

»Ach ... der Brief ist bei der Post geblieben ... es tut mir leid ...«, stotterte ich. »Ich bringe ihn morgen.«

»Die Stromrechnung von September-Oktober ist auch nicht gekommen«, sagte sie zornig. »Was bildet ihr euch eigentlich ein!«

»Wir sind überlastet, aber wir werden uns darum kümmern.« Ich machte mich aus dem Staub.

Beschämt und müde kehrte ich ins Büro zurück. Der Papierhaufen auf dem Tisch wuchs und das bewölkte Stückchen Himmel in der Ecke des Fensters war weiter fort als je. Den geschlossenen Umschlag legte ich in die Schreibtischschublade, doch kurz bevor ich nach Hause ging, verbarg ich ihn wieder in meiner Tasche.

Ich beschloss, einen anderen als den üblichen Weg nach Hause zu nehmen, und so begann ich, regennasse Seitenstraßen entlangzugehen, überquerte dunkle Alleen und atmete die frische Luft tief in meine Lungen ein. Jungen legten ihre Arme besitzergreifend um die Schultern kichernder Mädchen und schlugen sie ritterlich in ihre Mäntel, um ihre Freundinnen vor den kalten Wassertropfen zu schützen, die von den Ästen der Bäume in der Allee fielen.

Vom entfernten Ende einer der Gassen kam mir eine gebeugte Gestalt entschlossenen Schrittes entgegen. Der kleine Mann klapperte mit seinen Absätzen auf dem Gehsteig, seine beiden Fäuste sahen von weitem geballt und verbogen wie die Arme eines über Nacht gealterten Säuglings aus. Was macht er hier, wartet kein Zuhause auf ihn? Wir gingen in dieser engen, bloßen Straße, die kein Ausweichen zuließ, aufeinander zu. Der Abstand zwischen uns wurde kleiner, das Klappern seiner Schritte wurde lauter, und sein eckiger Kiefer schloss sich wie eine Zange um mich. Abscheu und Panik erfüllten mich. Ich bildete mir ein, ein schmutziges Funkeln in seinen Augen aufleuchten zu sehen, ging rasch auf die gegenüberliegende Straßenseite und bohrte meine Nase in den Boden – bis er vorüber war und in der Biegung des Sträßchens verschwand. Leichter Regen fiel und löschte seine Spuren aus.

Ich schüttete aus einer Papiertüte guten Kaffee in ein tiefes Glas und goß kochendes Wasser darauf.

Gleich stieg der Kaffee empor und verbreitete Schaumblasen und wunderbaren Geruch. Aus einer Blechdose holte ich ein paar Mohnplätzchen, die vom vergangenen Schabbat übrig waren, und danach hörte ich die Nachrichten vom Anrufbeantworter ab. Assaf sagte mit niedergeschlagener Stimme, er müsse mir etwas erzählen. Sofort danach bat Shuki mit gebrochener Stimme, ich solle ihn dringend zurückrufen. Ich wusste, dass sie sich wieder getrennt hatten, doch ich hatte keine Geduld, mich mit ihnen zu unterhalten. Danach fragte Mutter mit feindseliger Stimme, wer diese gereizte Alte gewesen sei, die ihr gestern den Hörer aufgeknallt habe. Und dann wartete sie zögernd und sagte: »Und noch etwas«, holte schnell ein raschelndes Papier an den Hörer und las feierlich ab: »Du sollst wissen, dass ich dich so liebe, wie du bist«, und legte auf. Ein verdächtiges Geräusch war unter meinem Fenster zu hören, automatisch füllte ich ein Glas mit kaltem Wasser und schüttete es nach draußen. Ein brünstiger Kater heulte vor Überraschung und Zorn und floh ins Gras. Dann nahm ich ein weißes Blatt und versuchte, eine neue Geschichte zu schreiben. Nachdem ich eine lange Stunde vor mich hingestiert hatte, stand ich vom Tisch auf. Das ist der gefährliche Moment, in dem die Tränen von selbst kommen, und du hast keine erprobtere Medizin gegen die Tränen als ein großes Stück Kuchen, das, einfach so, auf einem Tellerchen wartet, oder eine dampfende Schüssel mit Spaghettischnüren, die ineinander geknäult und in Soße getaucht sind, auf der goldene Ölringe schwimmen, grobe

Käsebrocken sind großzügig darüber gestreut, und ein Glas Rotwein, dessen Farbe schwer ist und der einen süßlichen Streifen auf deiner Oberlippe hinterlässt.

Danach klingelte das Telefon, Assaf und Shuki waren beide in der Leitung, sagten voller Fröhlichkeit, dass noch ein neuer Pub aufmache, und fragten mich, ob ich mich ihnen anschließen wolle. Nach einer halben Stunde saßen wir als heitere Runde in irgendeinem schummrigen Keller in einem hässlichen Industriegebiet, drei magere, mürrische Kellner liefen zwischen vier Tischen umher und linsten zu den Gläsern, die sich weigerten, zur Neige zu gehen. Hin und wieder öffnete sich die Eingangstür, ein unbekannter Kopf begutachtete flüchtig die Anwesenden, und alle dort Sitzenden wandten ihm in rascher, wohlgeübter Bewegung ihre Gesichter zu (eine Bewegung, die aufgestaute Erregung aufblitzen läßt), doch der unbekannte Kopf verschwand, wie er aufgetaucht war, und die Augen kehrten beschämt zu Biergläsern und Bagels zurück.

Gegen Mitternacht wollte ich gehen.

Vielleicht springe ich kurz zum Park, ging es mir durch den Kopf.

Nur ein paar Minuten, nicht mehr, versprach ich mir selbst. Nur ein bisschen den Strand entlanggehen, hören, wie das Meer in seiner dunklen Einsamkeit und seinem Schmerz tost, zwischen den Bäumen herumspazieren. Und wer weiß, vielleicht wird dort plötzlich ein schöner junger Mann vorübergehen, in Grübeleien versunken, oder ein schweigsamer Soldat, dem die Berührung der Hand seiner Freundin noch auf dem Arm brennt, wer weiß, vielleicht wird er mich ansehen, mir ein paar verschämte Schritte nachgehen und warten.

Ich erinnere mich an das letzte Mal, als meine Füße mich an diesen Ort geführt hatten, vor einigen Monaten, Eviathars wegen, über den auch nur einen Moment nachzudenken mir die Ärzte verboten hatten. In Gedanken versunken lehnte ich mich an eine rohe Holzbank, an deren Rinde der Meereswind leckte, und vor meinen Augen zogen dunkle Gestalten vorbei, harte Menschen, die Hände in den Taschen, und ohne Unterlass spähten sie über den Strand, das dünne Gesträuch und die verborgenen Nischen im Kalk (verdreckte Nylonfetzen, vom Salz zerfressen, zappelten auf ihrem Grund). Wie sehr sich diese Menschen von den Männern unterschieden, die schön und jung durch meine Phantasie spazierten! Und die Einsamkeit stieg aus der Erde wie die Lehmgestalt des Golem, der sich neben mir auf die Bank setzte und mich mit seinen klebrigen Schlammarmen an sich zog.

Und dann sah ich plötzlich einen dünnen Jungen in einiger Entfernung von mir stehen, sein Körper zur Hälfte zwischen den Zweigen verborgen.

Ein Aufwachen; auf einmal schmolzen meine Gedanken dahin, ich erhob mich von der Bank, stand ein paar Minuten wie eine Skulptur und fühlte, wie sein Blick meinen Rücken streichelte. Dann neigte ich meinen Kopf schräg zu ihm und versuchte, die Umrisse seiner Erscheinung zu erkennen. In der Dunkelheit sah ich, dass er sich zögernd auf mich zu bewegte, mich mit seinen Augen maß. Die Entfernung zwischen uns verringerte sich, drei, vier Schritte blieben, bis er in den Lichtkreis, den eine gelbe Laterne verbreitete, treten musste. Kampftrommeln hallten in meinen Ohren. Und da stand der junge Mann im Licht.

Ich erstarrte. Es war ein etwa fünfundvierzigjähriger Mann, kleinwüchsig, seine Gliedmaßen rund wie die eines über Nacht gealterten Säuglings. Der Kiefer des Mannes war eckig, sein Mund wie eine Zange zusammengepresst. Den kleinen Mann nannte ich ihn. Er stand im Licht, lächerlich in seiner Bekleidung, und überraschte Freude stand in seiner Visage, die mich mit ungeheurer Konzentration betrachtete. Ich senkte mein Gesicht in die dunklen Tiefen des Weges und verschwand schnell in der Finsternis.

Von da an traf ich den kleinen Mann an beinah jedem Ort, den ich aufsuchte. Auf Gehwegen und Plätzen, im Kino und im Bus Nummer fünf, und jedes Mal wandte ich mein Gesicht in Schrecken und Abscheu ab; ich wollte, dass er zu Hause bleibe, in Gesellschaft seiner trübäugigen Frau, wollte, dass er seine Enkel auf seine alten Knie setzte und ihnen Geschenke kaufte, dass er nicht nachts allein herumlaufe, ein kleiner, böser Mann wie er, an Orten, an denen junge Männer herumlaufen, die noch voller Hoffnungen sind.

Die Nacht draußen war unerwartet kühl für Ende November. Ich murmelte Shuki und Assaf irgendeine Entschuldigung zu und ging nach Hause. Zu Hause holte ich weiche Flanelllaken aus dem Schrank und bezog damit das Bett (auch das Kissen zu meiner Rechten, das leere Kissen). Ich halte Wort und denke nicht mehr über Eviathar nach, und der Regen schlägt gleichgültig gegen das Fenster.

Am Morgen stand ich ungewöhnlich wach auf. Ich briet mir vergnügt ein Omelett und tat einige riesige schwarze Oliven, Tomatenscheiben und ein frisches Brötchen auf den Teller. Der Himmel war so tief, als beugte er sein Gesicht herunter, um denen, die sich früh morgens zum Frühstück setzen, einen verärgerten Vorwurf zuzutuscheln. Früher als gewöhnlich kam ich ins Büro und hängte meinen Mantel an den Kleiderhaken. Der Umschlag war in der Manteltasche, eilig glättete ich seine Falten, warf einen Blick aus dem Fenster und ging aus dem Gebäude.

Am Briefkasten der Wohnung Nummer 7 war kein Name. An seiner oberen Ecke waren die Reste eines alten Aufklebers, der abgerissen worden war, zu sehen. Ich guckte nach allen Seiten und steckte den Umschlag schnell in den Briefkasten.

Ich steckte den Umschlag in den Briefkasten und empfand angenehme Aufregung, vielleicht den Anfang einer Hoffnung. Er wird den Klebstreifen des Papiers mit seinen harten Fingern, an deren Gelenken Staub haftet, öffnen, seine Augen werden schnell über die Zeilen gleiten. Er wird ein wenig lächeln und den Umschlag auf den Tisch legen; danach wird er sein Gesicht mit etwas Wasser waschen und in den Spiegel über dem Waschbecken schauen, müde ins Bett fallen, seinen Kopf auf beide Hände stützend, dünne Muskeln werden wie ein Flechtwerk von Schnüren aus dem Kragen seines kurzen Hemdes treten, und er wird zwischen den Stationen des Radios hin und her wandern, ein paar beruhigende Töne suchen, irgendeine Melodie pfeifen und wieder aufhören. Dann wird er mit gleichgültiger Hand die Schnalle seiner Hose öffnen, einen Knopf nach dem anderen aufmachen, die grobe Hose von seinen Beinen ziehen und auf den Boden legen, und wie Schneeflocken wird wundervolle Musik von der Decke fallen.

Nervöses Schlurfen von Schritten wurde im Treppenhaus laut, ich warf einen letzten Blick auf den Briefkasten und kehrte ins Büro zurück.

Der Haufen von Dokumenten im Büro war gewachsen, der Vorgesetzte kam und ging, trug in seinen kurzen, fetten Händen weitere dicke Papierordner, legte sie vorsichtig auf alle Stühle ringsum, sagte irgendeinen widerlichen Satz und ging, während sein weißes Hemd die Speckringe gerade noch davon abhielt, an den Knöpfen hervorzubrechen. Alle paar Minuten erhob ich mich von meinem Stuhl und machte mir ein Glas Tee, und noch eines, und knabberte an einem Keks, der noch in der Schublade gewesen war.

»Wo ist der Ordner des Schlachthauses Finkelmann?«, hörte ich den Vorgesetzten eine der Sekretärinnen anbrüllen. »Wie oft habe ich Ihnen gesagt, Sie sollen den Ordner Finkelmann finden!«

Verblasste Erinnerungen kamen in mir auf, ich kniff meine Augen zusammen, um sie zu schärfen: Eine sehr kalte Nacht, ich gehe durch eine dunkle und unbekannte Jerusalemer Straße. Ich lese die Nummern an den Eingängen alter Steinhäuser, und in meiner Brust verbirgt sich die Aufregung wie ein Schmetterling, dessen Flügel zusammengefaltet sind. Ich weiß nicht, wer der Mann ist, den ich treffen werde. Jedes Treffen dieser Art erfüllt mich mit wütendem Verlangen. Er heißt Alon, ist vierundzwanzig Jahre alt und Student; ich habe ihm auf eine kurze Anzeige hin, die er in eine Zeitung gesetzt hat, einen Brief geschrieben. Einige Tage später rief er bei mir zu Hause an, die Wörter zwischen uns flossen hin und her wie eine sanfte Berührung, eine schmeichelnde Stimme, die sich langsam einschlich, und ich schloss in meiner Erregung die Jalousien, streckte mich auf dem Bett aus, hielt den Hörer nah an meinen Mund, flüsterte ihm Worte zu, und er lud mich zu sich in seine Wohnung in Jerusalem ein.

Ich klettere die Treppen in den dritten Stock hinauf und sehe die weiß gestrichene Tür und das kleine Schild: »Alon Finkelmann«. Ich klopfe einmal. Sanfte Schritte nähern sich, und die Tür wird geöffnet. Ein blasser Mann steht dort, seine Augen wässrig, die Lippen dünn. Er begutachtet mich wortlos, öffnet die Tür dann weit und sagt: »Bitte.« Ich trete in ein weißes glänzendes Zimmer; sehr alte Kinoplakate, vielleicht aus den Vierzigern, hängen in großen Rahmen. Eine Schreibtischlampe wirft schwaches Licht auf einen weichen Teppich. Ich setze mich auf das Sofa, und rasch stellt er eine Tasse Kaffee vor mich (das Wasser ist schon vor meiner Ankunft heiß gemacht worden, kein Augenblick wird vergeudet, sage ich mir). Er schaut mir nicht in die Augen, sondern setzt sich und lässt seine Hand auf mein Knie fallen. Seine Berührung ist mir angenehm, doch ich flüstere: »Gleich.« Seine Lippen streifen sacht meinen Hals, und ich schließe die Augen. Seine Hände nehmen mir die Kleider ab. Empfindungsfetzen durchströmen mich jetzt: die Wärme von Schenkeln, weiches Haar, ein immer stärker werdendes Gefühl von Ekel. Der Kaffee steht lauwarm auf dem Tisch, trübe Risse zeigen sich auf der Milchhaut. Er erhebt sich, noch immer wirft er mir keinen einzigen Blick zu. »Es ist besser, dass du nicht hier schläfst«, sagt er kühl, »es gibt noch Busse nach Tel Aviv.« Bald ist es elf Uhr. Ich gehe die Treppen hinunter. Schmutz und Armseligkeit, sage ich mir, Unrat und Abscheu. Ich erwische den letzten Bus und verlasse Jerusalem, in eisiger Kälte zusammengerollt, gekränkt und beleidigt.

»Hier, ich habe den Ordner vom Schlachthaus Finkelmann gefunden«, zittert die Stimme der Sekretärin. »Was wollen Sie noch?«

Nachmittags kam die Sonne heraus, es wurde heiß. Die Reste der Nässe verschwanden schnell und leicht von Rasen und Bürgersteigen. Die breiten Blätter, die nahe an der Tür des Büros wachsen, bedeckten sich mit grünen, merkwürdig anzusehenden Haaren.

Ich nutzte eine passende Stunde, in der sich der Vorgesetzte mit zwei Vertretern irgendeines wichtigen Regierungsbüros in sein Zimmer zurückzog, nahm meinen Mantel und verließ das Büro.

Zahllose Menschen gingen in der engen Straße, als kämen sie nach dem Ende des Regens aus ihren Löchern. Alte Frauen richteten anklagende Blicke gen Himmel und schwenkten Regenschirme. Wunderbarer Geruch von Gebäck drang aus einer Ladentür, und ich hielt an, um ein paar Haferbrötchen zu kaufen. In den Regalen lagen weiche Käsekuchen, schwarz gesprenkelte Mohnkuchen und heiße, mit Zimt bestreute Apfelkuchen.

»Entschuldigung, haben Sie Feuer?«, fragte eine junge Stimme hinter mir.

»Ich rauche nicht«, antwortete ich vorwurfsvoll und wandte mich zu dem Fragenden.

Ein scharfer Blitz traf mich. Es war der Mann aus dem Nachbargebäude: seine Augen tiefe Olivenflecke. Aus der

Nähe sah man Pickel auf seiner Wange. Er hielt ein Mädchen fest umarmt, dessen Lippen grellrot bemalt waren, mehrere Male beugte er sich zu ihr und küsste ihren Hals, einmal von rechts, einmal von links. Ein schwaches, protestierendes Kichern fiel wie das Quaken von Fröschen aus ihrem Mund, und sie flüsterte ihm zu: »Genug, hey, nicht jetzt«, und drängte sich dicht an ihn.

In meinem Innern hörte ich sägend ein böses Kichern. Seine gemeinen Töne kenne ich genau; es ist ein Klang von Enttäuschung darin, eine Spur von Verlust, ein bisschen Angst und eine Handvoll Selbstmitleid.

Ich verließ die Bäckerei und kehrte in den Schoß der engen Bürgersteige zurück. Nach ein paar Minuten öffnete ich das rostige Tor. Welke Blätter bedeckten den Weg aus festgetretener Erde, sammelten sich wegen des Windes zu den Seiten der Glastür. Im Briefkasten, auf dem die Nummer 7 stand, leuchteten die Ränder eines länglichen Umschlags weiß. Ich steckte die Enden meiner Fingerspitzen in den Briefkasten und zog mit großer Mühe den Umschlag heraus. Einen Augenblick hielt ich ihn in der Hand, dann zerriss ich ihn in zwei Hälften, die zwei Hälften in Viertel, und auch sie zerriss ich in winzige, hässliche Stückchen, die sich lautlos auf der Erde verteilten.

Danach durchquerte ich ein paar Höfe, in deren Gesträuch brünstige Kater kreischten, und erreichte die Haltestelle des Busses, der zu meinem Haus fährt. Die Rückwand der Haltestelle war eine bunte, beleuchtete Reklametafel, auf der ein Mann und eine Frau weiße Zähne entblößten, ein Baby mit goldenem Haar kicherte in ihren Armen. Ich war sehr müde, wollte auf die Bank sinken und meine Beine ausstrecken, doch als ich zur Haltestelle ging, sah ich, dass dort jemand saß.

Es war der kleine Mann. Er saß mit verschränkten Armen und sein eckiges Kinn bohrte sich in den Asphalt.

Ich wollte meine Beine in die Hand nehmen und weglaufen, doch Langsamkeit breitete sich in mir aus. Die Muskeln seines Gesichts waren hart und zusammengepresst wie eine Faust. Jetzt hob er ganz langsam den Kopf vom Asphalt und sah mich an. Ich verabscheute ihn. Seine Augen waren alt und trübe, und tiefe Traurigkeit lag darin. Ein paar Sekunden sah er mich so, mit dieser entsetzlichen Traurigkeit, an, schmale Linien von einem Verlust, von einer Krankheit, für die es kein Heilmittel gibt, sammelten sich zu beiden Seiten seiner Nase, und plötzlich fühlte ich den dünnen Schleier von Tränen und von Mitleid sich in meinen Augenwinkeln runden, meine Beine wurden schwer, wie angewurzelt in der Erde.

Ob der Golem aus Schlamm kommt, um mich zu sich zu holen?

»Guten Abend«, sagte er mit angenehmer, freundlicher Stimme und fuhr fort, mich zu betrachten. Diese Stimme übte auf meine Augenlider eine Art Zauber aus, bis ich beinahe meinen Kopf beugte. Das dunkle Licht, das aus der Erde aufstieg, war schwer und ganz feucht. Grenzenlose Ruhe überkam mich.

Der Bus war plötzlich, bremsend, da, seine Tür öffnete sich. Wie ein durchsichtiger Schatten stieg ich ein. Der kleine Mann blieb auf der Bank, ohne sich zu rühren, sein Kinn in den Asphalt gebohrt.

Als ich nach Hause kam, fiel ich aufs Bett und bedeckte meinen Kopf mit der Decke. Dann goss ich mir einen Tee auf, hielt nach einem Keks in der Blechdose Ausschau und drückte auf den Knopf des Anrufbeantworters. Mutter verkündete mit großem Stolz: »Ich habe dir einen ganzen Topf voller Gemüse zubereitet, vergiss nicht.« Shuki und Assaf sagten, dass im Süden der Stadt irgendein Club feierlich eröffnet werde und alle – aber auch wirklich alle – dorthin gingen. Unter dem Fenster war das krank machende Rascheln einer Katze zu hören, doch diesmal schüttete ich kein Wasser über sie aus.

In der Ablage unter dem Fernseher lag die letzte Seite einer Wochenendzeitung. Mit entschiedener Handbewegung zog ich sie heraus und suchte die entsprechende Rubrik. Schnell glitten meine Finger über die Zeilen. Auf der Hälfte der Seite las ich: »Sensible und kluge Frau, 28, fürchtet das Ticken der Uhr. Suche ernsthafte Verbindung.« Ich wählte und hinterließ ihr eine kurze Nachricht.

Am Abend darauf trafen wir uns in einem Café in der Rothschildallee. Wir beide waren sehr angespannt. Eine junge Kellnerin stellte zwei Gläser mit klarem Apfelsaft auf ein kleines Tablett und verzog sich. Sie fragte mich nach meiner Arbeit, nach früheren Beziehungen in meinem Leben. Ich log ein bisschen. Ihr Haar war kurz, sorgfältig zurechtgemacht, und jedesmal, wenn sie das Glas ihren Lippen näherte, runzelte sie die Stirn in ungeheurer Konzentration, bis sich dünne Linien wie Dornen auf ihrer Stirn verbreiteten. Am Rand ihres Gesichts warteten geduldig die Zeichen des Alters. Nach dem Apfelsaft bestellten wir Salat mit Sojasprossen und Buttertoast.

Drei Tische weiter saßen zwei kichernde Mädchen in Gesellschaft eines jungen Mannes. Sie unterhielten sich fröhlich und löffelten aus riesigen Kelchen Eis. Alle paar Augenblicke hob der Mann seinen Blick vom Tisch, zögernd streiften mich seine Augen. Über die drei Tische hinweg zählte ich zwei Lachgrübchen, die sich in seinem verschämten Lächeln verbargen. Nach einem Moment lachten wir beide ein wundervolles, befreites Lachen und blickten einander direkt an.

»Warum lachst du?«, fragte sie mich erstaunt.

»Ich weiß nicht, Sojasprossen amüsieren mich immer wahnsinnig«, sagte ich.

So lernte ich Ron kennen.

Zweiter Teil

Schnecken im Regen

Staub auf Obstgärten

Nächtelang wälzte sich Salma Nabil Chamdan auf ihrem ärmlichen Lager hin und her, hüllte sich in Taissars schwere, rhythmische Atemzüge, zählte die schwachen Pfeiflaute, die zwischen den offen stehenden Knöpfen seines Pyjamas entwichen. Sie strengte ihre Augen an, um die tiefe Finsternis, die zwischen den Steinmauern umherlief, zu fassen zu bekommen. In der Kühle eines blassen, durchsichtigen Morgens setzte sie dann auf der verrußten Herdplatte schwarzen Kaffee auf und ließ ein paar frische Pitabrote in einen Nylonbeutel gleiten, eine rote, in Scheiben geschnittene Tomate und ein Stück weichen Käse, wie Taissar ihn so sehr liebte, ehe sie sich von ihm verabschiedete, wenn er sich auf den Weg zu Hadschi Yahias Werkstatt machte. Sie selbst ging mit breiten, flachen Schritten auf dem abschüssigen, von Steinen und Schlaglöchern übersäten Weg zum überdachten Markt, wobei sie verstohlen einen harten Blick nach dem benachbarten runden Platz warf. Mit einer Art Bauernschläue wählte sie Linsen aus, tätschelte mit gespielter Geringschätzung blutrote, gehäutete Rinderhälften, die an Fleischerhaken hingen, spuckte ob der Fliegenschwärme aus, sammelte in ihrem gerafften, derben Kleid einen Kraut- und einen Blumenkohlkopf, dazu runzlige, verstaubte Möhren und machte sich dann auf den Rückweg.

Eine hoch am Himmel stehende Wintersonne ergoss ihr klares, gleißendes Licht auf die Berge Hebrons. Blassgrüne Reihen Weinreben folgten niedrigen Geröllwällen und bildeten dunkle Rechtecke aus schwerer Bergerde. In den Gassen des großen Flüchtlingslagers, das sich in hässlicher Unordnung zu beiden Seiten der Hauptstraße erstreckte, zwischen Schutthügeln und scharfkantigen Steinblöcken, wirbelte der scharfe Gestank qualmender Autoreifen auf.

Ausgeblichene Kleiderfetzen hingen wie die schlaffen Flügel toter Schmetterlinge in den Farben Grün, Rot und Schwarz von den Stromleitungen. Der runde, von Asphaltflicken übersäte Platz war so gut wie menschenleer. Sie überquerte ihn mit nervösem Schritt, spuckte mit zusammengepressten Lippen einen deftigen Fluch aus und zog ihr fleckiges Kopftuch enger.

Erst gestern waren sie hier gewesen. Einer der *Shabbab* war auf das Dach eines nahen Gebäudes geklettert und hatte auf den Rücken eines der drei Soldaten, die schwer bepackt in den schlammigen Gassen patrouillierten, uriniert. Jugendliche und Frauen hatten aus allen Richtungen mit leeren Flaschen und verbogenen, rostigen Eisenteilen, die aus dem Haufen hinter der Klempnerei am Ende des Marktes stammten, geworfen. Salma hatte sich sogleich unter den Chor beleibter Frauen gemischt und die Soldaten mit Schimpfworten und glatten Steinen, die sie ringsum auflas, bombardiert, bis sie plötzlich Wut- und Schreckensschreie vernahm und einen staubbedeckten Jeep auf den Platz rasen sah. Einige Soldaten mit umgedrehten Metalltöpfen auf dem Kopf waren herausgesprungen, hatten die Menschen zurückgestoßen und mit Schlagstöcken auf sie eingedroschen. Sie hatte all ihren Mut zusammengenommen, einen trockenen Reisigbusch aufgehoben und sich ins Getümmel gestürzt, hatte sich ihren Weg zu einem der Soldaten gebahnt (einem großen Kerl, auf dessen Schultern zwei grüne, staubige Streifen gemalt waren) und begonnen, ihn mit aller Wucht auf Nacken und Rücken zu peitschen, wobei sie seine ungeschützten, schwitzenden Hautpartien mit dünnen roten Striemen überzog. Der hoch aufgeschossene Soldat hatte sich umgedreht und mit seinem Schlagstock ausgeholt – ehe sich seine Augen plötzlich vor Erstaunen und Verlegenheit weiteten und ihr das Herz stehen blieb.

Einen solchen Blick hatte sie erst einmal gesehen, als

kleines Mädchen, als ihr Onkel aus Jordanien gekommen war und sie mit ins Kino genommen hatte, um einen Film zu sehen: Einen Blick von strahlendem Blau, so tief, rein und traurig, dass es ihr an den Haarwurzeln kribbelte. Salma erschauderte, eine der schreienden Frauen stieß sie unabsichtlich weiter, und schnell fand sie sich in den grauen Gassen wieder, entfernte sich immer mehr vom Echo des Getümmels, das sich im Duft von Thymian und Pfefferkümmel, der aus dem offenen Abwasserkanal strömte, auflöste.

Sie war ein verträumtes Mädchen gewesen, und wenn sie sich aufmachte, in einem faulenden, morschen Holzeimer hart gewordenen Ziegenkot zu sammeln, um damit den mageren Boden der Obstplantage zu düngen, lächelte sie mit ihren schadhaften Zähnen bei der Erinnerung an jenes blaue und traurige Lächeln, das auf der Leinwand entschwunden war. Auch wenn sie die Hinterbeine des Schafs, das geschächtet werden sollte, umklammert hielt und ihre Mutter den Hals des Tieres streckte, damit der Vater mit der Axt genau traf (Blut sprudelte auf die saure Erde und über die zu weißen Zöpfen geflochtenen Knoblauchstränge), grübelte sie staunend über jene unbefleckte, blaue Reinheit nach. Eines Tages, als sie mit dem Rücken gegen den Stamm eines uralten Olivenbaums gelehnt stand und mit ihren schwieligen Händen über seine Vorsprünge und scharfen Einkerbungen streichelte, hatte ihr Vater sie aus den Tiefen ihrer Geheimnisse aufgeschreckt. Doch diesesmal hatte er sie nicht mit seiner rissigen Hand geschlagen, sondern voller Zuneigung gemeint: »Salma, die Königin der Obstplantage«, und aus seiner Pfeife dünnen Rauch gekräuselt zu den verwunderten Blättern des Olivenbaums aufsteigen lassen.

Sie war ein einfaches Mädchen vom Land, dessen ganzes Leben sich zwischen einem felsübersäten Abhang und einem bewirtschafteten Tal in den Bergen Hebrons abgespielt hatte, bis eines Morgens ihr Vater mit einem hoch aufgeschossenen, ein wenig gebeugt stehenden Burschen getuschelt hatte, an dessen Hals seitlich eine Narbe wie eine Flammenzunge brannte und der sie noch am selben Tag mit dem störrischen Pritschenwagen aus der Werkstatt von Hadschi Yahya in das große Flüchtlingslager gebracht hatte. Hier, im Lager, hatte sie zum ersten Mal in ihren siebzehn Lebensjahren Juden gesehen. Einmal, sie erinnerte sich noch genau, saß sie bei Umm Yahya und schaute sich das Fernsehprogramm der Juden an, und plötzlich sah sie Bilder, die sie zuerst nicht begriff: Zu Gruppen sprangen Männer, Frauen und Kinder nackt und schweigend in große Gruben, und später waren die Gruben über und über mit Haufen von gerupften Hühnern angefüllt – ehe sie mit einemmal in dieser dicht gedrängten Masse Hände und Arme und den Kopf einer Frau mit weit aufgerissenem Mund erkannte und so sehr erschrak, dass sie in wildes Gelächter ausbrach und zu singen anfing: »Die Juden krepieren, die Juden krepieren«, dann aber sogleich verstummte und verärgert ein breites staubiges Weinblatt abriss. Bis heute erinnerte sie sich an jene Grube, wenn sie an gackernden Hühnern vorbeiging.

Neben dem Gebäude der UNRA bemerkte sie einen krakeelenden Menschenauflauf. Ihr Herz schlug heftig, und sie drängte sich ins Innere des Gebäudes. Ihre Nachbarin Umm Zeinab stand da und fuchtelte mit den Händen vor einem Blondschopf, der einen blauen Anzug trug und hinter dem zwei Männer mit großen Kameras auf den Schultern standen. »Sie haben meinen Jungen weggeschleppt! Sie haben ihn mit Schlagstöcken verprügelt und ihn entführt!«, schrie Umm Zeinab und schlug sich mit der Hand auf Stirn und Brust, und einer der UNRA-Mitarbeiter übersetzte ihre Worte dem Blondschopf. Salma war verwirrt, denn ihre Nachbarin hatte zwar drei verheiratete Töchter, aber keinen einzigen Sohn. »Welcher Sohn?«, schrie sie einem der Umstehenden zu, worauf dieser ihr den Ellbogen in die Seite stieß und ihr einen wütenden Blick zuwarf. Salma verstand, fühlte sich beschämt und in ihrer Verlegenheit hob sie zwei gespreizte Finger und rief: »Mit unserem Leben, unserem Blut!« Jemand schwenkte eine Fahne, ein anderer schoss mit einer Schleuder Steine auf eine Gruppe von Soldaten, die im Laufschritt den Weg vom Gebäude auf der Felskuppe herabgestürmt kam. Von weitem wusste sie bereits, dass der schöne Soldat nicht unter ihnen war. Ein paar von den *Shabbab*, mit rotweiß und schwarzweiß gewürfelten *Kefiyas* vermummt, bombardierten die Soldaten mit allem, was zur Hand war, riefen obszöne Beschimpfungen, die sogar auf den faltigen Gesichtern der alten Frauen, deren Kopftücher die mit Henna rot gefärbten Zöpfe verbargen, ein Lächeln erzeugten. Sie wedelte mit den Händen und hörte den dumpfen Knall einer Explosion, als eine weißliche Wolke plötzlich wenige Schritte vor ihr vom Boden aufstieg. Sie kannte den beißenden Geruch nur zu gut, konnte ihm jedoch nicht entfliehen. Schon bald tränten ihre Augen, sie hustete und spuckte auf den Boden. Sie wurde zur Seite gestoßen und lehnte sich an eine mit Parolen beschmierte Mauer.

Ringsum beeilten sich die Ladeninhaber, scheppernd die eisernen Rollläden herunterzulassen. Dutzende von Jugendlichen und Kindern ergossen sich aus dem Labyrinth der Gassen, die Taschen voll mit Steinen und in den Händen Flaschen, die mit Benzin gefüllt und mit Lappen zugestopft waren. Sie sah den gebeugten Rücken ihres Mannes Taissar, der aus der Werkstatt einen riesigen Autoreifen herbeischleppte. Vor Anstrengung drangen starke Pfeiflaute aus seiner Brust. Die Laute wurden immer durchdringender, und verwundert legte sie die Stirn in Falten, bis ihr Herz mit einem Mal einen Satz machte: Jenseits des Qualms und der Steine kam wild hupend ein Jeep herangeprescht, wurde kreischend zum Halten gebracht, und der

Fahrer sprang heraus. Er musterte das Getümmel und wandte sich mit knappen Worten an die anderen Soldaten. Ihre Beine zitterten wie die Hufe des Schafs beim Anblick des Schlachtermessers, und sie beeilte sich, in ihrem schwarzen Kleid von der Menge der heulenden Frauen verschluckt zu werden.

Der schöne Soldat stand da und blickte zu Boden. Unter dem Stahlhelm war sein Haar kurz und hell. Eine Schweißperle lief über sein Gesicht.

Irgendwo dort unter ihrer dunklen Kleidung tat sich eine Öffnung auf, die unvergleichlich angenehm war, und feuchte Zungen leckten voll Heißhunger in ihr und zogen unaufhörlich warme Kreise in ihrem Bauch. Unmerklich wurde sie von Hass erfüllt, Hass auf diesen schönen Soldaten und auf das Brennen der beißenden Tränen, Hass auf den Lärm und die Sonne. Sie beeilte sich, nach Hause zurückzukehren.

Eine Flamme loderte nächtelang im Körper von Salma Nabil Chamdan, warf sie auf ihrem ärmlichen Lager von einer Seite auf die andere und entriss ihr einen Seufzer der Zerschlagenheit, der zum Fenster und in die schwarze Nacht hinauswehte. An den eisigen, klaren Morgen suchte sie sich tastend ihren Weg zur Tür der Latrine, um dann lange Zeit über dem finsteren Loch zu hocken. Lange rührte sie im schwarzen, brodelnden Kaffee, bis er fast zu angebranntem Schlamm verkocht war. Als sie glatte Petersilie mit dem langen Messer, das über der Feuerstelle hing, hackte, schnitt sie sich tief in ihren knochigen Finger.

»Was ist mit dir, *ya Basma*?«, knurrte Taissar sie an, wobei fauliger Morgengeruch aus seinem Mund kam. Salma antwortete nicht.

Sie ging durch die beschatteten Gassen des Marktes, feilschte vergeblich mit Verkäufern von Plastiktellern, spuckte verächtlich auf den Saum einer Bäuerin, die ihr winzige, schwarz gesprenkelte Eier anbot. Sie warf mit

Steinen nach jedem staubbedeckten Soldaten, der den Schotterpfad heraufkam, und horchte angespannt auf das peinigende Brummen des Jeeps – das nicht erklang.

An einem der Abende schließlich war plötzlich eine Art weiches, brennendes Licht zu sehen, das sich über die Berge und Schluchten wie dickflüssiges, warmes Schafsblut ergoss, und durch die alten Olivenbäume fuhr ein unheilverheißender Wind, der mit einem Stoß das Kleid gegen ihre kleinen Brüste drückte. Sie erschauerte und machte sich daran, mit flachen, breiten Schritten den ausgetretenen Pfad zu erklimmen, der zum Armeeposten führte.

Sie sah ein großes Eisentor, auf dem eine Fahne im Wind schlug. Ein missmutig dreinblickender Soldat saß auf einem zerbrochenen Stuhl und bewachte einen sandbedeckten Platz, auf dem einige Fahrzeuge parkten. Sie sah einen Armeebus, einige Personenwagen und einen Jeep. Sie erkannte ihn sofort, und jener unerklärliche Brocken begann in ihrem Hals zu hüpfen. Viele Soldaten waren zu sehen, die das lang gestreckte, schmutzig-gelb verputzte Gebäude betraten oder verließen, einige von ihnen plaudernd und lachend, andere mit zornigem Blick. Ihn jedoch sah sie nicht. Der Abend senkte sich herab, eine Reihe matter Lampen wurde entzündet, und schwarze Schatten krochen vom Gebäude heran und erreichten das Tor. Salma schrak zusammen und drückte sich hinter einen Felsen, wo ein uralter Olivenbaum ihre Schulter streichelte, wie damals, im Obstgarten ihres Vaters. Sie dachte an Taissar, der mit Anbruch der Nacht aus der Werkstatt zurückkehrte, und beschloss, unbemerkt den Pfad hinabzusteigen und ihm sein Abendessen zu bereiten.

Eine halbnackte Gestalt, die unversehens in einem der Fenster im zweiten Stock auftauchte, ließ sie wie gelähmt an Ort und Stelle verharren.

Er stand dort, das gelblich-fahle Licht der Lampe leuchtete auf seinem kurzen Haar. Seine kräftigen Arme hielten das lange dunkle Gewehr umschlungen, dessen Lauf beinahe seinen Bauch berührte.

Wie schön er ist – der Hass nagte an ihr.

Sie kniff die Augen zusammen, um den goldenen Haarstreifen auf seiner Brust zu sehen, verschlang mit ihrem Blick die Bewegung seiner muskulösen Beine und wusste nicht, ob es das Säuseln des Winds oder die Schläge ihres Herzens waren, die sie unter ihrem Kopftuch an den Haarwurzeln zwickten.

Sie kehrte in ihre Behausung zurück und fiel aufs Bett. In der Nacht kam Taissar zu ihr, beugte sich schweigend über sie und drückte sein großes Knie gegen sie, damit sie die Schenkel öffnete. Sie spürte den säuerlichen Geschmack seines klebrigen, an sie gedrückten Nackens, den Rauch der Autoreifen in seinen schweren, fettigen Haaren und presste ihre Schenkel abwehrend zusammen. Sogleich spürte sie die Spitze seines Glieds gegen ihren Unterleib stoßen, sich einen Weg durch die Falten ihres hochgerafften Kleids suchend, und biss ihn verzweifelt in die Schulter. »Was ist mit dir, *ya Basma?*«, knirschte er erbost und verwundert, schlug ihr mit der Hand auf die Lippen, drückte ihre Schenkel auseinander und drang mit einem Stoß in sie ein. Der stechende Schmerz ließ sie erstarren, ließ ihren Körper ergeben und schweigend die Schläge von Taissars Bauch erdulden, bis er zur Ruhe kam und sich von ihr hinunterrollte. Aus ihrer aufgeplatzten Lippe floss Blut, und sein Erguss brannte auf ihrem Schenkel.

Für lange Augenblicke herrschte Stille. Taissar legte seinen Arm um ihren Kopf und begann, sie mit Worten zu versöhnen. Er erzählte ihr von den Ereignissen des Tages in der Werkstatt, und sie starrte in die tiefe Finsternis. Morgen, verriet er ihr, würde es im Lager großen Aufruhr geben. Die Bewohner würden die Soldaten in der engen Gasse, die zum Markt führte, mit Steinen bewerfen, und wie immer würde kurz darauf der Jeep auftauchen. »Es wird eine Todesfalle für den Jeep sein«, lachte Taissar, und seine Brust pfiff dazu. »Auf den Dächern liegen haufenweise Felsbrocken und Brandflaschen bereit, und die Frauen werden auch noch Öl zum Sieden bringen. Das wird ein Fest, ya Salma!« Er gähnte laut, wälzte sich auf seine Seite und schlief ein.

Mit einem Mal spürte sie eine unbestimmte, süße Freiheit. Den Jeep würde es nicht länger geben und auch kein langes Bein, das wie ein Panther herausgeschnellt käme. Glücklich schmiegte sie sich an Taissars zugeknöpften Bauch, meinte zu schwimmen und ließ sich in die Tiefen ihres Verlangens hinabziehen.

Da ist der vor Sonne und Staub glänzende Hain von Oliven- und Mandelbäumen. Ein zerklüfteter, warmer Olivenbaumstamm streichelt langsam ihren nackten Rücken. Ihr Haar ist nicht mehr strähnig und schmutzig-braun wie Ziegenkot, sondern liegt als tiefschwarzer Seidenfächer über die tückischen Felsvorsprünge ausgebreitet. Ihr Geliebter beugt sich über sie und küsst ihren weißen Hals. Sie verbirgt ihre Finger in der goldenen Flechte seines Nackens, streicht über seine breiten Schultern. Ein kleines Kind mit unschuldigem Blick wächst jetzt in ihrem Bauch heran. Sie spürt, wie es sich bewegt. Dieser warme Himmel, seufzt sie genüsslich, und zwischen ihren Beinen erwachen die feuchten Zungen und zeichnen immer neue Kreise in ihrem Bauch. Sie schreitet auf einem offenen Feld zwischen dichten Reihen geköpfter Hühnerkadaver hindurch, dreht sie mit den Füßen um und spuckt verächtlich auf die traurigen Kreaturen. Ihr Vater lacht und lässt grünliche Rauchkringel aufsteigen, und Taissar streift plötzlich sein Hemd ab, zieht zwischen seinen Beinen ein breites, zitterndes Messer hervor und schwingt es über einem schönen, traurigen Gesicht, das aus dem Boden erwächst. Sie hört einen scharfen Schnitt, und der klagende, die Ränder ihres Traumes beleckende Blick zerspringt und spritzt in tausend roten Splittern auf den Strang aus weißen Knoblauchzwiebeln.

Sie erwachte verstört und versuchte, ihre Augen an die jagende Finsternis zu gewöhnen. Das Grauen wurde immer stärker, bis sie es nicht mehr aushielt. Geräuschlos stahl sie sich aus dem Bett, band sich das bunte, fleckige Kopftuch um ihre glühend heiße Stirn und öffnete die Eisentür. Sie zögerte einen Moment, und bevor sie hinaustrat, griff sie sich das scharfe, lange Messer, das über der Kochstelle hing.

Die Nacht wurde von einem vollen Mond beschienen. Sie sog die berauschende Luft ein, roch den Duft der neuen Blüte, der von den Obstgärten ihrer Kindheit in das Gewirr der Gassen getragen wurde. Irgendwo dort krähte ein Hahn, und ein Straßenköter jaulte. Weißes Licht erhellte den staubigen Pfad, den sie hinaufhastete.

Ein hohes Tor, eine Fahne, der Schatten eines lang gestreckten, unbeleuchteten Gebäudes waren zu sehen.

Vom Tor kamen einige kurze Rufe in einer unverständlichen Sprache. Dann hörte sie: »Stehen bleiben! Stehen bleiben!«, und sah einen Soldaten mit weit aufgerissenen Augen winkend auf sie zugelaufen kommen. Ein durchdringender, furchtbarer Schrei rang sich aus ihrer Kehle. Sie empfand keine Angst. Nur die quälende Aufgewühltheit einer verzauberten Frühlingsnacht, Olivenbaumstämme und nackte Schultern. Das Messer gezückt in der Hand, kletterte sie an dem rostigen Eisentor hoch.

Das Bellen eines Schusses rollte den Abhang hinunter, danach folgte ein zweiter, scharfe Splitter spritzten von den Stangen des Tores auf ihre Füße, und noch ein Schuss.

In der Stirn von Salma Nabil Chamdan klaffte ein großes Loch, und Ströme von Blut begannen ihr dunkles, hässliches Gesicht zu bedecken. Haltlos zwischen Himmel und Erde, das eine Auge noch geöffnet, sah sie, wie im zweiten Stockwerk ein gelblich fahles Licht anging.

In den Wäldern des Kaukasus

Abends zwischen sechs und sieben Uhr beginnt die Sonne unterzugehen.

Langsame, unendliche Ruhe steigt in diesen wundervollen Augenblicken vom Meer auf, klettert in den Wind und die weichen Wolken, schmelzt die pfirsichfarbenen Töne in das Abendrauschen und sinkt lautlos auf die Dächer, die Rasenflächen, auf die Staubkörner und die verzauberten Augenlider. In diesen wundervollen Augenblicken zwischen sechs und sieben Uhr unterbrach er wie gewohnt seine Arbeit, lehnte sich an die Fensterbank und schaute auf den Gehweg gegenüber.

Nach einigen Minuten, die er darauf wartete, dass die letzten Patienten die Praxis verließen, begann er, ein paar Papiere auf dem schweren Holztisch zu ordnen, stellte die empfindlichen Geräte an ihren Platz zurück, notierte ein paar rasche Bemerkungen auf die Karteikarten der Kranken, strich sich absichtslos mit der Hand durchs kurze Haar und ging die Treppen zum Auto hinunter.

Die Dunkelheit rollte sich in den Straßen zusammen und verdichtete sich zu dunklen Blöcken. Er fuhr die Bürgersteige entlang und sah in die Gesichter der Passanten. An seinem Haus hielt er und sog die Gerüche der Jasminsträucher am Wegrand ein. Er öffnete das Autofenster ganz und hörte Musik. Breite Klänge gossen sich in die weite Nacht. Dann stellte er den Motor ab, nahm die schwarze Ledertasche und ging ins Haus.

Im Flur empfing ihn seine Frau Anath mit einem Kuss. Das Lampenlicht leuchtete in ihrem honigfarbenem Haar. Auf dem Tisch lag ein kurzer Brief seines ältesten Sohnes Joash. Seine Tochter Jarden hatte sich mit einigen ihrer Freundinnen in ihrem Zimmer eingeschlossen, ihr Freudengeheul schrillte ihm in den Ohren. Er ging in die Küche, schenkte sich Tee ein, knabberte einen Keks und legte seine Beine auf einen der Stühle. Der kleine Omri kam angerannt, seine Wangen mit Schokolade verschmiert. Er zauste seine Stirnlocke und kitzelte ihn in der Achselhöhle.

Später streckte er sich auf dem breiten Bett aus und betrachtete seine Frau, die ihr langes, weißes Hemd auszog (die Arme weiß, asketisch), ihre Hand ausstreckte, um das Licht zu löschen, und »Gute Nacht« murmelte.

Er legte einen Finger auf ihre Hüfte, spürte die Süße ihrer Haut und das Zittern, das über ihren Rücken lief. Er streichelte ihren Körper, langsam entdeckte er Gebiete, die er lange nicht gesucht hatte. Plötzlich entzündete die Lust seine Glieder, er drehte ihr erstauntes Gesicht zu sich, als umfasse er ihre Seele mit seinen Händen, bis ihm schien, er sähe Seufzer über die Wände ringsum kriechen.

Am Morgen wusch er sich lange mit heißem Wasser, rasierte sich sorgfältig und besprühte sich mit teurem Gesichtswasser. Er zog ein neues Hemd an und musterte seine Gestalt im Spiegel: Einige Falten gruben sich in seine Stirn, unverschämt-silberne Haare blitzten an seinen Schläfen, doch auf seinem Kinn war immer noch das verführerische Grübchen, und seine Augen waren eindringlich und warm. Er nahm den Fön und glättete einige widerspenstige Strähnen, das Lachen seiner Tochter Jarden ignorierend, die dicht an seiner Schulter stand und ihn mit einem seltsamen Blick anschaute.

Auf dem Weg in die Praxis summte er eine Melodie aus dem Radio. Die Erinnerung an die vergangene Nacht erfüllte ihn mit Trost. Anath war auch dann gut zu ihm, wenn in ihrem Schweigen das Leid brannte, und ihre Lippen, die nachts auf seiner Brust ruhten, schienen ihm zu sagen: »Sei nicht traurig, ich weiß ja«.

Wie oft hatte er versucht, sein Gesicht wieder an ihren weichen Schenkeln zu bergen, in ihrem milchigen Bauch zu versinken – aber sein Körper war weit fort von ihm, schwebte an anderen Orten, glühte im Wachtraum. Ein langes Stück Weg hatten sie miteinander zurückgelegt, bis sie ein vorbildliches Haus errichtet hatten. Jarden wuchs heran und wurde schöner, sie war beinahe sechzehn, ihre Augen dunkel, und manchmal sah er sie mit untergeschlagenen Beinen auf dem Bett sitzen, auf ihren Knien Gedichte schreiben, den Stift zwischen ihren Lippen, den Blick auf irgendetwas hinter dem Fenster, hinter den Mispelbäumen gerichtet. Und der kleine Omri, ein ausgelassenes Kind voller Fröhlichkeit. Und wo bin ich? Und Jossi?

Leicht stieß er die Tür zur Praxis auf und betrat das Vorzimmer. »Du wirst ein Doktor sein, ein berühmter Doktor«, hatte ihm seine Mutter gesagt. Schon in seiner Kindheit schleppte sie ihn in die Krankenstationen oder zu niedergelassenen Ärzten, er sah sie vor Furcht und Kummer weinen und vor den Sesseln von Doktor Kosnizki und Doktor Monekendam und Doktor Ellenbogen (»Doktorellenbogen«, sagte sie) betteln, sie sollten sich ihres Lebens erbarmen, doch die schauten sie bloß mit leeren Augen an, schrieben ihr etwas gegen Erkältung und Schnupfen auf einen grünen Zettel und sagten: »Die nächste Nummer, bitte.« – »Du wirst ein großer Doktor sein«, sie streichelte sein Gesicht. »Und du wirst deine Mutter vor der Vernichtung retten. Weine nicht zu sehr, wenn die Würmer diesen schönen Körper gefressen haben.« Mit einer herzzerreißenden Bewegung zog sie das alte Kleid von ihrer Brust: »Und du wirst uns die allerschönste Praxis bauen, mit schwarzen Ledersesseln.«

Er setzte sich an seinen Schreibtisch und studierte den Behandlungsplan. Gegen Ende des Tages, um sieben Uhr, hatte ihm seine Sekretärin das anberaumte Treffen eingetragen, und ohne es zu merken ritzte er mit seinem Füller um das Kästchen Kreise und Gekritzel. Durch die Kritzeleien sah er das Gesicht Jossis. Es schaute ihn von nahem an, und plötzlich erfüllte ihn helle Freude. Jossi kniet zwischen den Reihen der Rosen im Schulhof, gräbt mit seinen Fingern im harten Staub und gießt die Erde mit einer rostigen Kanne. Die Sonne kocht; Jossi schaut zu, wie er sich geschmeidig auf dem Basketballfeld bewegt, sein Rücken glänzt vor Schweiß, und sein Gesicht ist vor Anstrengung angespannt. Es ist ein stürmischer Wintertag, Jossi geht mit ihm am Strand entlang, teilt mit seinen hohen Stiefeln die weiße Gischt und schreit aus vollem Hals gegen die Unverschämtheit der Möwen an. Jossi begleitet ihn, als er sich nach seiner Rückkehr mit Anath in einem Jerusalemer Café trifft, lächelt wortlos über ihre Verlegenheit und stößt ihn mit seinem Knie unter dem Tisch an. Jossi bricht in lauten Beifall aus, als der Dekan der medizinischen Fakultät bei der Vergabe der Examina seinen Namen unter denjenigen nennt, die mit Auszeichnung abgeschlossen haben, seine Mutter zerreibt den Tränenstrom mit dem Ärmel ihres neuen Kleides und lächelt die Urkunde in seiner Hand an, dieselbe Urkunde, die jetzt in einem Rahmen über seinem schwarzen Sessel hängt.

Er lauschte geduldig den Beschwerden einer zornzerfressenen Dame und erklärte ihr ruhig, wie sie ihre Schmerzen lindern könne. Eine volle Stunde nörgelte sie über ihre junge, widerspenstige Schwiegertochter, schließlich zog sie aus ihrer Stofftasche ein kleines Glas mit Pflaumenmarmelade, die sie mit eigenen Händen eingekocht hatte, und bestand darauf, dass er sie als Geschenk annehme. Jossi mochte Pflaumen sehr: In den Sommerferien schlichen sie sich in den Obstgarten der Naturkundelehrerin Margolis, die Beine von den Dornen zerkratzt, und dunkler Saft rann aus den aufgeplatzten Pflaumen und klebte ihnen am Kinn. Und dann drangen sie tiefer in die dunklen Pflanzungen ein, lauschten dem Wettlauf der Kaninchen und dem bösen Gemurmel von Autodieben, die sich hinter jedem Zitronenbaum zu verstecken schienen. Er zog seine Kleider aus und Jossi spritzte aus einem dicken Schlauch Schlammwasser auf seinen nackten Körper, spritzte und lachte; das Wasser hing ihm wie Perlen im Haar, der Mond färbte seinen dünnen Körper in der schwarzen, stillen Obstpflanzung weiß, und das Glück war ganz nah.

Ohne es zu merken seufzte er auf, und der Kranke, der ihm gegenüber saß, sah darin die Bestätigung seiner Nöte und seufzte noch tiefer. Nach kurzer Zeit blickte er auf die Uhr und entschied, dass es Zeit fürs Mittagessen sei. Es waren noch sechs Stunden bis zu seinem Treffen mit dem Jungen, und er wusste, dass sein Magen ihm keine Ruhe lassen würde, äße er später.

Er ging in ein kleines vegetarisches Restaurant, in dem er zu essen pflegte, setzte sich an seinen Tisch nah an der Glaswand und bestellte Salat und Käse. Er mochte den eigentümlichen Geschmack von Ziegenkäse, einen Geschmack von grünen, weiten Weiden und Herbstwind. Mit einem Lächeln erinnerte er sich der Mahlzeiten in Jossis Elternhaus; Berge von weißem Reis, geröstete Zwiebeln und Hühnergeschnetzeltes, Fleischbrocken und Knochenreste, die abgeleckt und abgenagt wurden, bis er schreien wollte; und Jossis Mutter servierte mit aufgerissenen Augen eine Platte voll goldener, fetttropfender Schnitzel und sagte zu ihnen, esst schnell, bevor Vater kommt, damit ihr stark werdet.

Hier, in diesem kühlen Restaurant, hatte er den Jungen zum erstenmal gesehen. Er erinnerte sich so genau, als wären seither nicht viele Tage verstrichen; hinter dem Glas stand ein schöner Junge und warf ihm einen langen Blick zu. Als ihre Augen sich trafen, verschwand er wie ein Schatten um die Ecke, doch nach einem Moment erschien sein Kopf wieder, und er wanderte auf dem Bürgersteig von rechts nach links, dann von links nach rechts, während er mit demonstrativer Gleichgültigkeit die Schilder und Schaufenster musterte.

Das Erscheinen des Jungen war wunderbar in seinen

Augen. Er spießte ein paar Salatblätter auf, zerdrückte sie und war verlegen. In den folgenden Tagen sah er, wie der Junge ihn vom anderen Ende der Straße beobachtete, am Fußgängerübergang oder wenn er zu Tisch saß. Und von Mal zu Mal, in diesen wundervollen Augenblicken zwischen sechs und sieben Uhr, unterbrach er seine Arbeit, sah vom Fenster auf den Bürgersteig, und er wusste, dass er sehen würde, wie sich der Junge mit zögernden Schritten dem Eingang näherte und sich zurückzog, heimlich gequälte Blicke auf die Menschen werfend, die im Gebäude ein- und ausgingen.

Im Verlauf der Tage wurde seine Verwunderung zu Belustigung, dann wich die Belustigung einer süßen Sucht. Geheimnisvolle Erregung floss über seinen Rücken, wenn er in seinem Auto durch die Dunkelheit fuhr und an den Straßenecken und auf den Bänken jenes junge Gesicht suchte.

Und wenn sie sich begegneten, senkte er sofort seinen Blick auf die Schuhspitzen, die Spur eines Lächelns über irgendein altes Geheimnis spann sich in seinem Mundwinkel, und sofort verschwand der Junge im Schatten einer der dunklen Nischen.

Doch heute erschien der Junge nicht hinter der Fensterscheibe.

Nur wenige Stunden blieben. Er beendete seine Mahlzeit, zahlte und ging zur Praxis. Ein rotgesichtiger Mann mit Herzbeschwerden saß im Wartezimmer, er legte das Stethoskop an die Wülste seiner Brust und sagte, er solle sich auf das Bett legen, das in der Zimmerecke stand. Dann zog er die Vorhänge gegen das brennende Atmen der Sonne zu.

Aus einem der Sender im Radio drangen kehlige Lieder, die ihn an den Strandlärm an einem Schabbatmittag, an seinen Militärdienst erinnerten und ihn unruhig machten. Er drehte den Knopf, bis er das dünne Schluchzen einer

Mundharmonika hörte und danach abgerissene Gesprächsfetzen in einer merkwürdigen, gutturalen Sprache. Vielleicht ist das Kaukasisch, sagte er sich. Im Kaukasus fallen in der Nacht Samenkörner in dunklen Wäldern nieder, der kalte Wind zerzaust die schönen Pelze der Kaninchen und küsst welke Blätter, die nie einen Sonnenstrahl sehen werden.

Der alte Mann ließ plötzlich ein angestrengtes Ausatmen hören und setzte sich auf dem Bett auf. Er half ihm, das Hemd anzuziehen, und schrieb ihm ein paar Beruhigungspillen auf.

Ja, kein Sonnenstrahl dringt in das dichte Laub der kaukasischen Wälder, und Jossi setzt ihm eine große, schwarze Sonnenbrille auf die Nase und lacht. Jossi atmet dicht an seinem Ohr, während sie auf dem großen Ausflug in die Judäische Wüste dastehen und in die Dusche der Mädchen linsen. Weiche Nebelschwaden liegen über den Felsen Galiläas, während sie sich in einem modrigen Schlafsack auf Moospolstern zusammenrollen, und Jossi schmiegt sich an ihn, bis ein erster Streifen rötlichen Lichts über die Hügelkuppen versprüht wird. Und dieses Treffen an der Sammelstelle für Soldaten mitten in der Rekrutenzeit; die Erinnerung weckte in ihm Verlangen, und er schloss die Augen, als würde er geblendet. Jossi setzt sich neben ihn auf den Rücksitz des Autos, legt seinen Arm auf seine Schulter und beginnt, ohne dass jemand es sieht, seinen Hals zu streicheln, die ganze Fahrt über streben seine Fingerspitzen unablässig zu der sich verhärtenden Brustwarze, spotten der Qual der erschaudernden Haut, und beide schweigen und sehen ruhig nach draußen auf die Getreidefelder, die im Fenster vorbeiziehen, bis der Wagen, der sie mitgenommen hat, nahe bei der Kreuzung an ihren Häusern anlangt, und er bedauert es tief, dass Israel so klein ist.

Er erhob sich und lief aufgewühlt zwischen Tisch und Waschbecken hin und her. Er goss sich duftenden Kräutertee auf und stieß auf sein Gesicht, das ihm aus dem Spiegel entgegenschaute. Er stand bewegungslos und setzte sich dann in den Sessel, öffnete ein paar Umschläge und begann, die Zusammenfassung eines Aufsatzes, die auf Englisch erschienen war, zu lesen, doch bald ließ er das Papier aus der Hand sinken und legte die Wangen in die Hände.

Wo ist er jetzt, der Junge? Ob er ebenso wie ich im Nebel sitzt und die Abschnitte seines Lebens wie Glasperlen einer Kette zwischen seinen Fingern hindurchgleiten lässt? Wer hat uns beide an einem heißen Sommertag zu dem Restaurant gerufen und die schlafenden Eulen in mir geweckt? Wie hat er mich, der in seinem Leben verloren schien, gefunden und meinem Gesicht diesen Schrei abgelesen? Was werde ich ihm sagen, wenn wir uns treffen? Ob wir uns treffen werden?

Ein leises Klopfen ließ sich hören, und eine junge, erschreckte Frau, die ein Baby in ihren Armen hielt, trat ins Zimmer. Die Stirn des Babys glühte. Er wies die Schwester an, ein paar Tropfen in den Hals des Kindes zu tröpfeln und die Stirn mit kalten Umschlägen zu kühlen, und während er seinen Kopf streichelte, lächelte ihm das Baby ein zahnloses Lächeln zu. Ein altes, vergessenes Bild überschwemmte sein Gedächtnis; der kleine Joash fällt von dem hohen Stuhl in der Küche und schlägt auf den Fußboden. Seine Frau hebt ihn vom Boden auf, setzt ihn auf den Stuhl und wischt mit beiden Händen die Tränen ab, bis Joash über den ganzen kleinen Mund lächelt. Fast schmerzliche Sehnsucht fühlte er plötzlich für diese Küche in ihrem Haus, ihre Gerüche, ihre Sauberkeit, für den Plan des Küchendienstes, der mit einem Magneten in Form eines Schmetterlings an die Kühlschranktür geheftet ist.

In den letzten Jahren besucht Jossi sie hin und wieder. Anath backt wunderbare Käseplätzchen, sie sitzen in den tiefen Sesseln im Wohnzimmer, zwischen Alabasterfigürchen aus Ceylon und trockenen Blumengebinden, und unterhalten sich. Er hat die immer gleich aussehenden Hotels satt, das neue Auto bedarf dringender Reparaturen in der Werkstatt, das Asthma seiner Mutter ist schlimmer geworden. Zwischen Kaffee und Früchten blickt er verstohlen auf die Einschnitte um Jossis schmale Augen, und trübe, böse Verwunderung tröpfelt auf die alten, schmerzenden Stellen.

Es war zwischen sechs und sieben Uhr; die Praxis leerte sich. Ein Windstoß ließ die Jalousien erzittern. Weit im Westen beugte sich die Sonne über die Dächer und die glühenden Boiler aus Blech. Das Wasser des Meeres war warm und ergeben. Wie weit fort die Dinge sind, und wie nahe. Ein Mann steht am offenen Fenster, und die Finger des Windes streicheln ihn hinterm Ohr.

Die Reihen roter Rosen im Schulhof bewegen sich leicht im Wind des Wachtraums. Sie gehen an den Strand, das Geschrei ihrer Jugend hinterlässt flüchtige Spuren im weißen Sand. Er schenkt dem unbekannten Jungen den Morgenkaffee ein und sieht das Lachen in seinen Augen.

Jossi, Jossi, wird er ihn rufen. Wohin entschwinden mir all die Jahre? Wie weit fort sind die Dinge, und wie nahe, flüsterte er wieder und ging wie ein Blinder an den Wänden entlang.

Anath bereitet jetzt das Abendessen vor. Das Lampenlicht zeichnet feurige Zungen in ihre Haare, aber ich bin nicht dort. Mein Leben hätte so weitergehen können, am Rande des Vergessens, wäre nicht dieser Junge mit dem traurigen Gesicht, dessen Namen ich nicht einmal weiß, in mein Leben getreten und hätte die bösen Eulen, die zwischen meinen Träumen genistet haben, von ihrem Lager aufgescheucht. Hätte dieser traurige Junge nicht Mut gefasst, sich an die Sekretärin gewandt und gebeten, mich allein zu treffen. Hätte die Sekretärin nicht sieben Uhr verabredet. Wären es nicht nur noch acht Minuten.

Er setzte sich in den schwarzen Ledersessel und gewährte dem Gefühl der langsamen, unendlichen Beruhigung, sein Hirn zu vernebeln. Er hob vom Stuhl irgendeine bedeutungslose Liste auf und begann, sie aufmerksam zu lesen, bis ein leises Klopfen an der Tür zu hören war und der Junge in der Öffnung stand.

Der Junge trat mit unsicheren Schritten ein und bewegte seine Augen abwechselnd von der Schreibplatte zum Fußboden.

»Schalom, Doktor Kupferschmidt«, stotterte er. »Ich wollte mit Ihnen sprechen, weil ... schon ein paar Tage wollte ich mich mit Ihnen unterhalten, aber ich habe mich geschämt, in die Praxis zu kommen ... äh ... die Angelegenheit ist mir ein bisschen peinlich ... Schauen Sie ... ich bin der Freund ihrer Tochter ... Jarden ... und wir ... das heißt ... es scheint ihr, dass ihre Periode sich etwas verspätet, verstehen Sie ... Sie hat gesagt, am besten sei es, sich mit Ihnen zu beraten ...«

Und dann verdichtete sich die Dunkelheit und sank auf die Erde. In diesen wundervollen Momenten, die kein Verzeihen kennen, zwischen sechs und sieben Uhr, steigt das große Schweigen vom Meer auf und erstickt alle Fragen. Lange und harte Finger hat es, das Schweigen.

Reise

Während der Neun-Uhr-Nachrichten, das Fernsehen zeigte gerade Bilder eines Streiks in strömendem Regen, fiel Felix' Entscheidung, den Obst- und Gemüseladen von Albert Fachima nicht zu kaufen, keinen Kredit bei der Bank, in der sein Cousin Ja'akov leitender Angestellter war, aufzunehmen und den ungarischen Schreiner nicht zu bestellen, um die grünen Schränke in der Küche auszuwechseln – sondern alles zu lassen und zu verreisen.

Die Entscheidung überwältigte Felix, sie berauschte ihn, er schaltete den Fernseher aus, schaltete ihn wieder ein und rührte mit so großer Aufregung im Teeglas, dass der Löffel es beinah zerbrochen hätte. Nachts lag ein geheimnisvolles Lächeln auf seinem Gesicht, und früh am Morgen begann er, die Reise vorzubereiten. Nach einer Woche hatte er alles hinter sich: Felix stand auf der Rolltreppe am Flughafen, presste die Tasche mit den Reiseunterlagen an seinen Körper und winkte mit der Hand Mathilde zu, die zurückblieb, ihre Nase in ein Taschentuch steckte. Ihr rötlicher Kopf entfernte sich.

Spät in der Nacht landete das Flugzeug in einer verregneten und kalten Stadt, und Felix erwischte ein schäbiges Taxi, das ihn zu einem Hotel im Stadtzentrum brachte. Den ganzen Weg über schwieg Felix und sah nur den fetten Nacken des Fahrers und die nassen Straßen.

In seinem Zimmer legte sich Felix auf das schmale, muffige Bett, lauschte dem Flüstern des Regens und konnte nicht einschlafen. Aus dem Nebenzimmer drangen Stimmen, Zungenschnalzen und ein seufzendes Durcheinander. Danach hörte er, wie sich das Schloss seiner Zimmertür drehte und rollte sich bewegungslos in seinem Bett zusammen. Ins Zimmer schlich sich die Portiersfrau aus dem ersten Stock, eine gelbe, fleischige Frau, und stellte sich neben das Bett. Einige Sekunden stand sie da, dann fluchte sie, kratzte sich am Kopf, wühlte in der Tasche seiner Hose, die überm Stuhl hing, und ging hinaus.

Am Morgen verließ Felix das Hotel und schlenderte durch die Stadt. Für ein paar Groschen kaufte er einen Stadtplan und schritt über graues, verregnetes Pflaster an Häuserblocks vorbei, die wie Riesenschachteln aus der Erde wuchsen. Er schaute in die Gesichter der Menschen, Gesichter so weiß wie Baumrinde, wie er sie noch nie gesehen hatte; andere Gesichter, gelblich wie die widerwärtige Farbe einer alten Krankheit. Felix guckte versteckt, manchmal auch mit offener Neugierde, fast unverschämt in die Augen der Menschen; helle und leere Augen oder grünlich-trüb wie Pfützenwasser, bis die Menschen ihren Blick zu den Hauseingängen drehten oder aufs Pflaster senkten, und es gab solche, die zur Seite spuckten und mit gesenkter Stimme »Dollars« sagten.

Felix ging nachdenklich durch die Straßen, fragte hier und da eine in ein Kopftuch gehüllte Alte oder einen Rentner mit roter Nase nach der Leschnow oder der Mila-Straße, doch sie zuckten mit den Achseln oder schüttelten den Kopf. Nach ein paar Stunden – dichter Nebel senkte sich über das Land, die Schwaden lagerten zwischen den Häuserblocks – setzte sich Felix neben eine längliche Steinplatte auf einem der Plätze, nicht weit von den Schienen, und las die eingravierte Aufschrift. Er zog aus seinem Mantel ein vor Kummer vergilbtes Foto, flüsterte ein paar sanfte Worte, zerdrückte mit seiner Hand zwei, drei welke Blätter, die von einem Baum fielen, und beruhigte sich nicht.

In der Nacht wurde es sehr kalt. Felix bestellte eine Kanne heißen Tee aufs Zimmer und stand am Fenster. Der vornehme Kamin neben der Tür verbreitete nicht die geringste Wärme. Felix legte eine Wolldecke um seine Schultern, schaute auf die Nebelwolken, die sich in der Straße verdichteten, und auf einen Betrunkenen, der an einer Straßenlampe lehnte und einmal mit dem Kopf, einmal mit der leeren Flasche gegen sie schlug. Der Pfahl gab ein dumpfes »Bumm« von sich, dann ein metallenes »Pak«, bis der Betrunkene schwankte und sich auf die Pflastersteine erbrach. Felix sagte flüsternd: »Ein Land der Verdammnis, ein verfluchtes Land.«

Am Tag darauf ging er zum Bahnhof und setzte sich in einen der Waggons. Im Waggon hing ein scharfer, aber angenehmer Geruch von Benzin, Ruß und Kohl. Graue Regentropfen schlugen gegen die Scheibe. Felix schaute auf Häuser, auf Plätze und Kirchtürme, die vorbeigaloppierten, später auf ausgeblichene Holzdächer und regennasse Straßenkreuzungen, dann verließ der Zug die Stadt und glitt zwischen grünen, herrlichen Weiden dahin, die sich bis zu den Enden von Wattewolken erstreckten und deren Gras hoch und weich war. Irgendwo am Rande dieses wundervollen Grüns erhoben sich bescheiden gerundete Hügel im Schoß dunkler Wälder. Land der Vögel und Wälder, fiel Felix eine Zeile ein, die er irgendwo gelesen hatte, und als der Zug mit einem Pfeifen über eine modrige Holzbrücke fuhr, deren Pfosten bis zur Hälfte im Wasser eines wütenden, breiten Flusses standen, füllte sich sein Herz mit gewaltiger Freude. Weit von hier steht jetzt Albert Fachima mit dem schwarzen Schnurrbart in einem schweißig-sauren Unterhemd und überredet Frau Odelia Fischboim, deren Sohn im Krieg getötet worden ist, ein oder zwei Kilo von den faulen Tomaten zu kaufen, die er selbst für fast nichts auf dem Großmarkt erstanden hat. Neben Albert steht sein Sohn, Morris Fachima, ein großer und dunkler junger Mann, dessen wildes Haar ihm bis auf die Schultern wächst, und sie kichern und zwinkern einander mit bösen Augen zu. Wie oft hatte er Mathilde angefahren, sie solle bei ihnen kein Gemüse und Obst kaufen. Und draußen brennt jetzt dieselbe grausame Sonne, unter der alles Tag für Tag versengt wird, bis es verendet, Tag für Tag, Jahr für Jahr, und diese Brücke steht wie angewachsen über all das Wasser gebeugt.

Der Zug hielt an einer kleinen Station, die in Schlamm versank, ein Bauernpaar stieg in den Waggon und mit ihm zwei Kinder und die alte, gebrechliche Großmutter. Die Eltern warfen ein paar alte Koffer in die Ablage, die Alte setzte sich Felix gegenüber und umarmte ihre beiden Enkel. Auch von ihren Kleidern ging dieser dumpfe Geruch von Säuerlichem und Kohl aus. Die drei starrten ihn mit verwundertem Blick an und sagten nichts. Felix sah auf seine Uhr, dann aus dem Fenster, er blätterte in einer Karte, doch sie hielten unentwegt ihre wässrig-leeren Augen auf ihn gerichtet und ließen nicht ab.

Nach etwa einer Stunde sah Felix ein kleines Schild, die Buchstaben vom Regen verwischt, und sein Herz pochte. Er erhob sich von seinem Platz und schickte sich an auszusteigen. Seine Reisegenossen begannen zu lächeln, winkten ihm zum Abschied, und die Alte rief freudig und mit zahnlosem Mund »Amerika, Amerika«, bis sie einen Schluckauf bekam und verstummte.

Auf dem kleinen Bahnsteig hörte der Regen auf, Streifen eines hohen Himmels waren über den Gleisen zu sehen, und Felix begann, auf die ersten Häuser zuzugehen. Auf einem kleinen Platz, zu seiner Rechten der Glockenturm einer Kirche, zu seiner Linken ein paar nackte Kastanienbäume, holte er eine alte Bleistiftskizze hervor, trat mit der Schuhspitze gegen die alten Pflastersteine, seine Augen erspähten eine schmale Gasse zwischen dunklen Holzhäusern mit flachen Dächern aus nassem Stroh.

Angenehmes Halbdunkel umfing ihn, und dann öffnete sich der Weg plötzlich auf ein handgroßes Feld mit Kohl und Roter Bete. Über die schlammige Erde ging ein Bauer hinter einem von einem Pferd gezogenen Pflug, und weiter weg, am Rande der Felder, zog sich ein Fluss dahin, in dem

Holzstämme versanken und dessen Wasser voller Schlamm war. Auf dem anderen Ufer stand eine Baumreihe, die Stämme weiß und dünn wie Mädchenarme.

»So, genau so«, sagte Felix und suchte mit seinen Augen das letzte Haus am Rand der Felder. Es war ein großes und altes Haus, dessen Dach mit Stroh gedeckt war, daneben eine Holzscheune. Eine Kuh weidete im hohen Gras. Felix stellte seinen Koffer auf die Erde und streckte die Hand aus, um an die schwere Tür zu klopfen. In diesem Moment streckte Frau Odelia Fischboim ihre Hand aus, wühlte in der Kiste mit Tomaten, und ihr Atem war schwer in der Hitze. Albert Fachima stand in der Tür seines Ladens, an der Seite seines Hemdes breitete sich ein Schweißfleck aus, und als eine der Frauen aus dem Laden ging, ohne irgendetwas zu kaufen, zwinkerte er mit seinem schwarzen Schnurrbart seinem Sohn Morris zu und zischte ihr »*Scharmuta*« nach. Mathilde saß auf der Bank im Flur der Krankenstation unter dem großen Ventilator, der sich schwerfällig drehte, und blätterte in einer Illustrierten. Hin und wieder entfuhr ihr ein ungetrübter, von Zwiebeldunst gesättigter Seufzer, ihre Brust in dem riesigen Büstenhalter zitterte. Die Erdklumpen in den Petunientöpfen auf dem Grabstein vertrockneten, und am Ende der Holzscheune, hinter einer Sense und einigen Getreidesäcken, öffnete Darius drei Knöpfe seiner groben Hose und spielte mit seinem Körper. Vor seinen geschlossenen Augen sah er eine große Frau, die ihre riesigen Brüste hin und her bewegte und seinen Namen flüsterte: »Darius, Darius.« – »Und was will der Herr?«, hörte er eine Stimme.

Im Hauseingang stand ein magerer Mann. Säuerlicher Geruch ging von seinen Kleidern aus, er starrte Felix mit kleinen Augen an.

»Und was sucht der werte Herr bei uns?«, wiederholte der Mann und betrachtete die Kleidung des Fremden.

»Ich brauche ein Zimmer zum Schlafen. Für eine Woche

vielleicht. Ich ...« – Felix verharrte einen Moment – »bin aus Amerika.«

»Amerika«, rief der Mann freudig, und seine Mäusezähne zeigten sich, »New York, Chicago.«

»Vielleicht für eine Woche, vielleicht weniger«, sagte Felix.

»Cowboy«, nickte der Mann begeistert mit dem Kopf: »Cinderella.«

»Für ein paar Dollar«, fügte Felix hinzu.

Der Mann verzog seine Lippen und die Nasenspitze und forderte Felix auf einzutreten.

In dem Augenblick, in dem er den Koffer hob und über die Schwelle in die dunkle Stube trat, deren Boden eben gescheuert war und in deren Ecken dunkle Möbel standen, wurde Felix wieder zu dem pockennarbigen Kind, saß auf der Bank am Rande des Hofes eines Neubaus und wartete darauf, dass seine Mutter von ihrer Arbeit in der Schneiderei von Chaimssohn zurückkäme, in ihren Händen zwei Körbe vom Markt. Wenn sie die verschmutzten Treppen hinaufstieg, seufzte sie, ihre Beine schmerzten und waren geschwollen. Danach saß sie auf dem Balkon und versuchte, mit ihren Händen die Ströme des Geruchs von Pfeffer, Kümmel und Koriander zu verscheuchen, die aus den Küchen der Nachbarinnen herüberwehten. Sie holte einen Hocker, stellte ihn unter ihre Füße, schaute in die Landschaft der verstaubten Jalousien, auf den Verputz, den kochenden Asphalt, und sie schloss erschöpft ihre Augen und erinnerte sich. Vater erhob sich vom Krankenbett, holte aus der Küche ein Glas Tee und einen Keks und versuchte, sie dazu zu überreden, etwas zu trinken. Sie lehnte ab und sagte: »Was hat uns dort drüben gefehlt.« Vater trank den Tee selbst und kehrte ihr den Rücken zu.

»Und was möchte der werte Herr trinken?«, hörte er eine Stimme.

Eine gelbhaarige, fette Frau lächelte ihm über das ganze Gesicht zu. Der magere Mann stand neben ihr und stieß sie mit dem Ellenbogen an.

»Vielleicht möchte der Herr etwas essen? Es gibt Kartoffeln mit Schweineschmalz und Zwiebeln ... Sie werden sich die Finger lecken«, fügte die Frau hinzu und zog einen Finger nach dem anderen mit einem Schmatzen durch die Lippen.

Felix lehnte dankend ab und fragte, ob es ein freies Zimmer für ihn gebe.

»Das ganze Haus steht dem Herrn zur Verfügung«, sagte der magere Mann demütig, sein Lächeln wurde schief, und Felix wurde plötzlich von heimlichem, schmerzerfülltem Lachen geschüttelt.

»Ein kleines Zimmer unter dem Dach, mit einem Fenster, von dem aus man den Fluss sieht«, sagte Felix.

»Haben wir«, antwortete der magere Mann misstrauisch. »Wenn der Herr es sehen will.«

»Und Kartoffeln mit Schweineschmalz ...«, setzte die Frau an, doch der Mann rammte ihr den Ellenbogen in die Seite. Odelia Fischboim stieß eine Steige mit reifen Tomaten um, und als sie sich herunterbeugte, um sie aufzuheben, linste Albert in den Ausschnitt ihres Kleides und lachte.

»Den Koffer nehmen wir gleich mit«, sagte der magere Mann, dann wandte er seinen Kopf zum Hof und rief laut: »Darius!«

»Darciu!«, schloss sich die fette Frau mit kreischender Stimme an.

Nach einem Moment kam Darius aus der Scheune angerannt und ordnete seine grobe Hose. Er war etwa siebzehn Jahre alt, sein helles Haar fiel ihm in die Augen, seine Stiefel waren schlammverspritzt.

Der Junge trug den Koffer die alten Holztreppen, die zum Dachboden führten, hinauf und öffnete die Tür. Das

Zimmer war einfach und zweckmäßig; der Boden aus abgenutzten Dielen, die Decke niedrig und eingesunken. Auf dem Teppich mit seinen spärlichen Fransen stand ein kleiner Tisch, in der Ecke war ein Bett. Ein alter, verblichener Zeitungsausschnitt hing über dem Kopfende; das verschwommene Bild irgendeiner berühmten Schauspielerin, die sich an die Reling eines Schiffes lehnt. Felix ging ans Fenster und sah dort die Rübenfelder, die sich bis ans Flussufer erstreckten, und das Gras, das wie Schlangen im Wind zitterte. Weiter weg schlugen Balken im Wasser aneinander. Plötzlich legte er die Hände auf sein Gesicht und sagte: »Hier, alles ist in genau diesem Zimmer passiert«, er holte ein Geldstück heraus, gab es dem verlegenen Jungen und schloss die Tür hinter ihm. Er war aufgewühlt.

Am Morgen ging er in einem frischen Hemd in die Stube hinunter und setzte sich an den Tisch. Die fette Frau jauchzte vor Überraschung und stellte ihm dunkles, schweres Brot hin, das sie gerade gebacken hatte, frische Butter, ein Schüsselchen mit säuerlicher Marmelade aus Waldbeeren und ein Glas mit noch warmer Milch. Felix aß mit Appetit, lobte das Essen, und als er fertig war, nahm er seinen Mantel und ging hinaus.

Der Morgen warf eine Handvoll schwachen Lichts auf Strohdächer und feuchte Wege, und in den Grasspitzen hingen silbrige Perlen. Ein paar Vögel, deren Gefieder wie die Farbe der Sehnsucht war, brachen aus dem gewaltigen Grün hervor, kehrten zurück und scharrten mit ihren kleinen Füßen in den welken Blättern, die wie orangefarbene, riesige Schmetterlinge herabfielen. Hinter dem Städtchen erhob sich dichter, kühler Wald. Der Schlamm, der die Wege bedeckte, sank ein und hinterließ weiche Fäulnis.

Felix lief eine lange Stunde zwischen wächsernen Stämmen, legte dann ein paar Kieselsteine einen neben den anderen, hüpfte auf einem Bein darüber und summte: »Madzik, der Milchmann, aß ‘nen salzigen Pfannkuchen«, das

Lied wurde lauter, bis seine Stimme zwischen den Stämmen hallte. Plötzlich schämte er sich, setzte sich auf einen Erdhaufen und zog seinen Mantelkragen enger um den Hals. Nachmittags bezog sich der Himmel. Regenschlangen peitschten auf die eingesunkenen Dächer und tauchten in den Fluss ein. Felix betrat die geheizte Stube. Die Frau stellte eine Schüssel dampfender, in süßer Milch gekochter Kartoffeln und längliche Bohnen, deren Namen er nicht kannte, vor ihn hin, er aß und zog sich in sein Zimmer zurück. Als er sich hingelegt hatte, bedeckte er sein Kinn mit einer alten Decke und legte eine Hand zwischen seine Knie. Unter ihrem Haar, in der Senke zwischen Hals und Nacken, hat Mathilde eine winzige Beule. Wenn er mit seiner Hand darüber fährt, um sie zu streicheln, spreizt er die Finger, um diesen Knubbel, auf dem harte Haare wachsen, nicht zu berühren, und Mathilde weiß, dass er die Finger spreizt, um ihn nicht zu berühren. Sie lächelt ihn fröhlich an, aber er sieht die Kränkung in der Falte an ihren Lippen, er ist voller Mitleid mit ihr und umfasst sie mit seinen Armen. Doch als ihr Körper sich auf ihn zu bewegt, berührt der große, zerbrochene Zehennagel seine Ferse. Immer an demselben Punkt seiner Ferse streift ihn der Nagel und kratzt ihn. Zorn und Abscheu erfüllen ihn, er stößt sie von sich und zieht die Decke von seinem Kinn bis zur Stirn.

Den ganzen Tag und die ganze Nacht regnete es heftig. Dann und wann sank zwischen den Schauern plötzlich eine weiße langsame Flocke nieder und noch eine, und mit einemmal spannte sich ein weißer Schneefächer zwischen Himmel und Erde und verschwand dann wieder, wie er gekommen war, und wieder ergossen sich graue Salven auf die Erde.

Am Morgen rissen die Wolken auf, und die Sonne kam heraus. Felix zog seine besten Kleider an und setzte sich zu Tisch. Schweigend trank er von der heißen Milch, aß Brot und Butter und verabschiedete sich von der Frau. Er war sehr froh. Das Gras war sauber gewaschen und die Luft schneidend und klar. Ein Kaninchen mit angelegten Ohren und braunem Fell lief über den Pfad. Etwas entfernt hörte er das Rascheln berstender Blätter zwischen den Bäumen, und als er seine Augen zusammenkniff, sah er, dass Darius vor ihm herging.

Darius hob die Hände über den Kopf, zog sein Hemd aus und hängte es auf einen Zweig. Sein Körper war blass und beweglich, seine Stirnlocke honigfarben. Er schaute nach rechts und links, dann öffnete er seine weite Hose, zog sie, auf einem Fuß wippend, aus und stand nackt im Gras. Für einen Moment berührte er sein Glied und drückte seinen Oberkörper nach vorn, als stritte er stolz mit dem Publikum aus Bäumen und Vögeln, und Felix drückte sich ängstlich zwischen die Bäume, die Augen weit aufgerissen.

Dort, gegen Ende des Sommers, drückte Morris Fachima zwischen Kisten mit halb faulem Obst die Brust irgendeiner älteren Frau, deren Lippen angemalt waren, presste mit der Hand ihre Ellenbogen zusammen, näherte sich mit seinem Körper und sagte: »Halt den Mund, *Scharmuta.*« Ihre Schenkel waren gespreizt, und Felix, der dort zufällig vorbeikam, um für Mathilde ein paar Tomaten auszuwählen, krümmte sich zwischen den Kisten zusammen, und in seinem Blut kreisten Furcht und eine entsetzliche Lust, bis er seinen Kopf schwach auf den Rand einer Kiste stützte.

»Jesus Maria«, Felix hörte einen Schrei und sah Darius in dem eisigen Fluss planschen, das Wasser mit Händen und Füßen zerteilen. Nach einem Moment kletterte er zurück ans Ufer, schlang seine Arme um den Bauch und klopfte auf seinen nackten Körper, um sich aufzuwärmen.

»Jesus Maria«, schrie Darius noch einmal genüsslich und schüttelte die schweren Wassertropfen aus seinem Haar.

Lange, angenehme Wörter durchzogen Felix, und er blieb noch eine Weile im Gras stehen. Die Sonne stieg am Himmel höher, und die grünen Weinberge spiegelten sich deutlich im Wasser, dessen Farbe blauer und tiefer wurde.

»Grün und Blau sind Farben der Ruhe«, hatte ihm Mutter gesagt und ihre Füße auf den niedrigen Schemel gelegt. Sie blickte auf den glühenden Asphalt und die Jalousien aus Plastik und seufzte. Vater stand mit dem Rücken zu ihr, ein Glas Tee in der Hand, bis er zu husten begann und ins Bett zurückging. Mutter schloss ihre Augen und erinnerte sich, erzählte ihm vom Glockenturm über dem Marktplatz, von den Strohballen und ihrem kleinen Zimmer unterm Dachboden, mit einem Fenster, das sich auf die Felder hin öffnete, auf den Fluss und die Reihen der Kastanienbäume, die sich an ihm entlangzogen. Im Sommer, wenn das Gras höher wurde, legte sie ein paar glatte Kiesel nebeneinander, hüpfte zwischen ihnen hindurch und sang: »Madzik, der Milchmann, aß 'nen salzigen Pfannkuchen – ein Vogel zwitschert' und hopp! fiel er ins Wasser«, und ihre Mutter stand in dem großen Hauseingang, schrie: »Du wirst dich noch erkälten« und fuchtelte mit der Hand.

Darius kam ihm auf dem schmalen Weg entgegen und blieb vor ihm stehen. Sein Haar war nass, sein Hemd klebte ihm am Körper, und seine Augen glänzten.

Darius blickte zu Boden, es war deutlich, dass ihn das Zusammentreffen und seine nassen Kleider verlegen machten. Felix streckte die Hand aus und berührte sein Gesicht mit leichter, flüchtiger Geste. Darius' Haut war warm. Felix' Hand war kühl. Felix zog eine Münze aus seiner Tasche und gab sie dem Jungen. Darius blickte ihn erstaunt, dann mit offensichtlicher Freude an und verbarg die Münze in seinem Hemd. »Der verehrte Herr spricht ein komisches Polnisch«, sagte Darius mit frecher Stimme, wandte sich um und tat so, als würde er Steine nach den Vögeln werfen, die aus dem Dickicht hervorbrachen.

Felix folgte der sich entfernenden Gestalt, bis sie hinter einer Biegung dicht belaubter Büsche verschwand, zögerte dann, mitten auf dem Pfad, einen weiteren, kurzen Moment, und begann, in die entgegengesetzte Richtung zu gehen.

Es wurde Mittag, die Bäume immer höher und das Dickicht tiefer. Von den Wipfeln ging Dunkelheit aus und warf dunkle Flecken auf seine Schuhe und Hose. Zweimal im Jahr brachte ihm seine Mutter aus der Schneiderei von Chaimssohn breite, viel zu weite Hosen mit, ließ »fürs nächste Jahr« ein oder zwei Handbreit, die über seinen Socken gekrempelt wurden, und seine Freunde in der Schule nannten ihn bis zur achten Klasse »Salman«, bis zu dem Jahr, in dem seine Mutter wegen ihrer Schmerzen aufhörte, bei Chaimssohn zu arbeiten. Und Mathilde backt Zwiebelaufläufe, deren Geruch an der Decke zu Klumpen gerinnt. Freitagnachmittag sitzt sie in der Küche der jemenitischen Nachbarin Ruchama, bringt ihren Kindern Plätzchen, ihre Augen sind sehnsüchtig, und den ganzen Abend flüstert sie in sich hinein und krümmt sich zusammen. Am Samstag öffnet sie die grünen Schränke in der Küche, knallt sie laut zu und sagt: »Schon vor einem Jahr hast du versprochen, dass du den ungarischen Schreiner bestellst, warum hast du nicht mit ihm gesprochen?« Und der Laden von Albert Fachima – sein Cousin Ja'akov von der Bank versucht ihn schon lange dazu zu überreden, ein Darlehen aufzunehmen, ihn zu kaufen und sein eigenes Geschäft aufzumachen. Den Schulunterricht zu lassen, einer Horde dunkler Jungen mit wilden Gesichtern gegenüber, die seine Kräfte gänzlich erschöpfen. Er war ruhelos und konnte nicht einschlafen, und der zerbrochene Zehennagel Mathildes berührte jede Nacht denselben Punkt an seiner Ferse.

Bis er eines Abends vor dem Fernseher saß und die Neun-Uhr-Nachrichten anschaute, das Fernsehen zeigte

Bilder eines Bergarbeiterstreiks in strömendem Regen. Dicht bei dem Rachen eines der Stollen stand eine Gruppe zorniger Bergarbeiter mit Stahlhelmen und Grubenlampen, und dazwischen sah er einen jungen Arbeiter mit bleichem, regennassem Gesicht, seine Augen richteten sich direkt auf Felix, der in seinem Sessel versunken war, mit einem hellblauen und so traurigen Blick, dass in seine Seele plötzlich eine Lichtöffnung gerissen wurde, durch die scharfe Sehnsüchte und alte Schmerzen hineinwehten. Bilder von Wald, Grasweiden und einem Fluss mit Bäumen wechselten mit dem Lächeln seiner Mutter, die zwischen den Steinen eines Feldes herumhüpfte, grauem Regen und einem jungen, traurigen Gesicht und ewiger Liebe. Felix war aufgewühlt, schaltete den Fernseher aus und wieder ein, rührte energisch in dem Teeglas in seiner Hand, atmete tiefe Atemzüge und sagte endlich, dass er alles zurücklassen und reisen würde.

Irgendwo im Westen, über Sümpfen und Weiden, neigte sich die Sonne, um zu versinken. Vom Waldrand kam kühler Wind auf. Felix steckte seine Hände in die Manteltaschen und ließ den Wind durch sein Haar wehen. Er verließ den Pfad, fand eine versteckte Senke, zertrat Grasbüschel und stieg auf einen niedrigen Hügel. Dann setzte er sich und lehnte sich mit seinem Rücken gegen einen feuchten Baumstamm, dessen Rinde dünn und rot war.

«Darciu«, sagte Felix und fügte flüsternd hinzu: »Darciu.«

Ein rot gepunkteter Käfer kroch aus der fauligen Erde und krabbelte auf sein Bein. Er nahm ihn vorsichtig, setzte ihn ins Gras zwischen den weißlichen Baumwurzeln und sagte zu ihm: »Der Mensch sehnt sich nach einer Sache, und sobald diese Sache in seinen Händen ist, wird die Sehnsucht nach einer anderen Sache stärker, und niemals hört die Sehnsucht auf.« Die Wörter erfüllten ihn mit großem Zorn, und dann kicherte er plötzlich.

Dann zog er aus seiner Tasche verblichene Fotos und stellte sie vor sich auf die Erde. Seine Großmutter lächelt dort in einem hellen Kleid in einem jüdischen Gymnasium, sein Großvater betrachtet sie nachdenklich, hier war seine Mutter mit einem dicken Zopf und einem Lachgrübchen und ihre beiden großen Brüder, die wunderbar Klavier spielten. Ein paar vergilbte Dokumente mit alten Stempeln auf den Rändern und Beglaubigungen, in denen Namen bewahrt wurden.

Felix sammelte zwischen den Wurzeln schwarze, lockere Erde in seine Hand und streute sie mit fast rituellen, weiten Bewegungen über die Bilder, sah ruhig das anmutlose Gesicht seiner Mathilde, sah Ruchamas Kinder an den Plätzchen knabbern, die reifen Tomaten Odelia Fischboims, und er war voller Sehnsucht.

Kalte Hände

Im Hof vor meinem Fenster steht ein Zitronenbaum. Noch nie habe ich solch einen Zitronenbaum gesehen. Seine Zweige hängen dicht voll wunderbarer Zitronen, gelb wie riesige Eidotter. Schwer hängen die Zitronen an den Zweigen, und auf dem verkohlten Herd flitzen noch immer Ratten herum. Und was hat ihr zwischen den Beinen so weh getan?

Um diese Geschichte zu beginnen, muss man erklären, was Gondi ist. Wenn die persische Hausfrau sich anschickt, den Gondi zuzubereiten, wird ihr fröhliches, rundes Gesicht sehr ernst. In einem großen, mit einem Handtuch bedeckten Topf bringt sie weißen Reis für einige Minuten zum Kochen, und in genau diesen Augenblicken dreht sie die rohen Fleischstücke durch den handbetriebenen Fleischwolf auf der gesprungenen Marmoranrichte in der Küche, verknetet die Fleischfäden, die sich aus den Löchern des Fleischwolfs wie rotweiße Würmer winden, in einer Schüssel mit einer sämigen Soße aus Gemüsesäften, die eine volle Stunde vor Beginn der ganzen Geschichte gekocht worden ist. Danach nimmt sie den Reistopf von der Flamme und sagt zu mir: »Geh ein Stück zurück, Djudje, Küken«, gießt das weiße Wasser in den Spülstein und öffnet das Fenster, damit der Kochdampf abzieht, vermischt den heißen Reis mit dem Fleisch und der Gemüsesoße und formt mit den nassen Händen große, grobe Klöße. Nie verbrennt sie sich daran und gibt sie einzeln in den zischelnden, blubbernden Grund eines tiefen Suppentopfs, der auf dem Feuer steht.

Nach einiger Zeit öffnet man den Topf, und es gibt Gondi.

Vater reißt dicke Brocken aus einem Schwarzbrot, dessen Rinde bröckelt, hält sie mit den Fingerspitzen und greift damit Stücke von den Gondiklößen auf dem Teller. Mit einer Art feierlicher, genüsslicher Konzentration spaltet er den leckeren Gondi, fette Soßenspritzer werden von seinem Hemd aufgesaugt, und während er kaut, bemerkt er schließlich: »Warum so scharf, blöde Kuh?«

»Schau dir den Kragen an. Voller Flecken, wie ein stinkendes Puti«, schilt ihn Mutter und verzieht das Gesicht vor Abscheu.

Puti war ein kleines Mädchen mit zerstrubbeltem Haar in einem Schulbuch, aus dem Mutter mir Geschichten vorlas; ein kleines Mädchen, das sich nicht gerne wusch, und keines der Kinder wollte mit ihm spielen.

»Jonet marg besche, deine Seele soll sterben«, antwortet Vater und trinkt die Suppe in langen Zügen.

Mutter geht zum Topf, sucht die kleinen, misslungenen Gondiklöße heraus, bedeckt den Teller mit einem Handtuch und sagt zu mir: »Heute ist der Vorabend des Fests. Bring die seiner Mutter.«

»Cher as sewonet na bini, nichts Gutes wird dir in deinem Leben widerfahren«, sagt Vater zu ihr, aber ich bin schon draußen, halte den Teller ganz fest und höre nicht. Großmutter wohnt in einem kleinen Haus am anderen Ende der Straße. Im Hof wachsen wilde Dornen und Gräser, ein Pflaumenbaum, ein Guavenbaum, der keine Früchte trägt, und ein Zitronenbaum. Am Haus ist ein kleiner Schuppen.

Eines Tages, wenn der alte Rabbi einen gebratenen Fisch nach dem anderen auf seinen Teller tun und auf seiner Stirn eine hässliche Beule wachsen wird, werde ich in den dunklen Schuppen gehen, in dem Haufen mit Lumpen wühlen, die ihn füllen, und die dort verborgenen Schätze suchen. Unter einem der Bündel mit alten Kleidern, im überwältigenden Geruch von Schimmel und verstrichenen Jahren, werde ich ein Ekel erregendes Knäuel neugeborener, rosafarbener Ratten finden, die trotz ihrer Blindheit, so plötzlich aufgedeckt, zusammenschrecken, und ich werde aus dem Schuppen gehen und mir voller Stolz sagen – heute habe ich die hässlichste Sache auf der Welt gesehen. Doch an den Tagen, die diesem Tag vorangingen, saß Großmutter meist auf dem Balkon des kleinen Hauses, strählte mit ihren faltigen Fingern weiße Flachsfäden und spann daraus Dochte für den Tempel in Jerusalem. Lange Stunden saß sie dort, in ein schmutzig-weißes Spitzentuch gehüllt, das sowohl Kopftuch als auch Kleid war, und spann die Dochte.

»Josefak, biah tu, Josef, komm herein«, sagt Großmutter zu mir, nachdem sie von dem Gondi gegessen hat. Ihr mageres Gesicht ist mürrisch. Sie zieht eine Blechdose aus dem Schrank und hält mir ein zerdrücktes Bonbon hin. Ich stecke es schnell in den Mund, ich mag Bonbons. Jedesmal, wenn Großmutter kommt, um mich aus dem Kindergarten abzuholen, bringt sie mir »Kand« – Zuckerwürfel – mit, und jedesmal, wenn ich lache, sieht man, dass mir die beiden Vorderzähne fehlen. Großmutter tut die Reste des Gondis in einen Eisentopf in der Küche, und auf dem Tisch sehe ich zusammengerolltes Zeitungspapier. Ich weiß, was sie darin verbirgt: Pa Tschula – Hühnerbeine. Die Frau des Jemeniten Jeshajahu bringt Großmutter die Beine jeden Freitag, in Zeitungspapier gewickelt, damit die Nachbarn es nicht sehen. Die Beine sind gelb, kalt, und von den Zehen spalten sich große Krallen. Großmutter kocht sie in heißem Wasser, aber Mutter hat mir verboten, davon zu probieren.

»Ufejsch vasatc pam dard mikonäh, oje, es tut mir zwischen den Beinen weh«, seufzt Großmutter von Schmerz gekrümmt und wirft ein paar Hände voller Reis auf den Herd. Großmutter tut mir leid, und ich weiß nicht, wie ich ihr helfen kann. Einmal habe ich Mutter gefragt, was Großmutter zwischen den Beinen weh tut. Mutter lachte sehr und sagte, das sei so, weil ihr Mann in Afghanisun geblieben und nicht nach Israel eingewandert sei, und Vater wurde rot vor Zorn, sagte: »Atesch begiret, im Feuer sollst du brennen«, und schloss heftig die Tür hinter sich.

»Josefak, san padaret saneh badeh, Josef, die Frau deines Vaters ist eine schlechte Frau«, sagt Großmutter und rührt vorsichtig den Reis im Kochtopf um. Ich weiß: Großmutter macht Gondi. Sie wird das Fleisch durchdrehen und mit dem Reis vermischen. Aber Großmutter hat keinen Fleischwolf auf der Anrichte. Immer wollte ich sehen, was Großmutter kocht. Wenn Vater sich beschwert, das Essen sei zu scharf, sagt ihm Mutter: »Ich habe ganz genau gesehen, was du bei deiner Mutter gegessen hast«, und Vater verstummt. Ich will bleiben und sehen, was Vater bei seiner Mutter gegessen hat, aber ich höre, dass Mutter mich vom Zaun aus ruft.

»Ufejsch«, sagt Großmutter.

Die Küche ist voll wunderbarer Gerüche vom Kochen und Braten. Wie zu jedem Pessach bereitet Mutter gefüllte Hühner, Knödelsuppe und einen großen Topf Gondi zu.

Ich helfe Mutter, das Gemüse zu schneiden und die Schüssel mit trockenen Früchten vorzubereiten, die Vater für das *Charosseth* mahlt. Vater zerkleinert die Früchte und Nüsse in einer tiefen Schüssel, fügt etwas süßen Wein und Honig hinzu und erzählt mir von den großen Obstgärten, die sie in der Stadt Herat in Afghanistan hatten, mit Mandelbäumen und Weintrauben, von den großen Häusern, dem Goldschmuck und den Edelsteinen, von dem schweren Schnee im Winter, der die Erde bis zum Dach bedeckte, und von den Tigern, die aus den Bergen kamen. Mehr als alles wollte ich von Balch hören, der Stadt der Dämonen, wo in tiefen Höhlen Geister und kleine Zwerge lebten, die in den dunklen Nächten mit Laternen herauskamen, mit einem wolkigen Bart, der ihnen bis zur Hüfte reicht, und glänzenden Augen, und sie suchten Kinder, um sie zu entführen. Mutter richtete einen zornigen Blick auf Vater und sagte: »Hab wenigstens mit den Kindern Mitleid! Und bring Geld nach Hause, der Kühlschrank ist leer«, dann wedelte sie mit den Händen an den Ohren und verkündete: »Afghanisun«, »Gold«, »Paläste«, ich lachte laut und Vater ging hinaus in den Garten und murmelte leise zwischen den Zähnen »Chak tu sareth, Asche auf dein Haupt«, oder einfach »Marg, Tod«.

Von der Straße kommt Onkel Jachub geschwankt, Vaters Bruder, sie sitzen im Hof und spielen Schesch-Besch, Backgammon. Onkel Jachub trägt immer denselben Anzug (von oben bis unten von Suppe und Soße verschmutzt). Unter der dreieckigen Pelzmütze auf seinem Kopf sieht eine Glatze, rot wie eine Tomate, hervor, und Mutter hat mir erzählt, dass er die Glatze mit Henna färbt, weil es Menschen gebe, die das schön fänden.

Onkel Jachub steckt eine Hand in die Anzugtasche und zieht ein Teeglas hervor. Er stellt das Glas auf den Tisch, trinkt daraus und seufzt nach jedem Schluck, wirft die Würfel auf das Spielbrett und schreit: »Pandj o schischt, fünf oder sechs.« Dann steht er auf, geht ins Haus und schließt die Toilettentür hinter sich. Mutter verzieht das Gesicht, und ich verschließe meine Ohren. Aus dem Kabuff dringt der Ton eines gewaltigen Stromes, als würde der Strom ein Loch ins Wasser bohren. Die Tür öffnet sich und Onkel Jachub kommt heraus, schwankt und seufzt und kehrt zum Schesch-Besch-Spiel zurück. Mutter geht vorsichtig hinein, lässt Wasser laufen und sagt: »Nur Pipi, Gott sei Dank.« Einmal hat Onkel Jachub solchen Dreck um die Kloschüssel herum hinterlassen, dass Mutter in Tränen ausbrach. Mutters Weinen ist für mich das Schlimmste. Eines Nachts schrie Vater lauter, als er in den übrigen Nächten zu schreien pflegte, und Mutter kam heraus, lehnte sich an den Zaun und weinte lautlos. Ich versteckte mich nahe bei ihr, hinter der Wäscheleine, und hörte sie flüstern: »Madar, Madar, tsche kar konam, Mutter, Mutter, was soll ich tun«, ich wollte so sehr zu ihr rennen und sie fest umarmen, aber ich schämte mich und vergrub mein nasses Gesicht in irgendeinem Laken.

Ein andermal brüllte mein Vater: »Das ist dein Ende« und schloss die Jalousien. Mutter stand in einer Ecke der Küche, verschreckt wie ein Vogel. Ich stand neben ihr (beide Fäuste geballt) und wusste nicht, was ich machen sollte, bis ich plötzlich zu ihr sagte: »Cher as sewonet na bini, nichts Gutes soll dir im Leben widerfahren!« Mutters Schultern zuckten plötzlich vor mitleidigem Lachen, sie beugte sich zu mir und flüsterte mir zu: »Jossinka, ich liebe dich so sehr«, und das war alles.

Nach diesem Vorfall fuhr Mutter auf ein paar Tage zu ihrer Schwester, die sehr weit weg wohnte, und dann kam sie zurück nach Hause und schlief in unserem Zimmer, im Kinderzimmer, auf einer Matratze auf dem Fußboden, und dann schlief sie wieder bei Vater. Wie jede Nacht ging sie in sein Bett und weckte Vater auf (er ging immer früh schlafen), und wie jede Nacht brüllte er: »Man fasst niemals mit kalten Händen den Körper von jemandem an, der eingeschlafen ist«, und wie jede Nacht lachten alle laut, und Vater fügte noch leise hinzu: »Blöde Kuh.«

Jetzt wird es Abend. Die untergehende Sonne verweilt noch einen Augenblick auf den riesigen Zitronen, die die Farbe von Eidottern haben und deren Fruchtknoten rau und hart sind. Der Tisch ist für den Pessachabend gedeckt, wir sind gewaschen und sorgfältig gekämmt. Vater weist mich an, Großmutter zu rufen, und als Großmutter eintritt, küsst Mutter ihre runzlige Hand und begrüßt sie ergeben. Großmutter sagt in komischem Hebräisch: »Frohes Fest.« Sie hat dasselbe zerschlissene Spitzentuch um den Kopf gewickelt, das über ihre Schultern fällt und den ganzen Körper umhüllt. Ihre Hand hält ein Paket, das mit einem Handtuch bedeckt ist. Ich weiß, was es ist: Gondi der Afghanen, Gondi, wie Vater ihn gegessen hat, bevor er Mutter geheiratet hat. Großmutter legt das Paket auf ihre Knie und setzt sich an den Tisch. Ihre Augen mustern die Fülle wunderbarer Gerichte, die sich in den Töpfen, den Schüsseln und auf den Platten türmen. Mutters riesige Gondiklöße platzen vor lauter Geschmack, und Großmutters hartes Gesicht versteinert sich.

»Ufejsch, vasate pam, ach, mein Schritt«, sagt Großmutter plötzlich, steht langsam auf und geht zur Toilette, das Paket in der Hand. Keiner bemerkt es: Onkel Jachub begutachtet das gefüllte Huhn von allen Seiten, Vater rührt die Charosseth um und gießt Wein in die Gläser, und Mutter wählt die saftigsten Fleischstücke aus und versteckt sie für mich in einer der Ecken. Von der Toilette hört man den Klang fließenden Wassers, Großmutter kehrt an ihren Platz zurück und seufzt, klein und faltig.

Einen Augenblick später gehe ich zur Toilette, um alle Spuren zu beseitigen. Großmutter schaut mich zornig an – und vielleicht mit einer Spur von Belustigung. Alles in allem hat sich an diesem Pessach nichts Außergewöhnliches ereignet: Eine alte Frau ist von Furcht gepackt worden und hat die erbärmlichen, zerdrückten Gondiklöße, mit deren Zubereitung sie sich den ganzen Tag abgemüht hat, ins Klo geschüttet. Der Gondi verschwand im fließenden Wasser, als wäre es Dreck, den Onkel Jachub hinterlassen hatte.

Ein paar Tage später trank Onkel Jachub zu viel (und vielleicht rauchte er ein paar gefährliche Züge Tarjak, Opium), und wegen irgendeiner belanglosen Angelegenheit stürzte er sich jähzornig mit dem Küchenmesser auf einen seiner Bekannten und schleuderte ihn in eine dornige Kaktushecke. Onkel Jachub wurde ins Gefängnis gesperrt, und es wird behauptet, später sei er für unzurechnungsfähig erklärt und in eine entsprechende Anstalt eingeliefert worden.

Vater saß den ganzen Nachmittag über im Hof, ein Glas Tee in der Hand, und starrte auf die Papaya-Bäume, die dicht in großen Blumentöpfen wuchsen. In demselben Sommer begann er, ein afghanisches Kinderlied vor sich hin zu singen und zu summen, das ungefähr so geht:

Anar, anar, de dune
gaove hassan tsche dune
ne schach dare ne fästun
kosera bobor hendestun
yek sane torkir bestun
nomescha begsar: akasim
dovre kola gormesi
vartschin, vartschin, jak pa t vartschin ...

Granatäpfel, Granatäpfel, nur zwei Granatäpfel,
die Kuh von Chassan,
was versteht sie,
sie hat keine Hörner, hat keinen Euter.
Nimm dies Gefäß ins Land der Inder,
nimm dir eine türkische Frau.
Gib ihr einen Namen: Akasim,
ihr Hut hat rote Bänder, und jetzt nimm deinen Fuß ...

Dann klimperte er mit den Schesch-Besch-Steinen in der Hand und schleuderte sie auf das Spielbrett. Großmutter kam weiter jeden Tag zum Kindergarten am Rand des Viertels, um mich nach Hause zu bringen, und wurde immer kleiner und mürrischer. Und wenn sie mich an der Hand vom Kindergarten bis zum Hof unseres Hauses geführt hatte, sagte sie: »Josefak«, und gab mir einen Würfel Kand. Meine Zähne fielen aus, Mutter sagte wütend »Jossinka« zu mir und warnte mich, wenn ich weiter Bonbons aus Großmutters Hand nähme, würde ich zum stinkenden Puti.

Nach nicht allzu vielen Tagen starb Großmutter, und alle Onkel versammelten sich in dem kleinen Haus, saßen mit angewinkelten Knien auf dem Teppich, der die Wand entlang ausgebreitet war. Alle Tanten versammelten sich in der Küche und brieten Fische in der Pfanne, und der Duft vernebelte den Sinn des alten Rabbi, dem eine hässliche Beule auf der Stirn wuchs. Ich erzählte ihnen, dass ich mit eigenen Augen auf der verkohlten Herdplatte, die sie zum Braten benutzten, Ratten hatte herumflitzen sehen, doch sie glaubten mir nicht. Tante Hannah sagte: »Allen Schmuck und die Steine hat sie in ihr Versteck im Schuppen getan, unter die Lumpen, die sie aus den Mülltonnen geklaubt hat.« Und deswegen beschloss ich, zwischen den Bündeln zu suchen, und fand, was ich fand. Mutter bedeutete mir mit den Augen, mich zu setzen und von den Fischen zu nehmen, bevor der Rabbi alles aufessen würde, aber ich war nicht hungrig.

Draußen stach nach dem Regen die Sonne mit Macht, und der Zitronenbaum stand in voller Blüte. Onkel Jachub, den man für diesen Tag aus dem Gefängnis gelassen hatte, betrachtete die weißen Blüten des Zitronenbaums und summte vor sich hin:

Anar, anar, de dune,
gaove hassan tsche dune.

Dann holte er ein Teeglas aus seiner Tasche und trank daraus mit langen, schlürfenden Lauten.

Wie ein Sommer in Novaya Semalya aussieht

Ich genieße alles mit Appetit: ein frisches Brötchen mit Butter, Stücke von Ziegenkäse mit schwarzen Oliven, die vor Öl glänzen, duftenden Morgenkaffee. Ich häufe einen überquellenden Löffel von jeder der Platten im Speisesaal des Hotels auf meinen Teller, doch vor diesem weichen Käse, der mit Tausenden orangefarbener und roter Punkte gesprenkelt ist wie ein Schlangenei, schrecke ich zurück, und das Zurückschrecken amüsiert mich. Ich höre mich selbst sagen: »Das sind alles Speisefarben«, und gehe weiter zu der Platte mit den Lachsscheiben. Aber auf dem Weg zurück schiele ich verstohlen, bohre rasch den Löffel in die Tiefen des gefleckten Käses, reiße einen überraschten Klumpen heraus, setze mich an den Tisch und esse alles auf.

Um halb zehn beginnen die Verhandlungen. Die Konferenzteilnehmer ziehen Papiere aus dicken Mappen, legen sie auf den Tisch und machen Notizen. Ich spreche mit fester Stimme, weise sie zurecht und schlage Kompromissformeln vor, und zur Mittagszeit blicken alle auf ihre Uhren, lächeln einander zu, sammeln die Papiere ein und gehen in den Speisesaal hinunter.

Danach strecke ich mich auf dem Bett aus und schaue zur Decke. Das Zimmer ist groß und leer, von den kahlen Bergen weit hinter den Vorhängen kommt Wind herein. Ich versinke in angenehmer Schwere, der Saum des zurückweichenden Vorhangs streicht am Fensterrahmen entlang und raschelt weich. Ich sehe die Gestalt des jungen Angestellten am Empfang hinter der mit Telefonen beladenen Theke stehen und zu mir sagen: »Guten Morgen, mein Herr, diese Nachrichten sind für sie gekommen.« Woher kenne ich diesen Jungen, was sagt mir sein Gesicht? Ich suche die Fernbedienung und schalte den Fernseher ein: Der amerikanische Gesandte trifft sich mit dem Ministerpräsidenten. Die Verhandlungen der Konferenz für kulturelle Zusammenarbeit in Jerusalem werden in sachlicher Atmosphäre geführt. Ein Brand hat Felder und Obstpflanzungen in der Scharonebene vernichtet.

Soweit das Auge reichte, erstreckten sich Felder und Obstpflanzungen rings um die einsam stehenden Gebäude des Internats. Im Sommer richteten sich verdorrte Dornenzepter an der Steinmauer auf. Dünne Schlangen spähten aus dem Halbdunkel der trockenen Erdbrocken hervor und schauten sich mit bösen Augen an. Im Winter blühten gelbe Chrysanthemen im Schlamm und reichten bis an die Bewässerungsanlagen um die Zitronenbäume.

Wir waren zu viert im Zimmer: Gilad Kraus, der die Augen schloss, Siko Assulin, der es liebte, wenn ihm die Finger durchs Haar strichen, Tomer, der Jemenite mit dem großen Schwanz, und ich. Nimrod kannte ich damals noch nicht, er kam erst ein Jahr später zu uns, und er war der schönste. Vier Betten mit Sprungfedern standen im Zimmer, ein aus grobem Stoff gewebter Vorhang von der Farbe einer Orange versteckte uns vor dem Zorn der Sonne. Die Hausmutter Klara ging jeden Morgen um sechs Uhr dreißig durch die Zimmer. Das eiserne Klappern ihrer Absätze auf dem Beton war von weitem zu hören und brachte die Gläser im Speisesaal zum Zittern. Sie trug eine Wolke von schwerem Parfum mit sich. Sie schüttelte unsere Schultern und schrie in merkwürdiger Sprache »Nujalleh, loschon«, und die Träume waren mit einemmal weggewischt wie zarte Spinnweben. Jahre später, während einer dringenden Sitzung der Büroleitung, begriff ich plötzlich, dass dieses »Nujalleh, loschon«, das wir sechs volle Jahre gehört hatten, nichts anderes als ein verformtes »nu *jallah*, los schon« war, und ich kicherte plötzlich laut, bis alle mich mit erstaunten Augen ansahen.

Um vier Uhr beginnt am Nachmittag die zweite Gesprächsrunde. Meine Gesprächspartner streichen über ihre sorgfältig gestutzten Schnurrbärte und bringen wohlformulierte Argumente und Gegenargumente vor. Es eilt nicht: Das Abendessen beginnt um sieben Uhr, danach findet eine Pressekonferenz statt. Ein Telefongespräch erwartet mich an der Rezeption. Der junge Rezeptionist steht an seinem Platz, ein Meer von Traurigkeit spiegelt sich in seinen Augen, und als er mich bemerkt, verziehen sich seine Lippen zu einem dünnen, verschämten Lächeln. Dieser Blick tut mir gut, für einen kurzen Moment werde ich von ihm aufgesogen. Um fünf Uhr dreißig reichen die Kellner Kaffee und Zimtkuchen, die Diskussionen werden unterbrochen.

Runde Zimtkuchen backte Mutter am Freitagnachmittag eigens für mich, wenn ich aus dem Internat kam. Sie öffnete die Fenster, damit der Duft auf die Straße hinausziehen und die Nachbarn vor Neid platzen sollten, und Samstagabend verpackte sie sie in eine Blechdose, aus der der Kaffeeduft nicht weichen wollte, und verbarg sie in meinem Stoffrucksack. Das war vor langer Zeit, vor dem großen Streit. Die rumänische Nachbarin Frizi, von der Mutter erzählte, die Deutschen hätten ihr die Gebärmutter herausgeschnitten und deswegen sei sie eine alte, kinderlose Jungfer, saß auf der Terrasse unter dem wunderschönen Rosenstrauch, bewunderte laut Vaters Garten und sagte: »Ein Mann mit Goldhänden, da kann man nichts sagen.« Und Mutter schenkte ihr aus der Glaskanne mit Rosenblättern aufgegossenen Tee ein (sie passte auf, dass Frizi die Fliegenleichen, die auf der süßen Flüssigkeit schwammen, nicht sah), bot ihr zwei, drei Zimtkuchen an und sagte: »Das ist reine Natur, ohne Chemikalien, ohne Speisefarbe«, und Frizi presste ihre Lippen zusammen und meinte: »Jetzt sag, Kind, wen du mehr liebst, Vater oder Mutter?« Ich zwitscherte »Mutter«, alle lachten, und Vater lächelte, aber er lachte nicht.

Samstagabend kehrte ich ins Zimmer zurück und fand dort Gilad Kraus, der immer als Erster kam und eine Tafel gefüllter Schokolade mitbrachte. Wir legten die Leckereien aufs Bett und schlossen die Tür, und wenn wir vor Süße trunken waren, streckte Gilad sich auf dem Bett zwischen den leeren Verpackungen aus und stellte sich vor, dass er die großen Brüste Avivas, der Frau des Gärtners Cheskiel, streichelte. Seine blaugrauen Augen verengten sich vor Verlangen, und seine Wimpern schienen sich zu schließen. Dies war das Zeichen, das Licht zu löschen; ich öffnete den Reisverschluss seiner Hose und berührte seinen Bauch an diesem dünnen und kratzigen Streifen von Haar, der unter seinem Nabel zu sprießen begann. Ich hielt den Atem an und erzählte ihm von Aviva, beschrieb ihm mit gedämpfter Stimme ihren üppigen Körper, der auf ihn zukam. Er bewegte sein steifes Glied in meiner Hand, keuchte und zitterte, und am entscheidenden Punkt, wenn er in seiner Phantasie die Verschlüsse ihres gewaltigen Büstenhalters öffnete, wusste ich meine Hand rechtzeitig vor der Explosion seines Körpers zurückzuziehen. Und jeden Samstagabend, nachdem wir das Licht ausgeschaltet hatten, senkte er seine schmalen Augen, und ich schwor ihm in aller Aufrichtigkeit, dass alles tiefstes Geheimnis bleiben würde.

Und an den heißesten Sommertagen, wenn die schwarzen Schlangen mitten durch die gelben Felder bis zu den Wasserhähnen in den Zitronenpflanzungen krochen, als wären sie schwarze Streifen, die auf der Straße unter den Rädern dahinsausen, ging ich mit Siko Assulin in das Naturkundezimmer von Margolis. Ein großer Ventilator hing von der

Decke und ließ den Raum beinah kühl werden. Wir sahen die Skelette der Nager und Fledermäuse an, die hinter dickem Glas auf einem Regal aufgestellt waren, und drehten mit den Händen den bunten Globus, der auf einem hohen Gestell stand. Unbekannte Meere und Kontinente waren draufgezeichnet, und weit im Norden, in weißen Frost gehüllt, erstreckte sich das nördliche Eismeer. Ich legte einen Finger auf die Kugel und las laut die Namen ferner Orte.

»Novaya Semalya«, sagte ich in der tiefen Ausspreche der Hausmutter Klara.

»Ist es auch dort im Sommer heiß?«, fragte Siko und umfasste die Finger meiner Hand.

»Niemals«, flüsterte ich und schluckte meinen Speichel hinunter.

Kühle Tropfen ewigen Regens fallen dort, in den Ländern ohne Sonne jenseits der Phantasie, und sie werden von Grasweiden und unendlichen Feldern verschluckt. Siko ließ den Kopf auf die Stuhllehne zurückfallen (der Ventilator blies lange Locken aus seiner Stirn), fing meine Finger und näherte sie seinem Kopf. Ich strich mit den Fingern durch sein dichtes Haar, griff mit der Hand diese weichen Strähnen, und Siko wand sich voller Genuss. Er schaute unruhig zu den Fenstern der Klasse, ich flüsterte ihm zu: »Niemand sieht uns.« Dann ließ er seine Hose herunter, spuckte in meine Hand und befahl mir mit heiserer Stimme: »Hör nicht mit den Haaren auf!« und nach einer oder zwei Sekunden seufzte er auf, heftete einen gequälten, von Reue zerfressenen Blick auf seine Handfläche. Ich stellte alles an seinen Platz zurück und versprach ihm, dass ich nie, niemals irgendjemandem etwas erzählen würde.

Die Kaffeepause ist vorüber. Freundliche Kellner sammeln die Tassen ein, die Konferenzteilnehmer öffnen ihre Mappen, schütteln niederschmetternde Daten und Fakten, die keinen Zweifel zulassen, heraus, und einer von ihnen, ein großer, dunkler Mann, dessen Haar sich ein bisschen kräuselt und der voller Energie mit den Händen fuchtelt, ähnelt in meinen Augen plötzlich Tomer, dem Jemeniten, so dass ich lächeln muss.

Diese Erinnerung ist voll von heißem Wasserdampf und Seifendunst: es ist spät (Gilad Kraus träumt von den weißen Brüsten Avivas; Siko lächelt im Schlaf, eine zärtliche Hand wandert langsam über seine Haarwurzeln). Tomer spielt lange mit den Schnürsenkeln seiner Schuhe, lauscht nervös den Atemzügen aus den nahen Betten und sagt mit flüchtiger Stimme: »Ich bin in der Dusche.« Ich kenne die Spielregeln genau: Der Mensch muss sich immer den Regeln entsprechend verhalten. Zwei, drei Minuten nach ihm betrete ich die Dusche und verschließe die Tür. Dunkelheit herrscht dort; er dreht mir seinen großen, braunen Körper zu. Nicht ohne Grund nennen wir ihn »Tomer mit dem großen Schwanz«. Heißes Wasser strömt über seinen Bauch, er hält ein Stück Seife in der Hand. »Komm näher«, flüstert er. Das Wasser berührt mich wie heiße Schlangen. »Noch näher«, flüstert er wütend, »nimm ihn in die Hand.« Ölige Blasen von Wärme, Nässe und Begehren zerplatzen im Raum. Danach trocknet er sich langsam ab und hebt seine Augen nicht vom Wasser, das in den Abfluss fließt. »Keiner wird irgendetwas erfahren«, flüstere ich ihm beruhigend zu. »Komm schlafen.«

Wieder lächle ich unabsichtlich, und mein Gesprächspartner gibt mir ein höfliches Lächeln zurück. Es ist ungefähr sechs Uhr. Die drei Tage der Konferenz über kulturelle Zusammenarbeit nähern sich ihrem Ende, und danach werden Journalisten ihre Fragen stellen und schreiben, was sie zu schreiben haben. Ich werde nach Hause fahren, die Blumen gießen und mir irgendeinen Videofilm ansehen, bevor ich schlafen gehe. Und vielleicht, vielleicht werde ich in dem Café am Strand etwas trinken und über den Rand des Glases hinweg die sich umarmenden Paare betrachten. In diesem Café traf ich vor zwei Jahren Gilad Kraus mit Siko Assulin und dem Jemeniten Tomer. Es war ein Herbstabend, angenehmer Wind blies vom Meer her. Sie kamen mit ihren Frauen (gepflegte Frauen mit langen, schönen Fingernägeln) und tranken Kaffee und kalten Saft. Fast zehn Jahre hatten wir uns nicht gesehen; Gilad Kraus hatte eine gut gehende Firma gegründet, die Holzhäuser aus England importierte. Er hörte nicht auf, ins Handy zu sprechen und den Knoten seiner Krawatte zurechtzurücken. Siko hatte ein Geschäft eröffnet, seine Frau streichelte heimlich sein Stirnhaar, das immer schütterer wurde. Tomer hatte zum zweiten Mal geheiratet und war ein erfolgreicher Buchhalter.

»Es war eine schöne Zeit«, sagte Gilad Kraus und sah verstohlen auf die Uhr.

»Als wäre alles erst gestern gewesen«, sagte ich langsam, und die drei senkten ihre Köpfe und rührten im Kaffee oder mit dem Strohhalm im Saft.

Aber an einem Laubhüttenfest schleppte Mutter schwere Teppiche aus Pferdehaar aus dem Salon, breitete sie in der Laubhütte, die Vater im Hof gebaut hatte, aus und brachte riesige Töpfe mit gelbem, mit Linsen und Fleischstückchen gekochtem Reis aus der Küche. Schwärme von Kümmel- und Pfeffergeruch zogen dahinter her, gelangten bis zur Nase unserer Nachbarin Frizi und kitzelten ihre Nasenlöcher, bis sie auf die Terrasse hinaustrat, und Mutter sagte stolz: »Alles Natur, alles frisch, nicht die Spur von Speisefarbe.«

Und an diesem Laubhüttenfest war der große Streit. Wie Feuer im Dornenfeld entzündete er sich, ich weiß nicht, wie und warum. Alles schien wie immer zu sein; die Nachbarin Frizi riss ihre Augen auf, betastete die Wände der Laubhütte und sagte: »Ein Mann mit Goldhänden, da kann man nichts sagen.« Danach kostete sie ganz wenig von den Speisen, schnalzte mit der Zunge, schürzte die Lippen, bis sie wie eine der faltigen, verblühten Rosen an den seltsamen Sträuchern, die Vater zog, aussahen, und fragte mich, wen ich mehr liebe. Ich antwortete, was ich antwortete, und Mutter lachte. Ich ging in mein Zimmer, um das Akkordeon zu holen und laut darauf zu spielen, damit die Nachbarn vor Neid zerspringen sollten, und da hörte ich Schreie. Viele Menschen kamen und erlaubten mir nicht, in die Laubhütte hineinzugehen. Ein Polizist mit einem Hut nahm mich beiseite und sagte zu einem anderen Polizisten: »Esra, schau nur, wie das Kind zittert«, und kratzte sich unter seinem Hut. Nachdem alle gegangen waren, blieb Mutter mit gespreizten Beinen und zerzaustem Haar auf dem Boden der Laubhütte sitzen. Ein paar blaue und rote Flecken waren über ihren Körper verteilt, und als sie mich sah, zog ein Schatten von Trost durch ihre leeren Augen. Langsam hob sie ihre Hand, zog mich an sich und flüsterte: »Glaub keinem, Jossinka, die Menschen sind schlecht, alles künstliches Lächeln und Speisefarbe«, und die alte Jungfer Frizi kam nicht mehr zu uns.

Menschen kommen und gehen. Menschen wie herumirrende Wolken, die über Felder ziehen. Menschen sammeln ihre Mappen ein, sagen Wörter in die Kameras, und in ihnen tanzen andere Bilder.

Ich gehe in die Lobby hinunter. Große, saubere Blumentöpfe stehen dicht an den angenehm kühlen Steinwänden. Dünne, blasse Fasern zeichnen sich in den Adern des Marmors ab. Einige wenige Gäste sitzen an den roten Tischen und unterhalten sich. Weit von hier sitzen schon sich umarmende Paare in meinem Café am Meer. Wer von ihnen ahnt, dass ich sie heimlich über den Rand meines Glases beobachte?

Der junge Rezeptionist steht neben der Theke und richtet sich auf, als ich vorübergehe. Er hat gerade die Schicht beendet, eine kleine Tasche hängt über seiner Schulter.

Ich deute eine Verbeugung an, und sofort lässt ein Lächeln sein angespanntes Gesicht weicher werden.

»Guten Abend, mein Herr«, er senkt den Kopf.

»Hör mit dem ›mein Herr‹ auf«, schelte ich ihn.

»Gut«, seine Wimpern senken sich und unterhalten sich flüsternd miteinander. Wieder sieht er mich mit seinen hellen Augen an und lächelt, die Wangenmuskeln angespannt.

Ein schöner junger Mann, etwa dreiundzwanzig Jahre alt. Was wird jetzt geschehen? Wir gehen Richtung Ausgang.

»Mein letzter Abend im Hotel«, sage ich, »ich kann nach Hause gehen.«

»Ich auch«, antwortet er. »Mein letzter Abend im Hotel. Nächste Woche fange ich an, bei meinem älteren Bruder zu arbeiten.«

Ich ziehe meinen Mantel aus und lege ihn mir über den Arm.

»Ich fahre nach Tel Aviv«, sage ich ruhig, als schaute ich auf den Asphalt des Parkplatzes.

»Das ist prima für mich«, er schaut mich mit seinen schönen Augen an.

Er wirft seine Stofftasche auf den Rücksitz und streckt seine Beine.

»Ich hoffe, dass meine neue Arbeit interessant sein wird.« Er dreht seinen Kopf zum Fenster. »Als Verkäufer einer Firma, die Holzhäuser aus England importiert.«

Ein großer Lastwagen kommt mir entgegen. Mit Mühe gelingt es mir, das Lenkrad nach rechts zu reißen.

»Wie ... wie heißt das Geschäft deines Bruders?«

»Holzhäuser«, er trommelt leicht auf seinem Knie. »Gilad Kraus, Englische Holzhäuser GmbH. Warum fragst du?«

Ich lache. Autos hupen mich an, und ich lache.

»Was ist los?« Er guckt mich amüsiert an, legt zögernd seine Hand auf mein Bein und fängt ebenfalls an zu lachen.

»Alles ist nur Speisefarbe«, ich brülle vor Lachen, und der Wind trägt die Töne bis in die Wadis.

Rotes Haar

Jede Nacht ging Klara durch die Zimmer und befühlte die aufgerichteten Glieder ihrer Zöglinge. Der Korridor war dunkel, sie schritt die Zimmer nach einer festen Reihenfolge ab. In ihren Betten erwarteten die Jungen sie schon. Wenn sie ihre Absätze zornig über den Korridor näher kommen hörten, legten sie sich im Bett zurecht und spreizten die Beine. Das Rascheln der Decken sagte Klara, dass sie bereit seien.

Sie stand in dem schmalen Raum zwischen Bett und Schrank. Hin und wieder setzte sie sich auf den Bettrand, bohrte einen strengen Blick in das schlafende Gesicht des Jungen, dann hob ihre Hand den Deckenzipfel und spazierte über den Schenkel und den erzitternden Bauch. Manchmal hielt sie sich nicht auf, sondern wühlte sofort in Kleidern und Knöpfen und zog das Glied heraus. Mit einem Mal umfasste sie es an seinem harten Ansatz und streichelte es. In den Sommernächten, wenn die Zöglinge in kurzer Unterwäsche schliefen, spielte sie lange zwischen ihren Schenkeln, die sich allmählich mit pieksenden Haaren bedeckten. Eine Hand kletterte hinauf und drängte sich in den Schmelzofen ihrer Schenkel, die zweite Hand grub in ihren Schamteilen, die sich versteiften, bis es schmerzte.

Während ihre Finger sie irgendwo unter dem gespannten Stoff anfassten und massierten, prüfte sie aufmerksam die Gesichter der Jungen, die sich verzerrten, während Wellen des Genusses durch ihre jungen Körper strömten. Sie wussten, Klara sieht sie an, und verstanden, dass die Regeln ihnen verboten, auch nur einen Laut von sich zu geben. Unter Qualen des Genusses ließen sie die ruhigen, sorglosen Atemzüge des Schlafes hören. Mehr als einmal war Klaras Hand nass und schwer. Sie wischte sie an einem schmutzigen Lappen, den sie in der Tasche ihres Kleides verbarg, ab und ging zum nächsten Bett. Der Junge, der darin schlief, hatte die Augen geschlossen, nur sein Bauch rumorte vor Aufregung.

Mit ihren beiden Händen ertastete die Hausmutter Klara die Veränderungen, die die Körper ihrer Zöglinge erfuhren – fünfzehn-, sechzehnjährige Jungen, teils dunkel und sonnenverbrannt, teils hell und blass wie dort, in dem fernen Land. Nacht für Nacht verloren die heißen Körper Überreste kindlicher Unschuld, und die Bewegungen ihrer Rücken wurden fordernder und wilder. Einige weigerten sich, ihre Hand aus den Tiefen des Bettes freizugeben, und schlossen ihre Schenkel fest um sie. Andere begatteten mit aller Kraft ihre Hand, die gefangen auf dem Laken lag, und Klara senkte ergeben ihre Schultern und seufzte.

Sie liebte die harte, mühselige Arbeit. Früh am Morgen wachte sie auf, zog die dunkle Uniform des Instituts an und schritt auf dem Kiefernpfad zum rötlichen Wohnhaus. Sie wusste, dass sie sich an einer der Biegungen vor den Scharfschützen der jordanischen Legion hinter den kahlen Hügeln in Acht nehmen musste. Am Tor lud sie sich den Griff der großen, schweren Milchkanne auf die Schulter, die der Milchmann dagelassen hatte, öffnete das Schloss mit dem vom Regen rostigen Schlüssel und betrat das Gebäude, um die Zöglinge aufzuwecken. Danach suchte sie den Speisesaal auf, um zu kontrollieren, ob die Arbeiterinnen die alten Holztische gründlich abgewischt hatten und ob das Frühstück frisch und gut sei. Den ganzen Tag über hastete sie über das Gelände des landwirtschaftlichen Internats; erst am Nachmittag kehrte sie in ihr sauberes, weiß gestrichenes Zimmer am Rande des Kiefernwäldchens zurück. Oleg lag auf dem großen Bett, das sie mitgebracht hatten (aus festen Waldhölzern geschnitzt, nur mit Mühe war es ihnen gelungen, es in das kleine Zimmer zu schaffen). Sofort entwischte sie in die Kochecke, um sich ein Glas Kräutertee aufzugießen und Orangenmarmelade auf dunkles Brot zu schmieren. Jedesmal hörte Oleg kummervoll ihre Absätze über den gepflegten Pfad unterm Fenster klappern und stellte sich schlafend, in der Erwartung, sie würde sich neben ihn setzen und sich mit ihm unterhalten. Sie schaute auf seinen Bauch, zwischen dessen Wülsten blasse Haare zitterten, sah die Schweißtropfen, die von seinem Nacken und seiner Stirn fielen, und wandte ihr Gesicht ab. Oleg zwinkerte mit seinen kleinen Augen und versuchte, sie zu nötigen. Sie murmelte mit schwacher Stimme Entschuldigungen und ging hinaus unter den Mispelbaum. Dort stand eine zerbrochene, kleine Bank, und sie nahm das Buch von Mickiewic mit. Nie las sie auch nur eine Seite darin.

Gegen Abend klapperte sie wieder zu dem lauten Wohngebäude hinüber. Dutzende Jungen wohnten im Institut. Die Älteren, etwa Siebzehnjährigen gruben Schützengräben um die Zäune und bewachten die Hügel. Ein großer Scheinwerfer wanderte über die Baumwipfel. In den Nächten flammte das Licht eines Lagerfeuers am Zaun, und Klara hörte Witze, die sie nie ganz verstand. Johlendes Gelächter stieg von den geröteten Gesichtern auf. Die Jüngeren durften nachts nicht zum Zaun gehen, und sie drückten ihre Nasen an die vergitterten Fenster und lachten. Um Punkt zehn löschte sie die Lichter im Korridor des ersten Stockwerks, rief laut mit rollendem R: »Lichter löschen« (manchmal fügte sie auch: »Nujalleh!« hinzu), wartete einige Augenblicke und fing an, durch die Zimmer zu gehen. Das gelbe Licht des Scheinwerfers wanderte hin und wieder durch den dunklen Korridor. Klara ging ins erste Zimmer und ertastete die aufgerichteten, frechen Glieder ihrer Zöglinge.

Von Nacht zu Nacht wollen sie mehr, sagte sie sich voller Groll und wischte ihren Arm mit dem Lappen ab. Der Junge im hintersten Bett, mager und schweigsam, presste seine beiden kräftigen Schenkel um ihren Handrücken. Gleichzeitig streckte er die Hand aus, griff eine ihrer riesigen Brüste, betastete und drückte sie stöhnend. Ein erstauntes Zischen entwich ihrem Mund. Sie hörte unterdrücktes Kichern aus den Nachbarbetten, zog ihre Hand mit Gewalt unter seinem Körper hervor und ging aus dem Zimmer.

Sie hielt an der Tür des letzten Raums. Es war spät, Oleg wälzte sich in dem breiten Bett und träumte. Dort, in der kalten Stadt, aus der sie gekommen waren, hatte sie seinen noch schlanken Körper umarmt und ihn geküsst. Häufig trug sie einen Schal. Rotes Laub sammelte sich an den Straßenrändern. Und hier hatte Klara sich verändert, hier, wo die Hitze grausam war, in dem Land der versengten Dornen, wo Kinder vor der Zeit erwachsen werden, die Jungen früh einen harten Blick haben.

Sie öffnete die Tür und stand in dem Spalt zwischen Bett und Schrank. Im Mondlicht sah man dünne Decken und Arbeitskleidung. Plötzlich erstarrte Klara: das erste Bett war leer. Panik schüttelte sie. War der Junge durchs Fenster in die Nacht geflohen? War ihm etwas geschehen, war er gar entführt worden? Ich muss den Internatsleiter und die Wächter wecken, pochte ihr Herz. Flüchtig warf sie einen Blick zum nächsten Bett, auf dem sich Decken türmten. Sie ging aus dem Zimmer. Ihre Absätze klapperten über den Korridor. Vor ihrem inneren Auge sah sie die Gestalt des verschwundenen Jungen, schüchtern war er, schön war er, wenn er über das Basketballfeld rannte, und die Mädchen hielten aus dem Fenster nach seinem roten Haar Ausschau.

Als Klara die Treppen hinuntereilte, irritierte sie etwas. Plötzlich blieb sie stehen und schlug sich mit der Hand an die Stirn. Wie dumm, wie dumm von mir! Ein seltsames Lächeln stahl sich in ihr Gesicht. Das Bild, das sie vor einer Minute gesehen hatte, zeichnete sich scharf vor ihr ab. In dem zweiten Bett, das neben dem leeren stand, hatte ein rothaariger Kopf gelegen. Ihr Lächeln wurde breiter. Noch einen langen Augenblick stand sie auf der Treppe, unsicher, ob sie umkehren sollte oder nicht.

Schnecken im Regen

I
Ein junger Mann
steht am offenen Fenster

Anfangs dachte er, es handele sich um einen Irrtum.

Oder um einen Scherz. Das heißt, danach dachte er, es habe sich um einen Scherz gehandelt. Ein weißer, länglicher Umschlag lag in seinem Postfach, trug seine Adresse und war als Einschreiben frankiert. Wieder und wieder las er den gefalteten Brief, der sich darin befand.

»Boas, Schalom. Frag nicht, wer ich bin und woher ich dich kenne. Ich denke viel an dich. Es macht mich sehr verlegen, an meinem Schreibtisch zwischen den Topfpflanzen zu sitzen und dir einen Brief zu schreiben, aber zu mehr fehlt mir der Mut. Es ist schon sehr spät. Ich werde dir wieder schreiben.«

Er knüllte das Blatt zusammen und stopfte es in seine Tasche. Vor lauter Überraschung stieß er ein plötzliches, heiseres Hüsteln hervor, ehe er errötete. Im zweiten Stock des Postamts, am nördlichen Ende der Dizengoff-Straße, hielten sich zu diesem Zeitpunkt nur wenige Leute auf, und er schaute sich schnell um, ob einer von ihnen ihm über die Schulter linste. Bis zum Beginn der Vorlesung über semitische Philologie blieb noch etwa eine Stunde. Boas kehrte zu seinem alten Austin zurück und fuhr zur Universität. Zu Beginn der Vorlesung beschäftigte ihn der Brief noch, doch kurz darauf hatte er die Angelegenheit schon so gut wie vergessen.

Am Nachmittag kehrte er in seine Wohnung im dritten Stock eines Hauses in der Shimon-HaTarsi-Straße zurück.

Noa stand in der Küche und wusch frisches Gemüse ab, wobei sie das weiße Porzellanspülbecken mit Wasser und Schaum bespritzte.

»Ist schon Antwort aus Jerusalem gekommen?« Sie drehte ihm den Kopf zu.

»Nein.«

Aus dem alten Backofen, den sie irgendwann einmal von ihrer Großmutter geschenkt bekommen hatte, stieg mit einem Mal der leichte, angenehme Duft von Gebackenem auf.

»Was brutzelt denn da«, brummte er und näherte sich dem Ofen.

Sie liebte die komischen Grimasse, die er immer aufsetzte, wenn er neugierig war zu erfahren, was sich im Ofen verbarg. Dabei stellte er seine hellen Augenbrauen auf und zog sie zusammen, bis er wie ein Lausbub wirkte, der einen üblen Streich im Schilde führte. Sie hatte seinen Lieblingskuchen gebacken, Apfelkuchen mit Zimt, und gehofft, dass gerade heute die Antwort aus Jerusalem eintreffen würde.

»Finger weg!«, rief sie mit hochrotem Kopf und warf das Trockentuch nach ihm. Sie war erregt und ihr Haar zerzaust, ihre Brust hob und senkte sich unter dem einfachen, von Flecken übersäten Leinenkleid, und Boas hatte plötzlich Lust, sie auf der Stelle zu nehmen, hier in der Küche, auf der feuchten Arbeitsplatte.

»Hilf mir lieber bei den Tomaten«, befahl sie, »schneid Zwiebeln für den Salat und hör auf, mich so anzuschauen.«

Boas war fünfundzwanzig Jahre alt, Noa vier Monate jünger als er. Sie hatten sich in der Praxis von Doktor Kupferschmied kennen gelernt, als Boas sich einen schmerzenden Zahn plombieren ließ. Noa arbeitete dort als Zahnarzthelferin, hatte aber insgeheim vor, Architektur zu studieren.

Unter den Trägern ihres Büstenhalters hatte sie Sommersprossen. Das war vor fast einem Jahr, als Boas im zweiten Jahr an der philologischen Fakultät studierte. Er wohnte damals in einer muffigen Absteige am Carmel-Markt und verdiente sich seinen Lebensunterhalt bei einer Möbelspedition. Seinen Eltern, die im Kibbuz geblieben waren, erzählte er, dass er als Kampfsporttrainer arbeite. Professor Yehoshua Richlin, ein Forscher von Weltruf auf dem Gebiet der semitischen Sprachen, war binnen kurzem auf Boas' hervorragende Studienleistungen aufmerksam geworden. An einem der Tage vor dem Neujahrsfest hatte er ihn zufällig auf dem Flur getroffen (Boas kam vom Schwimmtraining; sein Haar war noch feucht und spröde vom Chlor) und sich mit ihm über seine Pläne und Interessengebiete unterhalten. Innerhalb weniger Tage hatte der Professor dafür gesorgt, dass Boas ein Stipendium erhielt, das seinen Lebensunterhalt sicherte. Und zuletzt hatte er ihn wärmstens für ein von irgendeiner großzügigen internationalen Stiftung mit Sitz in Jerusalem verliehenes Sonderstipendium zur Erlangung des Magistergrades vorgeschlagen.

Die antiken Sprachen (das Kanaanitische, das Moabitische, das Ammonitische und ihre Schwestersprachen) faszinierten Boas. Mehr als alles andere jedoch drängte es ihn, die ugaritische Keilschrift zu erforschen, jene geheimnisvolle Sprache, die in der Hafenstadt Ugarit in Nordsyrien vom vierzehnten bis zum zwölften Jahrhundert vor der Zeitrechnung verwendet wurde und von der nichts als ein paar Ritualgesänge zu Ehren des Gottes Baal überliefert waren. Die Entdeckung dieser Schrifttafeln im Jahre 1929 hatte unter den Semitisten für große Aufregung gesorgt, die schon bald einem heftigen Streit Platz machte: Die Funde drohten die allgemein akzeptierte Vorstellung von einer Zweiteilung der semitischen Sprachen in eine »östliche« Gruppe (der akkadische Ast, der das Babylonische und das Assyrische umfasst) und eine »westliche« Gruppe (der nördliche Ast mit dem Aramäischen und dem Kanaanitischen sowie der südliche Ast mit dem Arabischen und dem Äthiopischen) ins Wanken zu bringen. Das Ugaritische stellte die Forscher vor ein peinliches Rätsel. Sein Wortschatz glich frappierend dem Kanaanitischen und Hebräischen, das phonetische System jedoch erinnerte zweifellos an die südlichen Sprachen. In einer der Vorlesungen hörte Boas, dass eine mittelalterliche Sage von einem griechischen Mönch namens Theophilius berichte, der auf dem Markt von Antiochia für eine Handvoll Münzen zwei akkadische, auf Ugaritisch verfasste Schrifttafeln gekauft und diese vor seinem Tod auf dem Rücken eines Maultiers nach Jerusalem geschickt habe. Seither waren sie in Vergessenheit geraten. Lagerten diese Schrifttafeln von unschätzbarem Wert verborgen in den unterirdischen Gewölben einer der Kirchen? Boas sah sich schon halb dunkle, moosbedeckte Stufen hinabsteigen, die Petroleumlampe zitternd in der Hand, auf der Suche nach antiken Truhen. Die Vorstellung begeisterte ihn. Er hatte alle notwendigen Formulare zum Erhalt des Stipendiums ausgefüllt, doch die Antwort aus Jerusalem ließ noch auf sich warten.

Am nächsten Tag betrat er erneut das Postamt. In dem Metallfach lag ein schmutzig-weißer, länglicher Umschlag. Mit fahrigen Bewegungen öffnete er ihn.

»Schalom, Boas«, hieß es darin. »Es ist jetzt Mittag, ich sitze im Arbeitszimmer. Gleich werde ich die Pflanzen gießen. Auf der Fensterbank in der Küche ziehe ich Geranien. Außerdem habe ich noch einen Ahasverus und neben dem Fernseher eine riesige Palme, die Yucca genannt wird. (Ein aufregender Name, der etwas Indianisches hat, findest du nicht?) Für gewöhnlich bleibe ich zu Hause, und nur selten schließe ich mich ein paar alten Freunden an und sitze mit ihnen in einem Café. Manchmal überkommt mich der Mut, und ich mache gewagtere Dinge als diese, aber warum dich mit peinlichen Details belasten. Hier, in meinen eigenen vier Wänden, leistet mir meine beste Freundin, die Einsamkeit, Gesellschaft. Wir sind schon einige Jahre zusammen, die Einsamkeit und ich, halten uns in der Dunkelheit an den Händen und sehen fern. Der große Feind ist die Zeit, Boas. Sie kennt keine Gnade. Irgendwann einmal wirst du das verstehen. Oder vielleicht auch nicht? Denn schließlich wirst du gleich die Post verlassen, wirst deinen alten Austin, Baujahr 81, anlassen und zur Universität fahren, wirst in der Pause zwischen den Vorlesungen Kaffee mit Apfelkuchen genießen, wirst allen Mädchen zulächeln und danach nach Hause zu deiner Freundin, die dich liebt, zurückkehren. Und wer liebt mich, Boas? Du wirst sie in der Nacht umarmen. Und wer umarmt mich? Da, jetzt habe ich schon mehr geschrieben als nötig. Ich kann das Geheimnis nicht länger für mich behalten. Ich denke ständig an dich.«

Boas runzelte die Stirn und verstaute den Umschlag in seiner Tasche. Dann zog er ihn wieder hervor und las die Zeilen von neuem, versuchte einen Hinweis auf die Identität des Absenders, der so viele Einzelheiten aus seinem Leben wusste, zu finden. Außer der Tatsache, dass der Brief in Tel Aviv abgeschickt war, ließ er nicht die geringsten Rückschlüsse zu. Er versuchte die Personen aufzuzählen, die von der Existenz seines Postfachs in der Dizengoff-Straße wussten, das er eingerichtet hatte, nachdem an seine Wohnung adressierte Post dort nicht angekommen war. Diejenigen, die ihm in den Sinn kamen – seine Eltern, Freunde von ihm und von Noa, die Steuerbehörde, die Elektrizitätswerke, die Telefongesellschaft, die Studienstiftung in Jerusalem –, riefen keinerlei Verdacht in ihm wach. Eine bedrückende, Unheil verheißende Beklommenheit kroch ihm wie eine Ameisenkolonne den Nacken hinauf. Er verspürte Angst gemischt mit wahnsinniger Neugier. »Wer ist dieser Mann?«, ging es ihm durch den Kopf. »Woher kennt er mich? Wie kann er wissen, dass ich in den Vorlesungspausen Kuchen esse und einen 81er Austin fahre? Was will er von mir?«

Im Vorlesungssaal des Gilman-Gebäudes ging Professor Richlin mit vor Aufregung schweißnasser Stirn auf und ab und sprach über das Edomitische, eine ausgestorbene, von der Bühne der Weltgeschichte abgetretene Sprache, und über vage Hinweise auf ein oder zwei noch unbekannte Sprachen, die man im Jahre 1974 bei Ausgrabungen in der antiken Stadt Ebla, rund siebzig Kilometer südlich von Aleppo, in einem Tongeschirrlager entdeckt hatte. »Was versuchen uns die verlorenen Schriftzeichen von Ebla zu sagen?«, rief er mit donnernder Stimme. »Wer wird das Geheimnis entschlüsseln?« Boas konnte sich nicht auf die Ausführungen des Professors konzentrieren, obwohl ihn das Vorlesungsthema immer fasziniert hatte. Er kritzelte wieder und wieder eine Rosenranke in sein Heft, wobei er den Stift so stark aufdrückte, dass das Papier zerriss.

Am Abend kamen Uri und seine neue Freundin Michal zu Besuch. Uri lobte und knabberte in einem fort die Plätzchen, die Noa gebacken hatte, und schenkte sich ein Glas nach dem nächsten ein. Sie hatten früher zusammen als Möbelpacker gearbeitet. Boas mochte Uri, der niemals auch nur die Grundschule beendet hatte und alle paar Minuten auf der Suche nach einer weiteren Flasche Bier sämtliche Türen in der Küche aufmachte und wieder zuschlug, wegen seiner Unkompliziertheit und Fröhlichkeit. Noa ihrerseits liebte es, Boas von der Seite zu betrachten, ohne dass er es merkte. Er hatte ein schmales, schüchternes

Lächeln, das den Wunsch in ihr wachrief, ihn fest an ihre Brust zu drücken. Sie erinnerte sich an das erste Mal, als sie ihn gesehen hatte, in der Praxis in der König-Salomon-Straße. Ein paar Minuten nach Ende der Behandlungszeit war ein großer junger Mann in die Praxis gekommen und hatte schlicht erklärt, ihm tue der Zahn weh. Einfach so, »mir tut der Zahn weh«. Als wollte er sagen: »Schalom allerseits, da bin ich.« Er trug fleckige Arbeitshosen und ein altes graues T-Shirt, durch dessen Halsausschnitt sich feine, sonnengebräunte Muskeln abzeichneten. Das T-Shirt verströmte leichten Schweißgeruch, den sie als sehr angenehm empfand.

Seine Schönheit war so überwältigend, dass sie sie nicht ertragen konnte. Doktor Kupferschmied, der ein besonders griesgrämiger und ungeduldiger Mensch war, blieb, als er ihn sah, wie angewurzelt stehen und befahl dem Praxispersonal, die Geräte wieder anzuschalten. Als sei er von Ehrfurcht vor diesem jungen Mann, der mit einemmal erschienen war, erfüllt gewesen. Sie erinnerte sich, wie ihr Herz wild geschlagen hatte, als sie neben dem Arzt stand und ihm die Instrumente reichte und der schöne junge Mann auf dem Behandlungsstuhl lag und seine Locken strahlten, und wie er sie jedesmal angelächelt hatte, sobald der Arzt ihnen den Rücken zuwandte.

Sie hatte mal Architektur an der Technischen Hochschule studieren wollen. Und vielleicht würde sie es irgendwann auch noch tun. Boas wartete noch immer auf eine Benachrichtigung wegen des Stipendiums aus Jerusalem. Er würde zu gern seinen Magister machen. Aber weshalb schien es ihr, als belaste ihn etwas in den letzten Tagen?

Am Morgen, auf dem Weg zur Universität, gab der alte Austin einige alarmierenden Grunzlaute von sich und musste in die Werkstatt gebracht werden. »Komm in vier Tagen wieder«, meinte der Mechaniker. »Der Motor löst sich in seine Bestandteile auf.« Boas war von jetzt an gezwungen, jeden Morgen am Platz von Mailand auf den Fünfundzwanziger zu warten. In wenigen Tagen würde er für die »Einführung in die Syntax der semitischen Sprachen« eine Semesterabschlussarbeit abliefern müssen und verbrachte daher viele Stunden in der Bibliothek. Manchmal saß ihm ein schmächtiger junger Mann in glänzender Seidenbluse gegenüber und blickte ihn mit traurigen, zuweilen gesenkten Augen verstohlen an, als warte er auf einen Blick als Antwort. Boas' Gedanken wanderten zu seinem Austin, der jetzt schutzlos den Händen des feisten Mechanikers ausgeliefert war. Er hatten den Wagen, gleich nachdem er vom Kibbuz nach Tel Aviv gezogen war, von seinen gesamten Ersparnissen gekauft und hing sehr an ihm. Im Geiste sah er den Mechaniker mit einem riesigen Hammer auf den Blechkorpus eindreschen, sah seine riesige, nackte Wampe vor Lachen erbeben: »Die Karre fällt auseinander, der Motor zerlegt sich.« Und auch die Antwort aus Jerusalem kam aus irgendwelchen Gründen nicht.

Obwohl er eigentlich keine Zeit hatte, ließ er seine Sachen liegen und ging zu Fuß zur Post. Im zweiten Stock standen zwei Männer und holten dicke, braune Couverts aus ihren Postfächern. Sie sahen wie viel beschäftigte Geschäftsleute aus. Boas wartete, bis sie die Treppen hinabgestiegen waren (wobei er so tat, als suchte er in den Tiefen seiner auf dem Boden liegenden Tasche nach dem Schließfachschlüssel), und öffnete dann das kleine Türchen. Das Fach war vollkommen leer, sein metallener Boden Ärgernis erregend sauber und poliert. Keine Antwort aus Jerusalem. Boas blieb noch einen Moment wie angewurzelt stehen, als erwarte er, beim nächsten Liedschlag plötzlich einen weißlichen Briefumschlag vorzufinden, und ging dann nach unten auf die Straße. Er tröstete sich damit, dass ihm nun, da die sonderbaren Briefe ausblieben, sehr viel wohler war, und gleichzeitig empfand er auf absurde und höchst peinliche Weise Enttäuschung, als sei er ohne weitere Erklärungen von dem anonymen Verehrer sitzen gelassen worden.

Zwei Tage danach rief ihm Noa aus der Küche zu, jemand von der Werkstatt habe angerufen und gesagt, der Wagen sei fertig. Sie schob einen mit Käse bestreuten Blumenkohl in den Ofen. Boas eilte zur Werkstatt und nahm die Schlüssel in Empfang. Der Austin ruckelte und war noch schwach wie nach einer Operation, rollte aber mit unverkennbarer Fröhlichkeit über die Straße und grüßte jede Ecke. Boas hielt an der Post und stieg in angespannter Erwartung die Treppe hinauf.

Auf dem Boden des Postfachs ruhte ein weißer, länglicher Umschlag. Er trug keinen Absender auf der Rückseite. Boas riss mit einem Ruck die Lasche auf und zog den Brief heraus. Ein angenehmes Gefühl von Aufregung lief ihm den Rücken hinunter und berührte ihn sanft. »Dass er es wagt, mir noch einen Brief zu schicken«, murrte er sich selbst unhörbar zu und überflog das Geschriebene.

»Lieber Boas, Schalom. Ich darf dich doch lieber Boas nennen, nicht wahr? Ich spüre, dass wir uns schon sehr lange Zeit kennen. Vor einigen Wochen ist mir eine ziemlich peinliche Sache passiert. Ich will dir davon erzählen, damit du mich vielleicht besser verstehen kannst. Ich fuhr mit einem Kollegen in dessen Wagen die Ibn-Givrol-Straße entlang, auf Höhe des Hauses der Amerikanischen Zionisten. Ein kräftiger, gut aussehender Soldat stand auf der Verkehrsinsel und wartete, dass der Wagen vorbeifuhr. Er hatte schwarzes Haar und graue Augen. Der Kollege, der neben mir saß, meinte plötzlich: ›Schau dir die Kleine an, was für einen Körper die hat.‹ Worauf ich zu ihm sagte: ›Wo, von wem redest du?‹ Er wies auf die Verkehrsinsel. Es stellte sich heraus, dass neben dem Soldaten auch eine Soldatin stand. Verstehst du, Boas? Ich hatte sie einfach nicht gesehen! Sie existierte für mich nicht! Der schöne Soldat, nur er hatte mein Blickfeld ausgefüllt. Verschämt senkte ich den Kopf zum Boden des Wagens. Wie verachtenswert dieses Dasein ist, lieber Boas, wie wenig gerecht. Und gestern war mein Geburtstag. Ich lud einige Freunde auf Kaffee und Kuchen zu mir nach Hause ein, nannte ihnen aber den Grund nicht. Ich saß dort im Wohnzimmer, neben der großen Topfpflanze, und gab mir alle Mühe, mich von dem sanften, ein wenig niedergedrückten, aber doch beruhigenden Stimmengewirr meiner Freunde mitreißen zu lassen. Dabei dachte ich bei mir, wie nett es wäre, wärest auch du zu mir gekommen. Ich weiß nicht warum, aber dieses Bild, dich vor mir in dem weißen Sessel sitzen zu sehen, nur wir beide, umgeben von vollkommener Stille, und deine tiefen, verständigen Augen, die mich mit äußerster Konzentration anblicken (es ist so eine wunderbare Erregung in dem Wechselspiel deiner Pupillen) – dieses Bild erregte mich so sehr, dass ich mir ein Glas kaltes Wasser einschenken musste, um mich wieder ein wenig zu beruhigen.«

Boas hob die Augen von dem Blatt Papier, verzog das Gesicht und warf vorsichtig einen Blick zur Seite. Die Halle war leer. Er sagte sich zwar mit Entschiedenheit, dass das Gelesene Ekel vermischt mit Wut und Mitleid in ihm wachrufe, spürte aber dennoch, dass die Worte eine Art vorsichtigen Spalt in ihm geöffnet hatten.

»Ich habe es sehr schwer, lieber Boas. Nur mit äußerster Mühe halte ich mich manchmal zurück, dieses schöne Gesicht zu berühren, dein Haar, deine Arme. Ich denke an dein Mädchen, das sich bestimmt von diesen Armen verwöhnen lässt, und spüre, wie mir ein schmerzender Kloß im Hals wächst. Heute, gegen Mittag, ging ich auf dem Bürgersteig spazieren und versuchte, einen klaren Kopf zu bekommen und meine Gefühle zu ordnen, als ich dich plötzlich im Bus sitzen sah. Linie 25, scheint mir. Du sahst sorgenvoll aus dem Fenster, schautest auf den Bürgersteig, und ich spürte, wie mein Gedankengang zerriss und alle Gedanken wie billige Perlen zu Boden fielen und sich über den Bürgersteig verstreuten. Ich stand dort – beschämt, unglücklich und geprügelt. Ich kann nicht fortfahren. Ich bin gezwungen, mir ein Glas Wasser einzugießen. Ich habe Angst, dies in aller Deutlichkeit zu sagen, aber ich weiß, dass ich dich sehr liebe.«

Boas blieb noch einen Sekundenbruchteil wie betäubt, starrte auf das Papier. Unterschiedliche Gefühle überkamen ihn. »Warum passiert das ausgerechnet mir?«, fragte er sich. »Wer ist dieser gepeinigte, sensible Mann? Wie kann ich seinen Kummer mildern?« Etwas in ihm wollte das bedrückende Blatt Papier in den nächsten Abfalleimer werfen und ihm keine weitere Beachtung schenken, doch tausend blasse Seiten in seinem Inneren füllten sich mit seichtem, unmerklichem Strömen. Er legte den Brief in seine Mappe und ging mit schweren Schritten hinaus.

Im großen Vorlesungssaal legte Professor Richlin seine neue These zur historischen Verbindung zwischen dem Ugaritischen und dem Amoritischen dar und verwahrte sich erzürnt gegen die Behauptung, beide Sprachen gehörten zum kanaanitischen Ast. Boas kam zu spät zur Vorlesung und setzte sich auf einen freien Platz am hinteren Ende des Saals (normalerweise saß er auf seinem festen Platz in der zweiten Reihe links). Er hoffte, seine Verspätung würde nicht auffallen, doch der Professor bemerkte ihn sogleich und lächelte seinem Lieblingsstudenten freundlich zu. Boas war bemüht, sich auf das Thema der Vorlesung zu konzentrieren, und machte sich sogar ein paar Notizen; als die Vorlesung beendet war, atmete er erleichtert auf und beschloss, den Professor wegen des sich verzögernden Stipendiums zu fragen, doch dieser packte schnell seine Unterlagen zusammen und verließ den Vorlesungssaal, umgeben von einem Schwarm begeisterter Studentinnen.

Leicht verbrannter Geruch von mit Fleisch, Tomaten und Pfefferkümmel gefüllten Auberginen empfing ihn, als er nach Hause kam.

»Ist die Antwort aus Jerusalem da?«, fragte Noa und drückte ihm einen Kuss auf die Wange.

»Nein.«

»Das gibt's doch nicht«, sagte Noa,«die übertreiben wirklich.«

Boas streifte sein Hemd ab und trat auf den Balkon. Ein leichter, fast unmerklicher Luftzug kam vom Meer und prallte gegen die Mauern aus Hitze. Ringsum, soweit das Auge reichte, erstreckte sich ein eindrucksvoll hässliches und dabei doch einheitlich gelbliches Gemisch aus blätternden Hauswänden, über die lange Risse wie schwarze Wüstenvipern liefen, und rostigen, in den Ecken verbogenen Regenrinnen. Eine Stadt aus offenen und verrammelten Balkonen, Plastikfensterläden, grünen, von Nylonsäcken und fauligem Papier überquellenden Mülleimern und schmutzigen Kronen dunkler, staubiger Bäume, deren gespreizte Stämme sich in die harte Erde krallten, um jedes Tröpfchen Feuchtigkeit herauszusaugen.

Boas hatte plötzlich eine vergessene Gestalt vor Augen, einen Typen, der vor Jahren mit ihm zusammen im Offizierslehrgang gewesen war. Nir Vakin hieß er, ja genau, jener Nir Vakin, der in der Lage war, zwei schwere Maschinengewehre zu schleppen, auf jeder Seite eines, und damit ohne Mühe das Lager zu umrunden. Nach dem Gewaltmarsch hatte er unter der Dusche gestanden und lauthals irgendeinen Schmalzsong geträllert, hatte sich genüsslich auf seine Brustmuskulatur geklopft, während das Wasser sich in den schwarzen Kräuseln seines Kopfhaars hielt, um dann auf seinen Bauch und seine gespreizten Beine zu stürzen, die wie zwei dicke Stämme im Betonboden verwurzelt schienen. Boas hatte verstohlen auf die Wassermassen geblickt, die sich in Nir Vakins Schambehaarung sammelten und seinen besonders großen Penis umspülten. Die lebhafte Erinnerung bedrückte ihn und ließ ihm keine Ruhe, das schwere Gebilde des Penis tauchte abwechselnd auf dem müden Bildschirm seines Gehirns auf und verschwand wieder, bis er das Balkongeländer umklammerte und tief den Geruch der Eukalyptusbäume, der vom Ufer des Yarkons herüberwehte, einatmete. Nicht weit von ihm, in einer der Wohnungen auf der anderen Straßenseite, sah er einen Mann von vielleicht dreißig Jahren, der mit einem Wasserkessel ein paar rot blühende Geranien, die in Töpfen auf der Fensterbank standen, goss. Mit einemmal waren all seine Sinne hellwach. Der Mann war groß gewachsen, ein wenig kahl, und seine Lippen bewegten sich. Eine junge Frau tauchte hinter seiner Schulter auf und nahm ihm den Wasserkessel aus der Hand. Sie wirkte amüsiert. Nein, das war nicht der Mann, den er suchte. Er trat vom Balkon ins Innere der Wohnung und sah Noa sich die Hände im Waschbecken abspülen. Ihr Gesicht war von der Hitze des Backofens gerötet, und Schweißtropfen hingen ihr am Haaransatz. Er spürte seinen brennenden Trieb und zog sie zum Tisch.

»Bist du verrückt geworden?«, sagte Noa und schluckte ihren Speichel hinunter.

Als erstes spürte sie die feuchte Kälte der Holzplatte an ihrem Rücken und seine Hände, die mit groben Bewegungen an ihrem Kleid zerrten. Ihre Hände waren noch nass, und sie vergrub sie in seinem Nacken. Er knöpfte seine

Hose auf und schwang ihre Beine in die Luft, bis ihr die Oberschenkel weh taten. Und dann spürte sie, dass er mit einemmal in sie eindrang, mit ganzer Kraft, so als wolle er ihr Schmerzen bereiten. Sein Gürtel scheuerte wieder und wieder an ihrem Bauch. Sie öffnete die Augen einen Spaltbreit, um sein Gesicht zu sehen, und schrak zurück. Er sah sie überhaupt nicht an. Seine weit aufgerissenen, vor Lust und Anstrengung irren Augen waren fest auf die gegenüberliegende Wand gerichtet. Was sah er dort? Sein Atem ging schwer, und über seine Stirn lief ein dicker Strick, der zu platzen drohte. Ihr schien, als wäre ein Roboter in den Körper und das Gesicht ihres Boas' geschlüpft und hämmere nun, nachdem jemand anderes auf einen Schalter gedrückt hatte, in monotonem Rhythmus in sie hinein. Ein Roboter, der weder an ihren Lippen, ihrem Gesicht oder ihren Brüsten interessiert war, sondern nur an dem brennenden, klaffenden Schlitz zwischen ihren Schenkeln. Der Tisch schlingerte unter seinem Körper hin und her, schlug gegen die Wand, bis Boas erzitterte, mit aller Kraft in sie hineinstieß und seufzte. Dann ließ er ihre Beine herabsinken und strich ihr über die Stirn. Das Hemd klebte an seinem Rücken, und er bekam nur mit Mühe Luft.

Als er unter der Dusche stand, klopfte jemand. Er hörte Noa zur Tür gehen und überrascht ausrufen, als sie Michal, Uris neue Freundin, sah. Das Wasser strömte ihm über den Kopf, und sein Geruch beruhigte ihn ein wenig. Er schloss die Augen und dachte an den Kibbuz; dachte aus irgendeinem Grund an seine Erzieherin im Kinderhaus, Brunja, die vor fünfzehn Jahren verstorben war; grübelte, ob es gut gewesen war, nach Tel Aviv zu ziehen; dachte an das Stipendium, das ihm eine wissenschaftliche Karriere ermöglichen würde, und an die finsteren Kellergewölbe; dachte an Noa, oder vielmehr wollte an Noa denken, aber eine unbegreifliche Wut, beinahe Hass gegen sie erwachte plötzlich in ihm. Durch das angenehme Plätschern des Wasser hörte er Michal schluchzen. Er drehte den Strahl kleiner und lauschte. Michal erzählte Noa, Uri habe sie verlassen und beschlossen, allein in den Fernen Osten zu reisen. Michals Weinen wurde lauter, und ein ersticktes Wimmern wie von einem verwundeten Tier drang durch die Badezimmertür. Boas kam es plötzlich so vor, als wäre der warme Strahl, der sich auf seinen Schultern brach, nichts anderes als die salzigen Tränen von Michal und Noa, und Ekel überkam ihn.

Er zog sich an und schlüpfte aus der Wohnung. Bleierne Hitze, vermischt mit dem Geruch von schmelzendem Plastik, stand im Wagen, und Boas beschloss, dass ihm die angenehme Kühle in der Fakultätsbibliothek gut täte. Dort, zwischen den Bücherregalen, herrschte friedliche Stille. Er zog einige dickleibige Bände hervor und begann darin zu lesen. Er fühlte sich schwach, wollte sich von den Gefühlen und Ereignissen, die ihn in den letzten Tagen aufgewühlt hatten, lösen. Aus dem Augenwinkel sah er an einem der Tische in seiner Nähe den jungen Mann im glänzenden Seidenhemd sitzen und ihm traurige Blicke zuwerfen. Nach einiger Zeit ging Boas in die Cafeteria. Endlos lange rührte er den Zucker um und wollte seinen Verstand von jedem Fitzel Gedanken reinigen. Später stand er auf der Toilette vor der Marmorwand, um zu urinieren. Der Bursche im Seidenhemd erschien zu seiner Rechten wie ein Schatten und linste mit sanftem Blick nach seinem Hosenschlitz. Boas knirschte mit den Zähnen und stapfte wütend zu seinem Austin, der in der bleiernen Hitze auf ihn wartete.

Zu Hause saß Noa und sah ohne Ton fern. Sie stand auf, als er hereinkam. Er zog sie an seine Brust und sagte: »Ich bin schrecklich müde.« Noa legte ihre Hände auf seine Wangen. »Komm, wir legen uns ein bisschen hin«, sagte sie. Über die Mattscheibe huschte die stumme Visage des Nachrichtensprechers. Er zog sich das weiße Laken bis zum Kinn und starrte zur Decke. Noa glitt neben ihn und legte ihren Kopf auf seine Brust. Er ließ seine Finger durch den weichen, dunklen Flaum der Härchen auf ihrem Nackenansatz gleiten. Das Haar verströmte einen Duft, der ihm berauschende Müdigkeit einflößte.

Von irgendwoher erwachte eine dumpfe Erinnerung in ihm, an die Reise, die er nach seiner Entlassung aus der Armee durch Europa gemacht hatte. Eine Nacht hatte er in einer Jugendherberge, die sich in einer alten Festung auf einem Hügel oberhalb von Florenz befand, verbracht. Lange Reihen doppelstöckiger Eisenbetten standen im Schlafsaal. Über ihm hatte ein junger, blonder Deutscher, an dessen Namen er sich nicht mehr erinnerte, geschlafen. Früh am Morgen war er vom Geräusch eines leichten Raschelns aufgewacht. Der Deutsche kletterte vom oberen Bett und war im Begriff, sich waschen zu gehen. Er war nackt. Eine dicke, gewaltige Erektion ragte aus seiner Körpermitte hervor und wies auf Boas' vor Entsetzen verzerrtes Gesicht. Er schloss die Augen bis auf einen schmalen Spalt. Nur wenige Millimeter lagen zwischen ihm und der stolz wippenden Spitze des Penis, so dass er dessen Wärme spüren und seinen Geruch wahrnehmen konnte, ein schwacher, aber scharfer, die Sinne benebelnder Geruch unbeschreiblicher Stärke. Schweißtropfen, dickflüssig wie Wachs, liefen ihm den Rücken hinab, als hätten sie sich an unsichtbarer Stelle irgendwo am Grunde seiner Knochen gesammelt. Er war damals noch lange Minuten in jenem Bett liegen geblieben.

Das Auftauchen dieser alten Erinnerung weckte jetzt Beklommenheit in ihm. Noa küsste seinen Hals, doch er kniff die Augen fest zu. Sogleich erkannte er den Geruch des Parfüms, das sie sich auf die Haut gesprüht hatte, sein Lieblingsparfüm. Ihre Hände waren feucht. »Ich liebe deine Arme, Boas«, flüsterte sie ihm zu. »Ich liebe sie sogar sehr.« Er hörte ein böses Lachen in den Tiefen seines Bauches glucksen. »Hör auf!«, bellte er heiser. Sein Gesicht war ganz nah an ihrem BH-Träger, und er spürte, wie sich ihre warmen Schultern an ihn drängten. Unter dem Träger verbargen sich einige vier- und fünfeckige Sommersprossen. Er hatte sie schon damals bemerkt, bei ihrer ersten Begegnung in der König-Salomon-Straße, als er auf dem Behandlungsstuhl lag und alles so einfach war. Sie hatten ihm gefallen. Doch jetzt konnte er den Widerwillen nicht unterdrücken, den sie in ihm erzeugten. Noa begann zu weinen. Ihre salzigen Tränen fielen auf seinen Hals, doch er spürte sie nicht. Er nickte ein und fiel in einen tiefen Schlaf.

Am Morgen wurde im Radio mitgeteilt, in einer der Siedlungen im Ta'anach-Streifen sei ein Säugling mit zwei Köpfen zur Welt gekommen, einem weinenden und einem lachenden. Boas bestrich ein Brötchen mit Butter und goss zwei Becher Kaffee ein. Noa zog aus einem der Schränke ein Kuvert, in dem sich die noch leeren Aufnahmeformulare für die Architekturfakultät der Technischen Hochschule befanden. Lange stierte sie auf die Papiere.

»Trink, dein Kaffee wird kalt«, sagte er.

»Danke.«

»Möchtest du heute Abend irgendwo hingehen? Ich hätte Lust, ein bisschen rauszukommen.«

Sie rührte den Zucker um und lächelte: »Ich glaube, ja.«

Gegen 12 Uhr mittags war die Übung von Doktor Regina Dunkelhart (»Das Neu-Ostaramäische der Juden von Sacho«) beendet. Die kurz gemähte Rasenfläche vor dem Gilman-Gebäude füllte sich schnell mit gähnenden, über und über mit Unterlagen beladenen Studenten. In einer halben Stunde sollte die Vorlesung von Professor Richlin beginnen, eine spannende und humorige Veranstaltung, die regelmäßig nicht nur Studenten anderer Fachbereiche, sondern auch ein paar mürrisch dreinblickende Bibliothekarinnen aus der Hauptbibliothek anzog. Boas spürte seit dem Morgen ein leichtes Stechen im Kopf, seine Stirn brannte von der Sonne, den Eindrücken, Farben und dem Stimmengewirr um ihn herum, und er beschloss zu fahren. Im Grunde seines Herzens war er dem Professor dankbar, ja, er mochte ihn sogar ein wenig und hoffte, sein Fernbleiben würde unbemerkt bleiben.

Um 12.15 Uhr hielt er vor einem Kiosk auf der Dizengoff-Straße und kaufte sich etwas zu trinken und eine Tageszeitung. Danach ging er gleichgültig einige Broschüren durch, blickte nach rechts, blickte nach links und stieg schnell die Stufen hinauf.

Um 12.30 Uhr betrat er die Post. Im zweiten Stock herrschte kühles Halbdunkel. Eine rothaarige Frau diskutierte mit dem Schalterbeamten über ein Päckchen, das nicht angekommen war, wobei sie ein ums andere Mal sagte: »Das kann nicht sein, das kann nicht sein.« Boas steckte den Schlüssel ins Schloss und drehte ihn um. Auf dem Boden des Postfachs lagen aufeinander zwei Umschläge. Der obere war ein prachtvolles, aus bestem Papier gemachtes Kuvert, in dessen Ecke der Schriftzug »Die Internationale Josef-Tuchman-Stiftung zur Wahrung des Sprachschatzes« prangte. Boas nahm den Umschlag und ließ ihn von einer Hand in die andere wandern, als wiege er ihn ab. Einen Sekundenbruchteil blieb er noch regungslos stehen, zog dann den zweiten, länglichen Umschlag aus dem Fach und riss ihn mit zitternden Fingern auf.

»Mein lieber Boas, du schöner Junge, Schalom. Wie gut es tut, sich an dieser wunderbaren Kombination zu erfreuen, ›lieber Boas‹ und ›mein‹. Wie glücklich sich dieser Stift und das Blatt Papier preisen dürfen, diese beiden Wörter nebeneinander stellen zu können, einfach so, Seite an Seite.

Aber wo bist du? Ich sitze jetzt in meinem Arbeitszimmer. Die Tür ist verschlossen. Auf dem Schreibtisch vor mir liegt ein Karton und darin ein Kuchen, den ich heute Morgen auf dem Weg hierher gekauft habe. Ich schneide ein Stück für mich ab, und ein Stück lege ich auf deinen Teller. Iss, mein Boas, ich weiß, dass du kosten möchtest, ich habe die Erwartung sich auf deinen Lippen verstecken sehen. Niemand wird uns hier stören, mein schöner Junge. Ja, ich weiß, dass ich allmählich den Verstand verliere, du musst es nicht laut aussprechen. Mit übermenschlicher Anstrengung bemühe ich mich, meine Qualen zu verbergen. Sie kann sehr grausam sein, die Begierde. Alles andere schrumpft vor ihr. Gestern Nacht konnte ich den Schmerz nicht länger ertragen. Ich setzte eine Sonnenbrille auf und ging zu jenem Ort, du kannst dir denken, wohin. Viele einsame und durstige Menschen liefen dort wie blinde Schmetterlinge zwischen den toten Bäumen umher. Viele Male schon hatte ich mir geschworen, auch in den schwersten Momenten nicht mehr an diesen schrecklichen Ort zu gehen, aber der Wahnsinn der Begierde war stärker als ich. Mit all den anderen Menschen ging ich zwischen den toten Bäumen auf und ab, eine Sonnenbrille vor den Augen trotz der Finsternis. Ein einfach gekleideter Junge fing an, wie ein läufiger Köter hinter mir herzulaufen. Hinter einem der Büsche blieb er stehen und machte mir mit der Hand ein Zeichen, auf die Knie zu gehen. Ohne Zeit auf überflüssige Worte zu verschwenden, ließ er seine Hose herunter und packte mit harten Fingern meinen Nacken. Seine Bewegungen waren grob, fast brutal, und er zischte mir Worte in einem Hebräisch zu, das ich nicht verstand. Ich machte einfach die Augen zu und dachte an dich, mein Boas, an die Bewegungen deines nackten Körpers in meinem Mund, Bewegungen, die ganz sicher sanft und schön wären, trotz deiner starken Muskeln. Nachdem er gekommen war, wobei er meine Haare wie ein Bündel Stroh packte, bat er mit bösen Augen, ich solle ihm Geld geben, ›um nach Hause zu kommen‹. Ich gab ihm ein paar Scheine. Danach lag ich auf dem Boden und erbrach mich. Kleine Steinchen zerkratzten meine Wange. Ekel, Verzweiflung und ein großes Brennen erfüllten mich, ein Brennen mit Namen Boas. Als ich nach Hause zurückgekehrt war, stieg ich in die Badewanne und hörte nicht auf zu weinen. Da verstand ich, dass ich so nicht weitermachen kann; dass ich mich nicht Tag und Nacht quälen kann, ohne zu wissen, ob du meine Briefe überhaupt liest, ob du an mich denkst, ob du interessiert daran bist, dass ich dir weiterhin schreibe. Hab keine Angst, ich werde dir niemals Schaden zufügen. Ich liebe dich unendlich. Hör nun gut zu, mein Boas, auch wenn die Dinge etwas sonderbar für dich klingen. Dieser Brief wird am Donnerstag in deinem Postfach liegen. Um genau 22.00 Uhr am Donnerstag werde ich in einem Versteck warten und ungesehen die Fenster deiner Wohnung im Blick haben. Wenn du möchtest, dass ich dir weiter schreibe, machst du dreimal hintereinander das Licht in der Küche an und aus. Vergiss nicht, dreimal, um punkt 22.00 Uhr. Ich werde dann der glücklichste Mensch auf Erden sein, und mein Leben wird sich mit neuem Inhalt füllen. Aber wenn nicht, werde ich dies sehr wohl verstehen und dich nicht weiter belästigen, mein Boas. Dieser Brief wird dann mein letzter an dich gewesen sein.«

Riesige Schellen klingelten Boas wie ein Sturm in den Ohren. Mit einer Bewegung zerknüllte er das Papier und warf es zu Boden, doch einen Augenblick später bückte er sich, hob es auf und strich es wieder glatt. Eine Zeile tanzte ununterbrochen vor seinen Augen. »Ich machte einfach die Augen zu und dachte an dich, mein Boas, an die Bewegungen deines nackten Körpers in meinem Mund.« Er kniff die Lider zu, als blende ihn mit einem Mal eine riesenhafte, böse Sonne, und spürte zu seinem Schrecken eine lästige Steifheit in seiner Hose erwachen. Von der Treppe kam das Geräusch sich nähernder Schritte. Er verließ eiligst das Gebäude und setzte sich hinters Steuer.

Es war heiß.

Den Geruch der schmelzenden Plastiküberzüge empfand er als sehr angenehm, wie den Geruch eines alten Bekannten. Der betagte Austin kannte jede Ecke und hüpfte schnurrend über den kochenden Asphalt. Boas blickte geistesabwesend zu einer Gruppe Soldaten, die wie schiefhalsige Kamele die Straße überquerten, und versuchte die Abzeichen ihrer Einheiten zu erkennen. Eine langbeinige junge Frau hielt eine Mappe mit der Aufschrift »Internationale Hochschule« in der Hand. Boas schrak auf. Er hatte den Brief aus Jerusalem noch nicht gelesen! An der Ecke Dizengoff-Straße/Arlosoroff-Straße sprang die Ampel auf Rot. Er öffnete den Umschlag und zog das glänzende Blatt heraus.

> »Sehr geehrter Herr Boas Rafaeli. Hiermit teilen wir Ihnen mit, dass der Stiftungsrat der ›Josef-Tuchman-Stiftung zur Wahrung des Sprachschatzes‹ auf Grundlage der bei uns eingegangenen Empfehlungen beschlossen hat, Ihnen für das kommende Studienjahr zur Erlangung des Magistergrads ein Stipendium in voller Höhe zu gewähren. Wir sind überzeugt ...«

Boas las die ersten Zeilen und legte dann das Schreiben neben sein Knie, dicht an den Schaltknüppel. Aus dem Augenwinkel sah er auf dem Boden des Wagens einen frischen Zigarettenstummel, der mit Sicherheit von dem feisten Mechaniker dorthin geworfenen worden war. Der Zigarettenstummel störte ihn maßlos. »Ich muss den Wagen sauber machen«, murmelte er bei sich, um dann hinzuzufügen: »Heute ist Donnerstag.« Mit gesenktem Kopf stieg er die Treppe hinauf, holte sich aus dem Kühlschrank eine kalte Flasche Pepsi und trank in langen Schlucken daraus. Danach duschte er und legte sich aufs Bett, die Knie hochgezogen, so dass sie beinah seine Brust berührten. Diese angenehme Kraftlosigkeit ließ seinen Körper bleischwer werden. Er meinte, Noa hastig etwas sagen und aus der Tür gehen zu hören, aber ihm fehlte die Kraft zu antworten. Er dachte darüber nach, dass man ihm genau genommen niemals erzählt hatte, woran Brunja, seine Erzieherin, vor fünfzehn Jahren gestorben war. Er sah riesige, orangerote Sommersprossen vor sich, die auf dünnen Beinchen und mit krummem Rücken über sein Kopfkissen liefen. Als er erwachte, stand die Sonne über dem Kleiderschrank und tauchte die Reihe der Medaillen, die er vor Jahren in der Regionalschule bekommen hatte, in kräftiges Gelb. Es war 19.35 Uhr.

Boas fuhr mit einer Hand durch sein feuchtes Haar und stand am offenen Fenster. Schlanke Windfinger kamen aus Richtung Westen. An den schmutzig-gelben Hausfronten, deren Putz bröckelte und wegen der darin gefangenen Gluthitze abfiel, liefen rostige Regenrinnen und Fensterrahmen entlang, hinter denen sich keine Landschaft verbarg. Es ist alles verfault, sagte Boas. Alles verfaulte Würmer. Verrammelte Balkone und zugesperrte Zimmer und Staub.

Um 20.25 Uhr kam Noa. Sie hatte eingekauft und räumte die Lebensmittel an ihren Platz. Boas hörte, wie sie ihm etwas Undeutliches aus der Küche zurief. Danach hörte er sie eifrig Gemüse auf dem dicken Holzbrett klein schneiden. Er kam und stellte sich neben sie.

»Die Antwort aus Jerusalem ist da«, sagte er.

»Wirklich?!«

»Ja, ich hab das Stipendium gekriegt.«

»Toll!« Sie machte einen Satz und küsste ihn auf die Lippen. Ihr Gesichtsausdruck war begeistert. Dann fuhr sie zurück und blickte einen Moment lang auf ihre Schuhspitzen.

»Zeig mir den Brief.«

»Er ist noch im Auto,« antwortete er zerstreut.

Sie schwieg.

»Möchtest du etwas essen? Vielleicht Fettucini? Sie müssen nur warm gemacht werden. Wir haben schon lange keine Fettucini mehr gegessen.«

»In Ordnung,« sagte Boas.

Um 20.47 Uhr setzte sie Wasser auf und schüttete die blassen Teigstreifen hinein, stellte schnell Teller und Gläser auf den Tisch und holte eine riesige Schüssel schmackhaft angemachten Salat aus dem Kühlschrank, dazu ein Stück frischen Käse und ein Tellerchen Butter. Dann röstete sie einige Scheiben Brot, häufte die Fettucini in einer Holzschüssel zu einem hohen, goldenen Berg auf, zündete zwei Kerzen an und rief Boas zu Tisch. Es war 20.59 Uhr.

Boas aß langsam.

Um 21.13 Uhr legte er die Gabel aus der Hand.

»Hat es dir geschmeckt?«, fragte Noa.

»Sehr. Es war ausgezeichnet.«

»Ich mach gleich Kaffee.«

Sie sammelte das Geschirr ein und stellte es ins Spülbecken. Boas strich durch ihre Haare, die aneinander klebten, als habe sie in einem Raum voller Dunstschwaden gestanden, und ließ sich in einen Sessel vor dem Fernseher fallen. Auf einem der Kanäle ging gerade ein jugoslawischer Film zu Ende. Eine fremde blonde Frau verliebt sich in einen schönen jungen Zigeuner, und am Ende bringen seine Freunde ihn um, und sie kehrt nach Hause zurück. Um 21.34 Uhr kam Noa ins Zimmer und brachte zwei Becher Nescafé und vier trockene Kekse. Sie setzte sich ihm gegenüber.

»Endlich ist die Antwort da«, sagte sie fröhlich und verstummte sogleich.

»Ja.« Er blickte zum Bildschirm.

Um 21.36 Uhr gab sie einen Löffel Zucker in ihren Kaffee und rührte um. Boas nahm ein Plätzchen und biss hinein. In diesem Augenblick war der Unbekannte auf dem Weg zu ihm und beobachtete ihn heimlich. Vielleicht aus einer der angrenzenden Wohnungen; vielleicht aus einem an einer unbeleuchteten Straßenecke geparkten Wagen; vielleicht mit Hilfe eines Fernglases. Das Plätzchen in seinem Mund schmeckte wie Sandkörner, und er legte es zurück auf den Untersetzer.

Um 21.40 Uhr hob Noa ihren Becher und führte ihn an die Lippen.

»Ich wollte immer Architektur an der Technischen Hochschule studieren,« sagte sie, »aber ich weiß nicht, ob ich es versuchen soll.«

Er antwortete nicht.

»Was denkst du?«, fragte Noa erneut. Ein Zittern lief über ihr Kinn.

»Ich weiß nicht.«

»Ich hab die Unterlagen ausgefüllt, vielleicht schick ich sie weg.«

Der Geschmack von Sandkörnern, dachte Boas.

Um 21.45 Uhr fuhr Noa mit der Hand in ihre zum Dutt hochgesteckten Haare, ließ sich gegen die Rückenlehne des Stuhls sinken und schloss die Augen.

Er war ganz in der Nähe, ohne Zweifel. Boas spürte seine gepeinigte Anwesenheit, als bohre sich ein Paar traurige Augen die ganze Zeit über in seinen Nacken.

Um 21.47 Uhr zog Noa die Hand aus ihrem Haarknoten zurück, blieb aber zurückgelehnt sitzen. Um 21.51 Uhr sammelte sie die beiden Becher ein und brachte sie in die Küche. Um 21.52 Uhr spülte sie die Becher aus, und um 21.53 Uhr löschte sie das Licht in der Küche. Um 21.54

Uhr setzte sie sich auf die Sofakante und blickte Boas an, der leichenblass war. Um 21.56 Uhr erhob sie sich, um den Fernseher auszuschalten, und registrierte, dass sein Fuß unmerklich zitterte, während er ins offene Fenster starrte.

»Ist noch was zu essen da?«, fragte er plötzlich.

Es war 21.58 Uhr.

»Ich bring dir einen Teller.« Sie sprang auf.

»Ich will mir selbst was holen«, sagte Boas in scharfem Ton.

Es war 21.59 Uhr.

Er stand neben dem Lichtschalter in der Küche und wartete. Es war exakt 22.00 Uhr. Er knipste das Licht an und sogleich wieder aus. Eine Welle der Freude umspülte ihn. Der traurige Mann würde genau in diesem Augenblick das Fenster beobachten, und ein tröstliches Lächeln würde seine Wangen überziehen. Boas schaltete das Licht ein zweites Mal an und wieder aus. Blieb nur noch ein Mal.

»Ist alles in Ordnung?«, hörte er Noa aus dem Wohnzimmer rufen. »Was treibst du da? Guck im untersten Fach vom Kühlschrank.«

Boas antwortete nicht. Seine Augen hingen an dem Schalter. Er hob die Hand, um ihn ein drittes Mal zu betätigen.

»Brauchst du Hilfe?«, schrie Noa jetzt und stand innerhalb von Sekundenbruchteilen schnaufend neben ihm.

Boas ließ die Hand sinken, ohne das Licht eingeschaltet zu haben.

»Ich habe keinen Hunger«, flüsterte er und senkte den Kopf.

Er entfernte sich und ließ sich in den Sessel vor dem Fernseher fallen.

»Ich glaube, du brauchst Schlaf, Boas«, sagte Noa langsam. Ihr schien, als seien seine Augen leer, als verberge sich dahinter nicht einmal der Ansatz eines Gedankens. Er stand auf und wandte sich zur Wohnungstür.

»Wo willst du hin?«

»Luft schnappen. Ich ersticke hier drin.«

»Was ist los? Möchtest du, dass ich mitkomme?«

»Nein!«, schrie Boas. »Ich ersticke! Ich kriege keine Luft! Verstehst du nicht?«

Die Tür wurde ihr vor der Nase zugeschlagen.

Draußen herrschte vollkommene Stille.

Auf der Straße waren nur wenige Menschen unterwegs. An der Bordsteinkante war eine Reihe Autos geparkt, doch niemand verbarg sich darin. Boas ging mit schnellen Schritten in Richtung Westen, zum Meer. Er wusste, wohin ihn seine Füße trugen. Viele Male bereits hatte er auf seinem Weg zum Meer die Straße überquert und war zu der weitläufigen Staubfläche am Rand des großen Parks gelangt. Niemals zuvor jedoch hatte er dabei den sich zum Meer hinabschlängelnden Pfad verlassen und sich ins Innere des Parks verirrt. Die Stille war tief und angenehm, salziger Duft kam vom Meer und bedeckte die Rasenflächen.

Wenige Schritte von ihm entfernt entzündete jemand eine Zigarette und sagte etwas. Der Wind trug Wort- und Gedankenfetzen mit sich und lud sie dicht bei seinen Ohren ab. Ein paar junge Männer saßen unter den brennenden Laternen auf Holzbänken und musterten die dunklen Gestalten, die auf und ab gingen. Boas lehnte sich in einer Ecke an einen rauen Baumstamm, und die Gefühle wirbelten in ihm durcheinander, bis er sich auf die Lippen biss. Hinter sich hörte er plötzlich Raschelgeräusche, das metallene Klimpern eines Gürtels und hastige Atemzüge. Er schrak zurück und strengte seine Augen an. Ein dunkler Körper stand über das Hinterteil einer verschwommenen Gestalt, die zwischen den niedrigen Sträuchern kniete, gebeugt. Sein Hals war wie von warmen Händen zugedrückt. Zwischen seinen stoßweise kommenden Atemzügen sah er die dunkle Gestalt von Nir Vakins Penis in Mannsgröße aus der Dunkelheit auftauchen und wieder verschwinden. Zu seiner Linken erstreckte sich zwischen den Bäumen ein schmaler Schotterpfad, an dessen Ende eine Bank stand. Er ließ sich auf die Bank fallen und seinen Kopf in die Hände sinken. Mit einemmal hatte er den Eindruck, als beobachte ihn jemand. Er drehte den Kopf und sah einen dicklichen jungen Mann mit Sonnenbrille neben sich stehen. Seine Augen weiteten sich.

Der junge Mann machte einen Schritt und stand nun direkt vor ihm. Den verschleierten Blick in die Ferne gerichtet, auf die Wipfel der Bäume, schenkte er Boas nicht die geringste Beachtung, als folge er gewissenhaft den Vorschriften einer kultischen Zeremonie.

Einen Moment später räusperte sich der Mann mit der Sonnenbrille und nahm auf der Parkbank Platz, wobei sein Bein Boas' Knie berührte.

»Störe ich?«, fragte er mit süßlicher Stimme.

»Nein ... überhaupt nicht ...«, flüsterte Boas heiser. Er war wie gelähmt vor Schreck und Aufregung und versuchte, die Gesichtszüge des Mannes zu verfolgen.

»Was tust du gern?« Er schenkte ihm ein geheimes Lächeln, das in der Dunkelheit aufflackerte.

»Ich? Sie wissen ja ... ich studiere an der Uni«, stieß Boas mühsam hervor.

Der Mann warf den Kopf zurück und ließ ein durchdringend piepsiges Lachen hören. Boas roch eine leichte Parfümwolke. Sein Banknachbar nahm die Sonnenbrille ab und schenkte ihm einen bedeutungsvollen Blick. Einen Moment später legte er seine weiche Hand auf Boas' Hose. Die Hand bewegte sich langsam, suchte grabend nach dem Reißverschluss. Die Stille lastete unerträglich. Er spürte die schlanken Finger sich in seinen Schritt vortasten, unmerklich über den gespannten Stoff seiner Unterhose fahren und dabei eine Fährte süßer Empfindungen hinterlassen. Er begann zu zittern. Die Finger arbeiteten sich weiter vor und gruben in ihm wie in einem Wachsklumpen. Er ließ den Kopf gegen den Stamm des Baumes, der hinter der Bank stand, sinken, und machte abwechselnd die Augen zu und wieder auf. In dichten Trauben hingen reife, aufgeplatzte Staubgefäße von dem Baum herab, und ihr durchdringender Geruch benebelte seine Sinne. Er spürte, dass er die ausbrechende Lust nicht länger zurückhalten konnte. Ein klebriger Strahl schoss plötzlich aus seiner Hose und ließ ihn erbeben. Er packte das Handgelenk des Mannes und schob die Hand von sich weg, betete, der andere möge die Feuchtigkeit nicht bemerken, die seine Kleidung besudelte. Die Augen des Mannes waren noch immer auf die Wipfel der Bäume gerichtet, als sei es nicht seine Hand, die bis eben in Boas' Hose gewühlt hatte. Boas schnaufte. Der andere schenkte ihm ein verständnisvolles Lächeln und näherte sich ihm mit seinen Lippen.

»Warum ... warum haben Sie mir diese Briefe geschickt?«, sagte Boas flüsternd und zog sein Gesicht zurück.

»Welche Briefe?«, fragte der Mann gleichgültig und zupfte ein Staubgefäß, das vom Baum gefallen war, aus seinen Haaren.

»An mein Postfach.« Ein furchtbarer Zweifel stahl sich in sein Herz.

»Hör mal, Süßer, ich schicke schon seit Jahren keine Briefe mehr an Postfächer«, spottete der andere beleidigt. »Schade um die Zeit, dort sind niemals schöne Männer zu finden.«

Boas sprang auf und machte sich davon. Der Schmutz in seiner Hose ergoss sich auf Knie und Bauch und tröpfelte in seine Seele. Der Mann ließ ein protestierendes Zirpen hören und blieb auf der Bank sitzen, doch Boas entfernte sich rasch.

Mit letzter Kraft lief er durch die Straßen und schleppte sich die Treppe zu seiner Wohnung hoch. Er ließ warmes Wasser in die Badewanne laufen (die Wohnung war dunkel, nur im Schlafzimmer stand mattes Licht) und schluchzte darin lange vor sich hin. Noa öffnete die Tür zum Badezimmer, setzte sich auf den Fußboden und wurde vom Wasser und den salzigen Tränen durchnässt. Er legte seinen Kopf an ihren Hals und schluchzte weiter, bis sie ihn ins Bett brachte. Am Morgen saß er in der Küche und sagte sich, die Schranktür, die schon eine Ewigkeit kaputt war, müsse endlich repariert werden. Danach bestrich er sich ein Brötchen mit Butter, trank einen Kaffee und versuchte herauszufinden, was es mit diesen Aufnahmeformularen von der Technischen Hochschule auf sich hatte. Im Radio wurde mitgeteilt, dass der Säugling, der gestern im Ta'anach-Streifen mit zwei Köpfen (einem weinenden und einem lachenden) zur Welt gekommen war, in der Nacht verstorben sei.

Boas fuhr in seinem alten Austin zur Post und bat den Zweigstellenleiter, sein Postfach zu schließen. Er überlegte einen Augenblick und gab dann Anweisung, künftig keinerlei Post, die für ihn auf dem Postfach einginge, an ihn weiterzuleiten. Danach fuhr er zur Universität. Unterwegs dachte er an das Stipendium, das ihm helfen würde, die Geheimnisse des Ugaritischen zu ergründen und in modrigen Kirchengewölben zu stöbern. Er spürte eine gewaltige, wunderbare Kraft durch seine Gelenke strömen.

Vor dem Vorlesungsgebäude sah er eine große Menschenansammlung. Studenten standen und gestikulierten.

»Was ist los?«, fragte Boas einen Bekannten.

»Professor Richlin hat heute Morgen mitgeteilt, dass er seine Lehrtätigkeit an der Universität beendet.« Der andere zuckte mit den Achseln. »Niemand weiß, warum. Es heißt, er klinge schwer krank, als habe er die ganze Nacht nicht geschlafen. Wer hätte das gedacht.«

II
Ein Mann
sitzt hinter einem Schreibtisch

»Wer hätte das gedacht«, murmelte er immer wieder vor sich hin, als er die Rasenflächen überquerte, auf denen Wassersprenger rotierten. Zwei Jahre waren seit seiner Rückkehr hierher vergangen, und noch immer war er dem ewigen Hass dieser Sonne machtlos ausgesetzt. Gerne dachte er an das weiche, verzauberte Licht zurück, das auf den friedlichen Campus und die grünen Wiesen von Bloomington fiel. Zwei Jahre und dreiunddreißig weitere, die er hier verbracht hatte, bevor er nach Bloomington gegangen war, und er wusste, dass er sich nie an diese Hitze gewöhnen würde. Dicke Schweißperlen tropften von seiner Stirn und wurden von ständig wechselnden Taschentüchern aufgesogen.

Sein Zimmer im dritten Stock blickte auf einen gelb gewordenen Rasenstreifen, der von einigen weißen Plastiktischen der Cafeteria begrenzt wurde. Das Zimmer war sparsam eingerichtet, aber angenehm. Ein paar Topfpflanzen standen in den Ecken und auf den Metallborden nebeneinander die Bücher, die ihn während seiner Studienjahre begleitet hatten: G. L. Hardings Index der vorislamischen Namen in der Ausgabe der University of Toronto, 1971; die auf Deutsch erschienene Grammatik des Phönizisch-Punischen von Friedrich aus dem Jahr 1951 und daneben der Ergänzungsband aus dem Jahr 1969; das wunderbare Wörterbuch des Ugaritischen von Eistleiner, das 1967 in Berlin erschienen war; und schließlich sämtliche Ausgaben der Zeitschrift »Unsere Sprache« von 1948 bis heute. Sie alle standen vorbildlich geordnet, und unter ihnen auch ein einzelnes Exemplar seiner Doktorarbeit »Das Geheimnis des Ugaritischen«, die gleich nach ihrem Erscheinen – neben beißender Polemik – großes Interesse erregt hatte.

Nach drei Jahren Forschung war es ihm gelungen zu beweisen, dass das Ugaritische (ähnlich dem Emoritischen) eine entscheidende Stufe in der Entwicklung der westsemitischen Sprachen aus dem antiken Akkadischen darstellt. In kürzester Zeit hatten sich ihm Forschungsmöglichkeiten bei den angesehensten Instituten der Welt eröffnet, doch der Anruf, den er von der Fakultät für Semitische Philologie in Tel Aviv erhielt, erfreute ihn besonders. Innerhalb weniger Tage hatte er seine Sachen gepackt, sich von seinen zahlreichen Freunden verabschiedet (der Abschied von Andrew war ihm besonders schwer gefallen; sie hatten sich auf einer Waldlichtung an einem von Kiefernharz befleckten Tisch gegenüber gesessen, inmitten eines Regens aus leuchtend orangeroten Herbstblättern, und keine Worte gefunden). Noch in derselben Nacht war er nach Chicago und von dort weiter nach Tel Aviv geflogen.

Die Studenten liebten seine Vorlesungen.

Er pflegte Tonscherben, Bruchstücke von Inschriften und ein Gemisch aus Worten längst vergessener Sprachen mit in den Vorlesungssaal zu bringen und mit seinen Schülern die dunklen, faszinierenden Pfade der Wissenschaft zu beschreiten. Sein größtes Vergnügen war es, den plötzlich aufflackernden Funken in den Augen eines Studenten zu sehen, in dem Moment, da dieser glaubte, aus eigener Kraft eine bahnbrechende Erkenntnis oder wissenschaftliche Entdeckung gefunden zu haben: Die Metamorphose eines verloren geglaubten Wortes in einer der bekannten Sprachen, die Deutung einer unklaren syntaktischen Verbindung, das Heraushören eines antiken Textes in einer Inschrift jüngeren Datums.

Doch ein Augenpaar, in der zweiten Reihe von links, verzückte ihn besonders; ein schöner junger Mann, groß und muskulös, saß dort breitbeinig und feuerte durchdringende und besonders verständig wirkende Blicke auf ihn ab. Professor Richlin spürte, zu seiner eigenen Bestürzung, dass er ganz allmählich von diesem schönen jungen Gesicht beherrscht wurde, dass sein Blick wider Willen von dem Stück groben Stoffs angezogen wurde, das sich zwischen den Oberschenkeln des unbekannten jungen Mannes spannte. »Wer hätte das gedacht«, murmelte er vor sich hin. Es war eine süße Form der Selbstaufgabe, die ihn mit wunderbaren Gefühlen erfüllte. Wenn er auf seinem Weg zum Vorlesungssaal die Rasenflächen überquerte, pochte sein Herz wild bei dem Gedanken, im nächsten Augenblick die Tür zu öffnen und den jungen Mann zu sehen, der erwartungsvoll seine Knie tanzen ließ und ein Paar durchdringende Augen auf den verehrten Dozenten richtete, unglaublich sanfte Augen im Verhältnis zu seinem starken Körper. Die Gegenwart dieses jungen Mannes in der zweiten Reihe brachte leuchtende Farben in den Rahmen seines Lebens. Nie zuvor hatte er, wenn er im Vorlesungssaal auf und ab ging, derart scharfsinnige und glänzende Formulierungen von sich gegeben. Jedes Lächeln des jungen Mannes weckte freudige Erregung in ihm.

Einmal, an einem nasskalten Tag Mitte September, kam er mit energischen Schritten in den Vorlesungssaal (noch auf dem Flur hatte er sich einen Eröffnungssatz zurechtgelegt, der seine Wirkung nicht verfehlen konnte), doch beim Eintritt verdüsterte sich seine Miene: Der Platz in der zweiten Reihe von links war leer. Er spürte, wie er auf einen Schlag den Geschmack an allem verlor, wie ihm der ganze Vorlesungssaal zur Last wurde. Die Flut aus Wortspielen und historischen Beispielen war wie von selbst versickert. Einige säuerlich dreinblickende Bibliothekarinnen, die in der ersten Reihe saßen, stellten verwundert fest, dass der Professor schlicht und ergreifend stotterte. Dieses Verlöschen hielt zwei, drei Vorlesungsstunden an, bis er sich eines Morgens in den Hörsaal schleppte und plötzlich den schönen jungen Mann – in eine Offiziersuniform gekleidet, die ihn sehr vorteilhaft aussehen ließ – in der zweiten Reihe sitzen und ihm ein mattes Aufblitzen von Sympathie schenken sah. Er streckte sich wie zuvor und begann, donnernd gegen die irrigen Ansichten neuerer Philologen zu Felde zu ziehen. Der junge Mann lächelte verstohlen und ließ sein Herz schmelzen.

Inmitten seines Feuerwerks aus Argumenten und Wortbeispielen wurde ihm plötzlich klar, dass er verloren war, dass er dem Zauber des schönen jungen Manns erlegen war, und diese Erkenntnis ängstigte ihn sehr, auch wenn sie einen in seiner Süße zarten und melancholischen Beigeschmack hatte. Er zog sein Taschentuch hervor und wischte sich über die Stirn.

Ein anderes Mal, als er den Studenten Abdrücke von babylonischen Schrifttafeln, die in der Stadt Mari am Flusslauf des Euphrat gefunden worden waren, präsentierte, hob der junge Mann die Hand und sagte, die Namen der Könige erinnerten an Namen, die erstaunlicherweise in akkadischen Texten zu finden seien – eine Bemerkung, die die zentrale Aussage der Vorlesung traf. Die Stimme des Studenten war jung, aber entschieden, er formte die Worte in präziser, geschliffener Form, als meißele er sie aus Marmor. Angenehmer Nebel stieg auf, als er diese Stimme zum ersten Mal hörte.

»Wie ist Ihr Name, bitte?« Professor Richlin wies mit dem Finger auf den jungen Mann, und sein Herz setzte einen Schlag aus.

»Boas.«

Boas.

Jetzt konnte er ihn bis zum Ende der Vorlesung ohne Furcht unverwandt anblicken. Ein gewaltiges, archaisches Vergnügen erfüllte ihn, als er wieder und wieder in die wunderbaren Bassins dieser Augen eintauchte. Leicht schwankend verließ er die Vorlesung, als hätte er ein ganzes Fass Wein geleert.

Er sah Boas langsam über den Flur gehen, breitschultriger denn je. Sein Haar war ein wenig feucht und sorgfältig gekämmt. »Wirklich nicht zu fassen«, murmelte eine Stimme in ihm. Er schloss zu ihm auf und lächelte ihm zu.

»Professor Richlin«, sagte Boas sanft.

Dein Gesicht ist so sauber, so makellos, dass es schmerzt. Welch wunderbares Rauschen in deinen Pupillen aufbrandet. Ich spüre deine Atemzüge mich wie federleichte Schwammkügelchen treffen.

»Ihr Haar ist feucht«, sagte der Professor und bereute es sogleich.

»Ich war im Schwimmbecken, wie jeden Dienstag und Donnerstag.« Boas lächelte und blickte verlegen auf seine Schnürsenkel.

»Ihnen ... gefällt die Philologie?«

»Sehr. Ich möchte meinen Magister machen und noch mehr.«

Professor Richlin lachte. Der angenehme Duft des feuchten Haars füllte seine Nasenflügel.

»Ich nehme an, Sie haben sich bereits ein Forschungsthema gewählt, Boas?«

»Die antiken semitischen Sprachen faszinieren mich. Ich würde gern das Archiv von Mari erforschen, zum Beispiel«, sagte er mit abgrundtiefem Ernst. Und nach einer Pause fügte er zögernd hinzu: »Und vielleicht ... die beiden verloren gegangenen ugaritischen Schrifttafeln finden, jene, die der griechische Mönch nach Jerusalem hat bringen lassen.«

Drei hochrote Studentinnen drängten sich zwischen sie, und Boas verstummte. Einen Moment später verabschiedete er sich und ging in die Cafeteria, um einen Becher Kaffee und warmen Apfelkuchen mit Zimt zu bestellen.

Einige Tage danach begab sich Professor Richlin ins Sekretariat der Fakultät und empfahl, den durch hervorragende Leistungen aufgefallenen Studenten Boas Rafaeli mit einen Vollstipendium zu bedenken. Seine überdurchschnittlichen Noten rechtfertigten eine Stipendienvergabe. Boas war zutiefst dankbar und bemüht, von nun an keine einzige Vorlesung mehr zu versäumen.

Das letzte Semester ging zu Ende.

Er lebte während der Stunden des Tages. In den Nächten hüllte er sich in krankhafte Depression, hockte zwischen den Zimmerpflanzen, die er einst liebevoll gepflegt hatte (der Name der einen Pflanze, Yucca, hatte einen aufregend indianischen Klang), und starrte stundenlang auf die Bücher. Er war einsam und wusste es. In der Vergangenheit war die Einsamkeit etwas Tröstendes gewesen, etwas, das ihn anspornte, alle Energie in seine wissenschaftliche Arbeit zu investieren und dreimal in der Woche in dem bestens ausgestatteten Fitnessraum zu trainieren. Dort, in der Kraftkammer, hatte er Andrew kennen gelernt. Das war während seines zweiten Jahrs in Bloomington, an einem der eisigen Tage Anfang März. Wunderschöner weißer Schnee fiel und häufte sich auf die ihm noch immer fremden Weiten des Bundesstaates Indiana, bedeckte Autos, Gebäude, Rasenflächen und sanfte Hügelkuppen. Der Anblick des fallenden Schnees erschien ihm schön und erheiternd. Er unterbrach sein Training und stand am großen Fenster.

Einer der Sportler stellte die Heizung höher und trat heran, um die beschlagenen Oberlichter zu prüfen. Er war ein blonder, schlanker junger Mann, und sein Name war Andrew. Beide machte der Blick, den sie einander zuwarfen, sehr verlegen. Zwei Tage danach sahen sie sich wieder. Der Schnee begann zu schmelzen, und nach dem Training hüpften sie über die schlammigen Pfützen und gingen in Henrys Weinstube Glühwein trinken. Die Nacht verbrachten sie zusammen in Andrews Zimmer im Studentenwohnheim. Nach jener Nacht hatten sie sich plötzlich nur noch wenig zu sagen, senkten im Fitnessraum die Blicke, ehe sie schließlich ganz aufhörten, miteinander zu sprechen. Anfang Mai musste Andrew wegen irgendeines Eingriffs am Knie für einen Tag ins Universitätskrankenhaus, und er besuchte ihn dort und brachte ihm eine riesige Packung exquisiter Schokolade mit. Andrew lag in seinem blauen Pyjama im Bett und hob mit einem breitem Lächeln den Kopf. Seitdem waren sie enge Freunde geworden, sprachen jedoch niemals über jene gemeinsam verbrachte Nacht.

In den Semesterferien fuhren sie im offenen Dodge Andrews Eltern besuchen, die auf einer großen Farm am Ufer des Wabash-Rivers unweit von Port Wayne lebten. Der Wagen glitt über die leeren Highways des geliebten Bundesstaates Indiana, zwischen riesigen, goldgelben Getreidefeldern hindurch, die sich bis zum Horizont erstreckten, Milliarden reifer Ähren von unendlicher Ruhe, die sich im Wind wiegten, der ihnen das Haar in die Stirn wehte und Andrews Freudenschreie in die Ferne trug. Diese Erinnerung ließ ihn seufzen. Er blickte zur Zimmerdecke und ließ seine Hand über das auf dem Kissen ruhende Gesicht gleiten, das von Enttäuschung zerfurchte Gesicht eines einsamen und gequälten Mannes von fast neununddreißig Jahren. Er wollte Andrew anrufen und zusammen mit ihm still weinen, ihm von diesem Studenten, der in sein Leben geraten war, erzählen. Mit sachten Bewegungen berührte er seinen Hals, dann seinen Bauch, der schlaffe Ringe angesetzt hatte, und dachte an Boas, schob dessen nackte Gestalt zwischen seine jagenden Gedanken, bis er sich ein bisschen beruhigt hatte. Er wusste, das dies das letzte Semester sein würde, und er ängstigte sich sehr.

Noch in derselben Woche rief er überstürzt einige Bekannte an und schrieb ein eindeutiges Empfehlungsschreiben an den Prokurator der »Josef-Tuchman-Stiftung zur Wahrung des Sprachschatzes« mit Sitz in Jerusalem. Danach bat er das Sekretariat, umgehend Herrn Boas Rafaeli zu bestellen und ihn anzuhalten, ein Formular mit persönlichen Angaben, einschließlich aktueller Adresse, auszufüllen. Und schließlich bat er, eine Kopie des Formulars möge zur weiteren Verfolgung des Vorgangs in sein Fach gelegt werden.

Die Tage vergingen.

Es war heiß. Die Sonne versengte unerbittlich die freiliegenden Spitzen der Rasenpflänzchen und blendete die ungeschützten Augenlider. Weit weg von hier, auf den weiten Ebenen zwischen dem Eriesee auf der einen und dem Michigansee auf der anderen Seite, hatte ein anderer Sommer Einzug gehalten. Das Licht war gedämpft, weich und ohne Hass. Ein Licht, bei dem einem viel Angenehmes passieren konnte.

In den Pausen zwischen den Vorlesungen saß er in seinem Zimmer im dritten Stock und blickte heimlich auf die Plastiktische der Cafeteria. Boas rührte seinen Kaffee um und biss mit geschlossenen Augen in den Apfelkuchen, wobei seine Gesichtsmuskeln sich an jedem Bissen erfreuten. Ein scharfes, beinahe schmerzhaft stechendes Verlangen drückte ihm die Kehle zu. »Boas«, entfuhr es ihm, »Boas.« Diese Schenkel, die lässig auf dem Rasen ruhten (weiße, schlammbespritzte Turnschuhe, die auf den Boden trommelten), weckten eine Schwäche in ihm. Er wollte seine Hand über die Entfernung von drei Stockwerken ausstrecken und diesen Nacken berühren, das weiße T-Shirt über dem starken Rücken. Schließlich schlug er den Kopf gegen die Fensterscheibe, bis sein Verstand abwechselnd benebelt und dann wieder klar war. Nach den Vorlesungen ging er ihm manchmal heimlich auf einem der Gehwege bis zur Campuspforte nach und sah, wie er seinen alten Wagen anließ, einen 81er Austin, und nach Hause fuhr. Dann erst verspürte er so etwas wie vorübergehende Erleichterung.

An einem albtraumhaften, feuchten Abend zwischen schweigenden Zimmerpflanzen und dem Fernseher konnte er die Last der Sehnsucht nicht länger ertragen, knipste mit einer schnellen Bewegung die Schreibtischlampe an und zog ein weißes Blatt hervor.

Er schrieb fünf kurze, belanglose Zeilen und steckte das Blatt in einen Umschlag. Von der Kopie des Stipendiumformulars, die er aufbewahrte, schrieb er die Nummer des Postfachs ab und knipste die Lampe aus. Danach schaltete er sie wieder ein, zog ein weiteres Blatt hervor und schrieb einen langen, von Tränen befeuchteten Brief, den er mit Andrews Adresse versah. Dann ging er nach unten auf die Straße und steckte beide Briefe in den Briefkasten.

Am nächsten Tag fühlte er sich zunächst ein wenig erleichtert, als hätte sich in seinem Leben eine Art Luke aufgetan, durch die ein Hauch von Hoffnung einströmte.

Gegen Mittag konnte er sich jedoch nicht länger beherrschen, schloss sich in seinem Büro ein und schrieb einen zweiten Brief an Boas. Bis zum Beginn der Vorlesung blieben noch einige Minuten, die ihm genügten, das Campusgelände zu verlassen und auch diesen Brief einzuwerfen.

Später stand er auf dem Podium und musterte verstohlen das Gesicht des Studenten in der zweiten Reihe von links. Die schönen Züge offenbarten keinerlei Anzeichen von Aufregung, drückten nur aufmerksames Zuhören und Unbefangenheit aus.

Am nächsten Tag jedoch, in der Vorlesung über die Tonscherben, die in Tel-Mardikh, dem Ausgrabungsort der nordsyrischen Stadt Ebla, gefunden worden waren, hatte er den Eindruck, als sei eine Veränderung in der Form des Zuhörens eingetreten: Boas saß zurückgelehnt auf einen Arm gestützt (er zeichnete ununterbrochen seltsame Linien in sein Ringbuch, eine Art großblättrige Rosenranke), und sein Blick schien in weite Ferne zu schweifen. Eine irrsinnige Freude stieg plötzlich in ihm hoch, das Wissen um ein Geheimnis, das nur sie beide allein teilten. Er wusste, dass Boas die beiden Briefe gelesen hatte und dass von jetzt an ein kühnes, wunderschönes Band wahrhafter Liebe zwischen ihnen geknüpft war.

Zwei ganze Tage lang hüllte ihn die Erregung ein, bis er nicht mehr fähig war, etwas zu tun, und sich ein Glas kaltes Wasser eingießen musste, um wieder zur Ruhe zu kommen. Am dritten Abend versammelte er eine Handvoll Freunde um sich, pergamentene Menschen mit spärlichem, altersgrauem Haar, denen er Kuchen vorlegte und vorzüglichen Kaffee in Porzellantassen servierte. Es war sein neununddreißigster Geburtstag. Andrew rief an und sandte aus der Ferne ein paar laue Worte. »Boas, Boas«, dachte er und wartete voller Ungeduld darauf, dass der letzte seiner Besucher endlich ginge, damit er sich zwischen den Laken mit dem herbeiphantasierten Körper des schönen Jungen bedecken konnte.

Am Mittag war er in der Nähe seines Hauses auf dem Bürgersteig unterwegs und wollte gerade ein kühles Café betreten, um seine Schmerzen zu lindern. Ein Linienbus zog lärmend an ihm vorbei, und er erstarrte auf der Stelle: In einem der Busfenster war plötzlich Boas Kopf zu sehen, behaglich gegen die Scheibe gelehnt. Aus den Tiefen seiner Brust stieß er einen Seufzer hervor, dass einige Passanten besorgt den Kopf wandten.

Später, in seinem Zimmer, konnte er der Erregung nicht Herr werden und setzte sich nieder, um einen dritten Brief zu schreiben. Er schrieb ihn wie im Fieber, ohne Unterbrechung, doch nicht einmal das Schreiben brachte das Blut, das in seinen Schläfen pochte, zum Schweigen. Ich verliere den Verstand, murmelte er bei sich. Professor Yehoshua Richlin ist dabei, wegen eines Studenten verrückt zu werden.

Er sah goldgelbe Weizenfelder von riesigen Ausmaßen sich den ganzen Weg bis Fort Wayne ausbreiten und glückliche Farmer Strohgarben an den grünen Ufern des Wabash-River aufschichten. Danach sah er einen dunklen

Keller, sah sich selbst die knarrenden Treppenstufen hinabsteigen, eine ängstlich flackernde Kerze in der Hand. In der wohltuenden Finsternis stieß er mit Boas' Körper zusammen (Boas' Atemkügelchen streiften seinen Nacken), und diese Berührung war so unsagbar angenehm, so süß, nur sie beide, umgeben von gnädiger Stille. Das Ugaritische, grinste er, keine Schrifttafel war jemals von irgendeinem griechischen Mönch erworben worden, kein Schatz verbarg sich in den Kellergewölben irgendeiner Kirche. Alles nur Phantastereien, Hirngespinste alternder, vom Irrsinn der Lust gepackter Professoren.

Dann nahm er eine Sonnenbrille und verließ das Haus. Gegen Mitternacht kehrte er fiebernd vor lauter Schluchzen zurück und stieg in die Badewanne. Unsägliche Qualen nagten an ihm. Was, wenn Boas wusste, wer ihm die Briefe schickte? Was, wenn er ihm böse war und nur wegen seiner Stellung keine Anzeige erstattete? Und was, wenn er die Briefe überhaupt nicht las, sondern sie direkt in den Papierkorb warf, als seien sie Ekel erregende Todeskrämpfe eines alten und kranken Mannes.

Die letztgedachte Möglichkeit machte ihm am meisten zu schaffen, und er hatte Mühe, ein Auge zuzumachen. Er musste eine Antwort von Boas erhalten, und sei es nicht direkt, dann durch irgendein Zeichen. Ja, er musste sich etwas ausdenken. Irgendein unmissverständliches Signal.

Am Morgen machte er in seiner Lieblingskonditorei Halt und kaufte einen Kuchen im Karton. In seinem Zimmer im dritten Stockwerk verschloss er die Tür (summte »Dein Geburtstag ist heut'«), schnitt zwei dicke Stücke von dem Kuchen ab und legte eines auf sein Tellerchen und eines auf das ihm gegenüberliegende. Während er noch einen großen Bissen in den Mund schob, nahm er mit der anderen Hand einen weißen Bogen Papier und schrieb die Zeilen nieder. Dabei hatte er das beinah feierliche Gefühl, der Nebel würde sich schon sehr bald lichten.

Boas erschien nicht zur 13.30-Uhr-Vorlesung am Donnerstag. Seinen Berechnungen zufolge musste der Brief spätestens heute, Donnerstag, in dessen Postfach liegen. Von Zeit zu Zeit ging ein Zittern durch seine Fingerspitzen. Nach dem Ende der Vorlesung kehrte er in sein Zimmer zurück und war bemüht, sich auf ein paar Arbeiten zu konzentrieren, die ihm zur Prüfung vorgelegt worden waren. Es blieben noch viereinhalb Stunden.

Ein leichtes Klopfen war an der Tür zu hören.

»Ja, bitte.«

Eine junge Frau von vielleicht fünfundzwanzig Jahren stand in der Tür.

»Schalom«, sagte sie. Sie wirkte sehr aufgewühlt.

»Womit kann ich Ihnen helfen?«

»Ich heiße Noa«, stieß sie hervor.

»Noa und wie weiter?«, fragte er trocken und blätterte in seinen Notizen. Er konnte sich an ihr Gesicht nicht erinnern.

»Die Freundin von Boas.«

Ein hohles Schweigen breitete sich aus.

Er fuhr zurück und verengte die Augen.

Sie wühlte in ihrer Tasche, zog vier gefaltete Bögen Papier heraus und legte sie auf den Tisch.

»Ich weiß, dass Sie das geschickt haben. Ich habe es in seiner Schublade gefunden.«

Er schluckte seinen Speichel hinunter und spürte ein Ätzen in der Kehle. Ihr Haar war rot wie Feuer. Er starrte auf den Lichtstreif unter der Tür.

»Woher wissen Sie ...«, murmelte er matt.

»Ich saß neben ihm im Bus, im Fünfundzwanziger, vor ein paar Tagen. Boas sagte zu mir: ›Da ist Professor Richlin.‹ Ich war abgelenkt. Plötzlich fing ich Ihren Blick auf dem Bürgersteig auf.«

»Ja«, sagte er und senkte den Kopf, als erwarte er einen Peitschenhieb.

Den gequälten, verschleierten Blick in den Augen des wie angewurzelt auf dem Bürgersteig stehenden Professors kannte ich nur zu gut, dachte sie. Irrtum ausgeschlossen. Zu ähnlich war er dem Blick, den auch ich mit Sicherheit hatte, damals, in der Praxis in der König-Salomon-Straße, als Boas in seinem verwaschenen, grauen T-Shirt vor mir lag und lächelte. Kein Zweifel, Noale, sagte ich mir, das ist der Blick eines verliebten Menschen. Und dann diese sonderbaren Briefe, die Boas so gewissenhaft tief unten in seiner Schreibtischschublade vor mir versteckt hat. Vor mir kann man nun mal keine Briefe verstecken. Aber ich schwieg, bis ich den letzten Brief gelesen hatte.

»Als ich den letzten Brief gelesen hatte, verstand ich alles«, sagte sie still.

»Setzen Sie sich, Noa.« Er schob ihr einen Stuhl hin.

Sie setzte sich.

Er blickte weiter auf den Lichtstreif unter der Tür, hörte ein böses Lachen in seinem Bauch glucksen.

»Ihr letzter Brief ist heute gekommen«, flüsterte sie. »Sie bitten ihn, das Licht in der Küche dreimal an- und wieder auszuschalten.«

Er senkte wieder den Kopf.

»Lassen Sie Boas in Ruhe.« Sie begann zu weinen. Ihr Gesicht verzerrte sich. »Ich weiß nicht, was mit ihm los ist.«

Er nahm den Kopf in beide Hände und schwieg.

»Ich hab mich nicht mal für die Technische Hochschule eingeschrieben, ich ...« Sie wollte etwas sagen, sprang jedoch mit einemmal auf, lief aus dem Zimmer und warf die Tür hinter sich zu.

Es war 19.42 Uhr.

Er sammelte seine Sachen zusammen und schloss sein Zimmer ab, überquerte die unbeleuchtete Rasenfläche und stieg in seinen Wagen. Dort wartete er etliche Minuten, drehte an den Knöpfen des Autoradios und lauschte den Wortfetzen. In den 20-Uhr-Nachrichten teilte die Sprecherin mit, der Säugling mit den zwei Köpfen, der in einer Siedlung im Ta'anach-Streifen zur Welt gekommen war, sei auf die Intensivstation verlegt worden.

Um 20.21 Uhr betrat er seine Wohnung, holte einen Wasserkessel aus dem Regal, füllte ihn und goss die Zimmerpflanzen.

Um 20.34 Uhr machte er sich ein Käseomelett und schnitt Tomaten zu roten Vierteln, konnte das Essen jedoch nicht anrühren und stellte um 20.49 Uhr das volle Tablett in die Spüle.

Um 20.50 Uhr stand er am offenen Fenster.

Eine fettige, feuchte Nacht kroch über die Bürgersteige der Chissin-Straße im Stadtzentrum und hinterließ durchsichtige, Ekel erregende Hohlräume wie die Schleimspuren einer Schnecke. In einer der angrenzenden Wohnungen war das Geräusch aneinander schlagender Teller zu hören. Irgendwo schluchzte eine Frau und verstummte dann. Er wusste, dass es nicht weit von hier, jenseits der von Träumen entblätterten Gebäude und rostigen Regenrinnen, ein anderes Leben gab. Seine Seele sehnte sich danach.

Um 21.17 Uhr spülte er sich das Gesicht im Waschbecken ab und bespritzte es mit erfrischendem Gesichtswasser. Um 21.21 Uhr stieg er in seinen Wagen und fuhr nach Norden.

Um 21.25 Uhr hielt er an einer roten Ampel. Vor ihm, auf einer Verkehrsinsel der Ibn-Givrol-Straße, standen ein Soldat und eine Soldatin und wollten die Straße überqueren. Sie waren sehr schön. Die junge Frau strich sich die Haarspitzen aus der Stirn und ergriff die große Hand ihres Begleiters, bevor sie gemeinsam auf die Straße traten. Um 21.36 Uhr bog er nach links ab, zum Ufer des Yarkon, und stellte um 21.41 Uhr den Wagen in jener unbeleuchteten, von Bäumen verdeckten Kurve ab, von der aus man mühelos die Fenster von Boas' Wohnung sehen konnte. Der Yarkon strömte nur wenige Schritte von ihm entfernt. Ein schwerer Duft von Kiefern lag über dem Wasser.

Um 21.45 Uhr sah er Noas Gestalt durch das entfernte Fenster. Sie saß in den Sessel gekauert und ließ ihre Hand durch das hochgesteckte Haar gleiten. Das kann nicht sein, sagte er sich, war jedoch überzeugt, einen tiefen Schmerz, den Schmerz über einen Verlust, in ihren entrückten Augen gesehen zu haben. Sie trug dasselbe Kleid, das sie vor ein paar Stunden in seinem Zimmer getragen hatte.

Sehr nah bei ihr, vielleicht an den Sessel gelehnt, sitzt Boas. Sie sieht ihn jetzt; beide befinden sich zusammen in einem beleuchteten Zimmer, in ihrer Wohnung. Im Spülbecken ihrer Küche steht das Geschirr, von dem sie zusammen zu Abend gegessen haben.

Er umklammerte das Lenkrad und starrte in die Dunkelheit. Dort, in der wohltuenden Finsternis, würde Boas einen kleinen Jungen huckepack nehmen und ihm die glänzenden Schneckenspuren nach dem ersten Regen zeigen, und Noa würde sie vom Fenster aus betrachten und lächeln. Dieses Bild weckte sanfte Sehnsucht in ihm.

Es war 21.47 Uhr. Er ließ den Wagen an. Der Motor murrte unwillig, doch er gab nicht nach. Um 21.49 Uhr kehrte er zur Hauptstraße zurück.

Um 21.57 Uhr erreichte er sein Haus und schlüpfte um 21.58 Uhr in seinen Pyjama. Um 22.00 Uhr knipste er die Nachttischlampe an und ging einen neuen Fachaufsatz durch. Dort, jenseits der Balkone und Wände, spielte sich ununterbrochen das wirkliche Leben ab, doch er hatte nichts damit zu tun.

Am Morgen bestrich er sich ein Brötchen mit Butter und trank einen Becher Kaffee mit Milch. Dunkle Ringe lagen um seine Augen. Im Radio wurde der Tod des Säuglings, der mit zwei Köpfen (einem weinenden und einem lachenden) geboren worden war, bekannt gegeben, doch er hörte nicht zu. Er rief Bloomington an und bat, umgehend mit dem Dekan der Philologischen Fakultät zu sprechen. Danach telefonierte er mit Andrew.

Glossar

Chalah, pl. Chaloth: Weißbrotzopf für den Vorabend des Schabbat, der auf die sogenannte »Hebe« zurückgeht, jenen Teil des Brotteigs, der nach religiösem jüdischen Gesetz beim Brotbacken weggenommen und verbrannt, also geopfert werden muss.

Chamssin: (arab.: fünfzig) Bezeichnung für eine trockene Hitzeperiode, die angeblich fünfzig Tage im Jahr herrscht – daher ihr Name.

Charosseth: Ein süßes, aus Äpfeln und Nüssen bereitetes Mus, das an Pessach den bei der Fronarbeit in Ägypten verwendeten Ton und Lehm versinnbildlichen soll.

Jallah: arabisch: los, weiter.

Kefiya: (auch: Kufiya) Viereckiges, diagonal zusammengelegtes Tuch, das ursprünglich von den Beduinen als Kopfbedeckung verwendet wurde und heute eine typische Kopfbedeckung traditionell denkender arabischer Männer ist.

Kiddusch: Segen, den der Hausherr am Freitagabend, also zu Beginn des Schabbats, über Brot und Wein spricht.

Laubhüttenfest: Einwöchiges jüdisches Herbstfest, für dessen Dauer sich die Familienmitglieder in einer eigens errichteten Laubhütte (hebr.: Sukka) aufhalten sollen, um die Erinnerung an das provisorische Leben der Israeliten nach dem Auszug aus Ägypten wach zu halten.

Rosch haSchanah: jüdisches Neujahrsfest

Shabbab: (arab.: junge Männer) Vor allem seit dem Aufstand der Palästinenser in den von Israel besetzten Gebieten – der so genannten Initifada – gebrauchte Bezeichnung für die jugendlichen Aktivisten in den palästinensischen Flüchtlingslagern.

Scharmuta: arabisch: Hure.

Ya Basma: arabisch: oh mein Lächeln.

Yaron Sehavi: Held eines populären israelischen Kinderbuchs.